엄마니

영초언니

서명숙 지음

문학동네

**일러두기**
이 책에 나오는 인물들은 실존인물이며 실명을 사용했습니다. 그러나 현시점에서 당시 상황이 공개
되는 것이 여의치 않은 일부 인물에 한해 가명을 썼음을 밝혀둡니다.

# 바람이 몹시 불던
# 어떤 날

오랫동안 잊고 살았습니다.

처음에는 너무 고통스러워서 일부러 잊으려 노력했고, 하루하루 바쁘게 휘몰아친 기자생활이 '그때 그 시절'을 의식 저편으로 아득히 밀쳐두게 했습니다. 더군다나 그 시절을 가장 생생히 떠올리게 하는 영초언니는 이미 한국을 떠나 있었습니다. 그런데 다 잊었다고 생각했던 그 일들이 어제 일처럼 생생하게, 마치 갓 생긴 생채기처럼 통증마저 선연하게, 기억의 두터운 지층을 뚫고 솟구쳐올랐습니다.

23년간 몸담았던 언론사를 때려치운 뒤 그토록 열망했던 '산티

아고 순례길'을 걷고 한국으로 돌아온 직후부터 생긴 증상이었습니다. 내 사회생활의 친정이나 다름없는 <시사저널>에서 삼성을 비판하는 기사를 싣지 못하게 한 경영진과 그에 저항하는 후배 기자들이 첨예한 갈등을 빚을 무렵, 나는 길을 떠났습니다. 돌아와보니 갈등은 봉합되기는커녕 극한으로 치닫고 있었습니다. 나의 옛 동료들은 반년 가까이 차가운 거리를 떠돌고 있었습니다. 2006년 겨울의 일입니다.

후배들의 기약 없는 싸움을 지켜보면서 떠오른 건 어처구니없게도 30여 년 전 대학 시절의 기억이었습니다. 영초언니와 함께했던 기억, 다 잊어버렸다고, 세월의 강물에 흘려보냈다고 믿었던 그 시절의 기억들! 믿기 힘든 일을 다반사로 겪어야 했고, 같은 우리말을 쓰는데도 전혀 소통되지 않고, 신문을 읽어도 한 줄 진실을 알아낼 수 없고, 눈만 뜨면 '누가 잡혀갔다더라'는 흉흉한 소문이 나돌던, 그 황폐하고 음산한 우리의 20대를. 밤마다 그 시절이, 영초언니가 꿈에 나타났습니다.

친하게 지내던 정신과 의사 정혜신에게 물었습니다. 내가 왜 이런 거냐고, 노인네도 아닌데 왜 자꾸 과거를 떠올리게 되는 거냐고. 뜻밖의 대답이 돌아왔습니다. 심리학의 '주둔군 이론'에 따르자면 지극히 당연한 현상이라고 했습니다. 주둔군 이론? 처음 들어보는 이야기였습니다.

군인이 전투를 하다가 밀릴 때 통상 가장 어려운 전투를 치렀던 고지로 후퇴하는 건 그곳에 가장 많은 주둔군을 두고 왔기 때문이라 합니다. 인생에서도 어려운 고비를 넘길 때는 반드시 그곳에 심리적 주둔군을 많이 남겨두게 되고, 다시 어려운 일이 닥치면 그때 그 시절을 떠올리면서 위로를 받는다는 것이었습니다. 그녀는 덧붙였습니다. 사람들이 진심으로 그리워하는 건 따뜻한 볕이 들던 시절이 아니라 바람이 몹시 불던 어떤 날일는지도 모른다고.

'바람이 몹시 불던 어떤 날'을 기록으로 남기고 싶어졌습니다. 게다가 영초언니는 2002년 이국땅 캐나다에서 큰 교통사고를 당해 뇌수술을 했고 기억의 대부분을 잃어버린 상태였습니다. 우리의 젊은 날을 기록으로 남기는 게 평생 기자 노릇을 해온, 온전히 살아남은 자의 몫이자 의무가 아닌가 싶었습니다.

이미 퇴사한 <오마이뉴스>에 블로그를 개설하고 '영초언니'라는 제목으로 글을 연재하기 시작했습니다. 소수이지만 뜨거운 관심을 보이는 이들의 격려와 응원을 받으면서 젊은 날 그녀를 만나게 된 사연과 그뒤에 벌어진 일들을 한동안 적어내려갔습니다.

하지만 그 일은 오래가지 않아 중단되었습니다. 나는 고향 제주도에 걷는 길을 내기 위해 31년 만에 귀향했고, <시사저널> 파업 기자들은 회사를 다 함께 그만두고 <시사IN>이라는 잡지를 창간했습니다. 더이상 지난 일에 매달릴 마음의 여유도, 시간도 없었습니다. 새로운 일들이 우리의 등을 떠밀었습니다.

다시 영초언니를 떠올린 건, 오랜 세월 밀쳐두었던 언니에 대한 글을 마무리지어야겠다고 결심한 건, 순전히 그 여자 최순실 때문이었습니다. 텔레비전 뉴스의 한 장면이 뒷덜미를 낚아채듯 나를 그 시절로 도로 데려다놓았습니다. 최순실은 수의를 입고 수갑을 차고 호송차에서 내려 특검조사를 받으러 가는 도중에 몰려드는 취재진에게 외쳤습니다. "여기는 더이상 민주주의 특검이 아닙니다. 너무 억울해요!"

순간 40여 년 전, 호송차에서 내리면서 "민주주의 쟁취, 독재 타도!"를 외치고는 곧장 교도관에게 입이 틀어막혀 발버둥치던 한 여자의 모습이 오버랩되었습니다. 천영초가 외치는 민주주의, 최순실이 외치는 민주주의! 40여 년의 세월을 넘어 똑같이 수의를 입은, 그러나 너무도 다른 생을 살았던 두 여자가 '민주주의'라는 같은 단어를 외치는 풍경이 지독히 비현실적으로 느껴졌습니다.

그러나 이 모든 것이 엄연한 현실이었습니다. 다시 내 의식 속의 심리적 주둔군이 맹렬하게 활동하기 시작했습니다. 밤마다 그 시절이 꿈속에서 마치 어제 일인 양 생생하게 펼쳐졌습니다. 식은땀에 젖어서 발버둥치며 일어나기 일쑤였습니다. '박근혜-최순실 게이트'는 어쩌면 박정희 시대를 정리하지 못하고 밭을 제대로 갈아엎어 새로이 농사짓지 않았기에 뿌리내린 것이 아닐까요? 박정희 시대에 향수를 느끼는 사람들에게도, 박정희 시대를 아예 모르는 젊은이들에게도 그 시절 우리가 겪은 일을 들려주고 영초언니라는 사람을 알려주어야 한다는 생각이 들었습니다.

블로그 연재를 멈췄던 시점에서부터 다시 글을 쓰기로 했습니다. 영초언니를 불러내서 말을 걸기 시작했습니다. 이 책은 지독하게 고통스러웠음에도 내 생애 힘든 시절마다 주둔군처럼 다시 호명되는 그때 그 시절의 기록입니다.

제 대학선배 천영초(고려대학교 신문방송학과 72학번)씨가 이 책의 주인공입니다. 실존인물이고, 캐나다로 이민을 갔다가 그곳에서 큰 사고를 당해 두 눈의 시력을 잃고 뇌의 6, 70퍼센트가 손상되는 바람에, 이제는 단순한 말과 행동밖에 못하는 어린아이가 되고 말았습니다. 지금은 영구귀국해 경기도 양평에서 투병생활을 하고 있습니다.

영초언니는 제게 담배를 처음 소개해준 '나쁜 언니'였고, 저를 이 사회의 모순에 눈뜨게 해준 '사회적 스승'이었고, 행동하는 양심이 어떤 것인가를 몸소 보여준 '지식인의 모델'이었습니다. 비단 저에게만이 아닙니다. 천영초는 당시 운동권의 상징적인 인물 중 하나였고 주위 사람들에게 깊은 영향을 준 사람이지만, 이제는 완벽하게 잊혀버렸습니다. 아무도 그녀의 역사를 기록해주지 않았기 때문입니다.

저는 이 책에서 70년대 후반 대학가 주변의 정치사회적 풍경이 어떠했는지, 당시 젊은 청춘들의 심리적 풍경은 또 어떠했는지를, 기억이 허락하는 한 철저하게 사실적으로 기록하고자 합니다(다행히 제게는 그 시절에 쓴 일기장 몇 권이 '기적적으로' 남아 있습니다.)

그와 더불어 섬세하고 예민한 성격에 사회적 약자에 대한 공감력과 정의감이 유독 강했던, 기자가 되고 싶어서 신문방송학과를 지원했던, 제가 본 어느 누구보다도 뛰어난 문장가였던 한 여자가 어떻게 시대를 감당하고 몸을 갈아서 민주화에 헌신했는가를, 그 폭압적인 야만의 시대에 얼마나 수치스럽고 모욕적인 일을 겪었는가를, 그 결과 어떻게 망가져갔는가를 증언하려고 합니다. 그 과정에서 긴급조치 9호 시대 여자들이 수감됐던 감옥 풍경도 등장할 것입니다.


이 책은 내가 가장 존경하고 사랑했던 한 여성에게 바치는 사랑 노래입니다. 이 노래를 듣고 그녀가 조각난 기억의 파편을 온전히 맞추어내는 기적이 일어나기를 소망합니다.


2017년 5월
이 땅의 끝자락 서귀포에서
서명숙

# 차례

1장

'빨갱이섬'에 태어난
박정희 키드

# 하루 천 번
## 이름을 불러줘야 살 수 있는 아이

서귀포! 진시황제의 사신 서복이 동남동녀 500명을 데리고 불로
초를 구하러 남방으로 왔다가 정방폭포 절벽에 '서불과지徐市過之
(서복이 이곳을 지나갔다)'라는 글씨만 남기고 돌아갔다는 전설이
깃든 곳. 그곳에서 나는 나고 자랐다.

　에메랄드 보석처럼, 때로는 쪽빛 비단처럼, 간혹은 검푸른 빛깔
의 사나운 맹수처럼 색깔과 모양을 달리하는, 저멀리 남태평양으
로 연결된 서귀포 앞바다. 가없이 넓고 아름다운 그 바다를 보고
자라는 것이 얼마나 대단한 특혜이자 치명적인 경험인지 그때는
미처 몰랐다. 어린 시절 오감으로 각인된 바다는 그 바다를 떠나
어디에서 무엇을 하고 살든 간에 몸안 구석구석을 흘러다닌다.

오죽하면 재독 작곡가 윤이상은 베를린 자택 정원 연못에 고향 통영의 바다와 대숲을 재현해놓았겠는가. 말년에 그의 자택을 방문했던 한 작가에 따르면 윤이상은 '유럽 곳곳을 돌아다녀도 통영 바다만큼 푸르른 바다는 보지 못했다'면서 떠나온 고향 바다를 그리워했다고 한다. 내게는 서귀포 앞바당이 어디에도 견줄 수 없는 그런 바다였다.

　우리는 한여름 내내 그 바다에서 여린 근육을 단련시켰고 꿈을 키워나갔다. '자구리' 앞바다에서 '허푸허푸' 개헤엄을 치고 있노라면, 동네 오빠들은 저 건너편 까마득히 높은 '소낭머리' 절벽에서 구령 소리와 함께 다이빙을 했다. 입술이 검보랏빛이 될 때까지 물놀이한 끝에 '와랑와랑'한 햇살에 오랜 시간 달궈진 현무암 너럭바위에 드러누워 따뜻하게 몸을 덥힐 때의 그 나른한 피로감이란! 책에서 읽은 '행복'이라는 단어가 바로 이런 느낌을 말하는 게 아닐까 생각했다.


　바다가 내 영혼의 기지국이라면, 매일시장은 내 생활의 기지국이었다. 쪼그리고 둘러앉아 대파를 다듬는 동네 아주망들 앞에서 눈이 매웠는지 오만상을 찌푸리는 나, 그런 나를 올려다보면서 아주망들이 박장대소하던 장면이 내 인생 최초의 사진으로 남아 있을 만큼 시장은 내게 일상의 공간이었다. 서귀포 읍내에서 유일하게 매일 열린다고 해서 매일시장이었지만, 지금 수준으로 보면 골목시장에 지나지 않는 규모였다. 단골손님을 두고 늘 드잡이를 하는 정육점 두 군데가 있었고, 아침마다 김이 펄펄 나는 모두부와 순두부를 내놓는 두부 가게, 커다란 조랑말이 끄는 짐수레로 시장통의 물건을 도맡아 운반하는 강씨네, 동네방네 고물이란 고물은 다 모여들던 엿장수 황씨네, 푸짐한 욕설로 홀어멍이 말 안 듣는 네 아이를 깨우는 순심이 어멍네가 우리 이웃이었다.

숫자도 많고 경쟁도 가장 치열한 업종은 식료품을 파는 가게였다. 우리 엄마가 운영하는 '서명숙상회'가 바로 그중 하나였다. 대리점에서나 취급하는 미원, 설탕, 식용유에서부터 다라이 장수들이 파는 콩나물에 이르기까지 취급 품목이 올망졸망 수십 가지도 넘었다. 지금으로 치면 구멍가게와 슈퍼마켓 그리고 창고형 할인매장을 두루 겸한 도소매 가게였다.

손님들은 나를 두고 '맹숙상회 딸 맹숙이'라고 불렀다. 다른 가게들은 다들 사장님 이름이나 출신지를 간판명에 붙이거나 근사한 새 이름을 지어 쓰는데 왜 우리 가게만 내 이름을 붙인 걸까? 어린 마음에 식료품 가게가 그다지 자랑스럽게 느껴지지 않았던데다, 내 이름이 시도 때도 없이 불리는 게 못마땅했다.

하지만 '서명숙상회'라는 이름에는 나름대로 사연이 있었다. 갓난쟁이인 나를 애기구덕(아기를 재우는 요람)에 재우고 엄마가 길거리에서 다라이 장사를 하던 시절, 지나가던 탁발승에게 먹을 걸 시주했더니 그 스님이 아기의 사주팔자를 봐주겠노라고 자청했단다. 스님은 여식의 팔자가 너무 세다고 혀를 차더니 억센 팔자를 누르려면 하루에 천 번씩 여식의 이름을 불러주어야 한다 당부하

고 길을 떠났다. 스님의 말이 못내 신경쓰였지만, 아버지는 함경북
도에서 혈혈단신 내려온 처지였고 엄마의 친가는 멀리 떨어진 성
읍리에 있어서 내 이름을 불러줄 친척이라고는 주변에 아무도 없
었다. 궁리 끝에 엄마는 새로 문 여는 가게의 상호를 딸 이름으로,
그것도 '풀 네임'으로 붙이기로 결정했다. 1959년의 일이었다.


## '서명숙상회' 딸
### 서명숙

눈코 뜰 새 없이 바쁜 가겟집 딸의 처지를 스스로 알았던 걸까. 나
는 동네에서 '순둥이'로 소문이 났다. 엄마가 온종일 애기구덕에
눕혀놓고 돌아다녀도 칭얼대는 법이 없고, 울지도 않았다. "아이
도 어멍 바쁜 줄 알암쩌게." 동네 사람들은 이구동성 칭찬을 아끼
지 않았다. 그러나 엄마는 시간이 흐르면서 딸이 또래 아이들보다
지나치게 늦되고, 심지어 심한 말더듬이라는 사실을 알게 되었다.
교육자 집안에 태어났는데도 딸이라는 이유로 상급학교에 진학하
지 못한 한을 품고 있던 엄마였다. 그녀는 궁리 끝에 내게 만화책
을 사다주고는 크게 소리내어 읽게 했고, 동네 아이들에게 사탕을
쥐여주면서 우리 명숙이와 놀아달라 부탁하기도 했다. 그녀의 눈
물겨운 노력에도 불구하고 숫기 없고 고무줄놀이도 못하는 내게
친구는 좀처럼 생기지 않았다.

내가 입학한 서귀포초등학교는 전교생 수가 1600명이 넘을 정도로 규모가 제법 큰 학교였다. 1960년대 중반의 서귀포는 '미국 서부 개척 시대의 금광도시'처럼 생기와 활력이 넘쳤다. 서귀포 인근에서만 생산되던 밀감은 '대학 나무' 열매로 불릴 만큼 비싼 작물이었다(지금으로 치면 망고급 과일이었다). 밀감 농사와 더불어 관광이라는 신성장 산업은 서귀포읍의 또다른 금맥이었다. 난생처음 비행기 또는 배를 타고 제주섬을 찾는 신혼여행객과 단체여행객, 무전여행자의 발길이 끝없이 이어졌다. 그뿐인가. 기생관광을 즐기러 한국을 찾는 일본인들에게도 제주는 폭발적으로 인기를 끌었다. '장춘여관' '귤림여관' '남성여관' 등 장급 여관들이 즐비하게 들어섰고, '서귀포 관광극장' 등 극장이 개업했으며 '태평관' '유성관' 같은 요정이 출현했다. '호동의원'이라는 병원도 생겼다.

제주 유입 인구가 갑자기 늘어나고 베이비붐 세대가 입학하면서 서귀포초등학교는 교실이 부족해져 오전반, 오후반으로 나누어 이부제 수업을 해야만 했다. 한 반에 70명 가까이 수용했던 콩나물 교실 속 '호동의원'과 '오케 백화점' 딸들 사이에서 나는 여러모로 지극히 평범한 아이였다. 아니, 말더듬이에 학습 부진아이기까지 했다. 다만 내 곁엔 그런 딸을 절대로 포기하지 않는 극성스러운 엄마가 있었다.

내게 서광이 비친 건 3학년 때부터였다. 엄마가 거의 강제로 읽힌 만화책과 동화책이 마침내 효력을 발휘한 건지 교내 반공 글짓기 대회에서 상을 탔다. 한 번 상을 타자 담임선생님은 각종 도내

외 백일장에 내가 쓴 원고를 보내거나 직접 참가하도록 독려했다. 상을 타는 횟수가 늘면서 조금씩 자신감이 붙어 학교 성적도 쑥쑥 오르기 시작했다. 딸의 놀라운 변화에 흥분한 엄마는 그때부터 배를 타고 부산으로 물건을 떼러 갈 때마다 원고지며 동화책, 심지어는 아동문학전집까지 아낌없이 사다 날랐다. 그 책들을 자양분 삼아 내 머리는 마치 팝콘처럼 펑, 펑, 폭발했다.

## 국민교육헌장
## 암기왕

초등학교 5학년 때 또다른 비약의 계기가 찾아왔다. 당시 박정희 정권은 '국민교육헌장'을 선포해 초중고 각급 학교에서 외우도록 지시했다. 나의 담임선생님은 학교에서 인정받는 모범교사였다. 일제고사 성적은 물론 여타 과외 활동에서도 다른 반과의 경쟁에서 밀리는 것을 용납하지 않는 엘리트 교사였다. 그녀는 예쁜 글씨로 칠판에 국민교육헌장을 판서하고는 학생들에게 공책에 받아쓴 뒤 한 글자도 틀리지 말고 외우라고 말했다. 아이들은 칠판을 가득 채운 그 어마어마한 분량에 기가 질리는 눈치였다. '우우우' '에이씨' 여기저기서 불평불만의 소리를 터뜨리다가 선생님이 휙 돌아보면 언제 그랬냐는 듯 쑥 들어갔다.

나는 처음 접한 국민교육헌장이 너무도 마음에 들었다. 박정희 대통령께서 직접 지었다고 선생님이 설명해주었는데, 우선 헌장에 등장하는 단어가 어렵고 추상적이라는 점이 좋았다. "우리는 민족중흥의 역사적 사명을 띠고 이 땅에 태어났다." 서두부터 한자어투성이인 그 헌장이 이상하게도 귀에 쏙쏙 들어왔고, 가슴을 탕탕 울렸다. 학교를 파하고 집으로 돌아가는 솔동산 길에서도, 집에서 밥을 먹는 중에도 나는 국민교육헌장을 외우고 또 외웠다.

다음날 선생님이 아이들을 한 명씩 교탁 앞으로 불러내 국민교육헌장을 외워보도록 했다. 얼마나 기다렸던 순간인가. 내 차례가 오자 나는 처음부터 끝까지 한 글자도 막힘없이 그 긴 국민교육헌장을 다 외웠다. 선생님은 끊임없이 고개를 끄덕였고, 아이들은 고개를 좌우로 흔들어대거나 '우우' 야유를 보내다가 선생님에게 혼이 났다. 이 암기 시험은 탈락자를 대상으로 계속되었지만, 5학년이 끝나는 종업식까지 끝내 다 외우지 못한 아이들도 많았다. 국민교육헌장 사건은 어린 시절 내내 말더듬이로 놀림받았던 내게는 자존감을 확실하게 심어준 일대 사건이었다. 이 헌장을 직접 지었다는 박정희 대통령에게 나는 깊은 존경심을 품게 되었다.


"박정희 대통령 각하,
축하드립니다!"


아직 어려서였는지 수많은 대학생들과 민주인사들이 희생을 무릅

쓰고 결사반대했다는 3선개헌에 대한 기억은 전혀 없다. 하지만 3선개헌을 지렛대 삼아 박정희 대통령이 세번째 대통령 연임에 도전한 1971년의 대통령 선거는 내 기억에 또렷이 남아 있다. 당시 젊은 김대중 후보가 '40대 기수론'을 들고 나와서 전국에 돌풍을 불러일으켰다. 선거전이 백중세로 치달으며 우리 엄마도 덩달아 더 바빠졌다. 밤마다 우리집 마루에서, 마당에서 어른들끼리 무언가 수군수군 이야기를 주고받았다. 엄마는 박정희 후보의 소속정당인 공화당의 매일시장통 조직책이었다. 봉투도 서로 주고받는 듯했다. 중학교 2학년, 예민한 사춘기 소녀인지라 눈치로도 충분히 알 수 있었다.

하지만 나는 열렬한 '박정희 키드'였다. 엄마가 선거 결과를 걱정하는 바람에 덩달아 마음이 불안해졌다. 부모님이나 선생님들 말에 따르면 김대중은 전라도 출신의 '빨갱이'이므로 대한민국의 미래를 맡겨서는 안 될 위험인물이었다. '조국 근대화의 아버지' '우리 국민의 영도자'인 박정희 대통령이 이런 후보에게 밀려서 물러나게 된다는 건 상상하기조차 싫은 일이었다.

그해 4월 27일 대통령 선거일 밤, 엄마는 라디오에서 흘러나오는 선거방송에 초조하게 귀를 기울였다. 나도 엄마 옆에 붙어서 귀를 쫑긋 세웠다. 엄마는 말로는 넌 잠이나 자라고 했지만 굳이 말리지는 않았다. 지역별 실시간 개표상황을 보도하는데 중반까지 박정희 후보와 김대중 후보가 엎치락뒤치락했다. 입술이 바짝바짝 타들어가고 손이 불끈 쥐어지는 박빙의 승부가 한동안 이어졌다.

얼마나 시간이 흘렀을까. 마침내 라디오 선거방송을 진행하던 아나운서가 들뜬 목소리로 박정희 대통령 당선 확정이라고 발표했다. 얼마나 기뻤는지 엄마는 나를 와락 껴안았다. 너무 오래 가슴을 졸인 탓인지 흥분이 가라앉지 않았고 쉽게 잠이 오지 않았다. 나는 '얼른 불 끄고 자라'는 엄마의 지청구를 들어가면서 일기장을 꺼내 '박정희 대통령 각하, 축하드립니다!!!'라고 쓴 뒤에야 비로소 잠이 들었다.

이듬해 유신헌법 제정이 국민투표에 부쳐질 거라고 학교 선생님이 가르쳐주었다. '남북분단의 특수한 상황에서 대통령 직선제를 폐지하고 한국식 민주주의를 택할 수밖에 없다' '박정희 대통령의 구국적 결단'이라는 설명을 덧붙였다. 우리나라가 처한 상황이 엄중한가보구나, 싶었다. 전국 유권자의 92.9퍼센트가 참여한 기록적인 투표율 속에 유신헌법은 91.5퍼센트의 압도적인 찬성률로 통과되었다. 이 유신헌법을 토대로 대통령 선거가 다시 치러졌고, 1972년 12월 장충체육관에서 열린 통일주체국민회의 대의원들의 제8대 대통령 선거에서 박정희 후보는 무효표 2표가 나온 것 외에 전원 찬성으로 다시 대통령에 당선되었다. 이전 선거처럼 마음을 졸이지 않고 순조롭게 당선되어서 나는 적이 안심이 되었다.

우리 동네에 유일하게 고등학교를 졸업한 육지 출신 아저씨가 있었다. 우리집에서 아버지와 술을 마시다가 갑자기 흥분해서 이렇게 말했다. "맹숙이 아버지, 이게 말이 됩니까? 대통령을 왜 국민이 직접 안 뽑고 대의원들이 뽑습니까? 이게 민주주의 국가 맞습니까? 이북 공산당이랑 다를 바가 뭐가 있냐고요?"

나는 그 아저씨가 갑자기 미워졌다. 어차피 박대통령이 뽑힐 건데 국민이 뽑든 대의원이 뽑든 무슨 상관이람. 그리고 막걸리 한사발에 마음을 바꾸는 일반 국민들보다 조금이라도 더 똑똑한 대의원들이 대통령을 뽑는 게 더 나은 거 아닌가? 다른 책들은 꽤나 열심히 읽어치운 조숙한 문학소녀였지만, 정치의식에 관한 한 나는 철저하게 길들여지고 통제된 정보 속에서 박정희를 신격화, 우상화한 '박정희 키드'에 머문 미숙아였다.

## 변방 명문여고의 한밤 연좌농성

고3에 올라간 1975년 봄이었다. 지금 돌이켜보면 세상이 살벌하게 돌아가고 있었지만, 입시준비에 여념이 없던 여고생이 알 턱이 없었다. 어느 날 '고려대가 76학년도 신입생을 안 뽑는다'는 소문이 들려왔다. 서울로부터 전해진 풍문이었다. 선생님께 확인해보니 정말 그럴지도 모르겠다는 게 아닌가. 캠퍼스 분위기가 연세대보다는 촌사람이 다니기 나을 것 같고, 본고사에서 수학이 쉽게 출제되는 경향이 있어서 수학에 약한 나는 오직 고대를 목표로 공부하고 있었는데 낭패였다. 선생님의 말에 따르면 고대 학생들이 워낙 데모를 세게 해서 학교문을 닫았다는 것이다(1975년 4월 8일에 단행된

'고려대 휴교령'으로 인해 벌어진 일이었다. 당시 박정희 정권은 긴급 조치 7호를 발동해 "병력을 사용하여 동교의 질서를 유지할 수 있다"고 못박았다. 정부가 군 병력을 동원해 한 대학을 장악하는 초유의 사태가 벌어진 것이다. 고려대 휴교령은 한 달 넘게 이어진 뒤 5월 13일 해제되었다).

박정희 대통령을 열렬히 추종하고 유신헌법의 정당성을 믿어 의심치 않던 나였다. 그때 처음으로 시대의 수상한 공기를 감지했다. 그리고 그 공기가 우리의 일상과 긴밀하게 연결되어 있다는 것도.

잔인한 4월이 지나고 5월이 찾아왔다. 5월로 접어들면서 더 큰 진통이 기다리고 있었다. 밖으로는 긴급조치 9호 발동, 안으로는 '교내 데모'였다.

사방에 봄꽃들이 꽃망울을 터뜨렸고 교정의 녹나무는 그 푸르름을 더해갔다. 친구들은 눈이 시리도록 새파란 하늘을 올려다보면서 언제 이 지겨운 날들이 지나가려나, 허리를 비틀며 괴성을 질러댔다. 그즈음 3학년 수학 담당 선생님이 2학년 교실에 가서 3학년 흉을 잔뜩 보면서 걔들은 수학 성적이 너무 나빠 서울대 연고대 입시에서 전멸할 거라고 단언했다는 흉흉한 소문이 돌았다. 확인해보니 거품이 약간 있긴 했지만, 대부분 사실이었다.

그러나 사실도 공공연히 거론되면 자존심에 생채기가 나는 법. 더군다나 당시 우리는 눈부시게 화사한 봄날마저도 외려 서러운 폭발 직전의 고3이 아니었던가. 그의 말은 가뜩이나 공부에 지치

29

고 날이 서 있던 아이들에게 불쏘시개 역할을 했다. 삼삼오오 복도에 모여 수군거렸고, 보다 못한 학생회 간부들이 선생님께 해당 발언을 해명하고 앞으로 그러지 않겠다고 약속해달라고 요청했다. 선생님은 단번에 거절했다.

일은 점점 커졌다. 3학년 모든 반이 수업을 거부하고 평소 채플이나 체육 수업을 하던 강당에 모였다. 집으로 가거나 교실에 남은 아이들은 없었다. 한데 모이자 수학 선생님의 망언 외에도 그동안 다른 선생님의 수업방식이나 학교 운영에 쌓인 불만들이 하나둘씩 터져나오기 시작했다. 이번 사태의 주동자 격인 나 자신도 놀랄 만큼 아이들은 적극적으로 발언을 쏟아냈다.

교장 신부님, 교감 수녀님, 영어 수녀님 등 학생들을 설득할 만한 분들이 잇따라 앞에 나와서 여러 가지 좋은 성경말씀과 논리로 우리를 어르고 달래면서 해산을 권했지만, 아이들은 마룻바닥에 연좌해서 고개를 푹 숙인 채 꿈쩍도 하지 않았다. 사방은 점점 어둑어둑해져갔다. 연좌농성이 한밤중까지 이어지자 선생님들이 더 애달아했다. "너네 이러다간 다 중앙정보부에 끌려간다"고 발을 동동 굴렀다. 한 선생님은 절규하듯 말했다. "니네 부모님들이 학교에 전화 걸고 교문 밖에 오시고, 지금 난리도 아니다. 밖에는 중앙정보부 사람들도 와 있다. 오늘은 일단 돌아가라. 내일 등교해서 또 너희들 의견을 말하면 되지 않겠니?"

학생회 간부들은 숙의 끝에 일단 해산하고 내일 아침 등교 후 다시 운동장에서 모이기로 했다. 돌아오는 내내 머릿속에 선생님이 말한 '중앙정보부 사람'이라는 말이 맴돌았다. 중앙정보부라면 우는 아이도 울음을 뚝 그칠 정도로 우리에겐 낯설고, 멀고, 무서운 존재였다. 남파 간첩이나 공작원들을 잡는 그런 정보기관 사람들이 학생들의 단순한 교내 집회까지 간섭할까. 마음속에 일말의 불안감이 번졌지만 선생님들이 겁을 주어서 우리를 빨리 해산시키려고 과장한 것뿐이라고 이내 도리질 쳤다.

다음날 우리는 전날 약속한 대로 속속 운동장으로 모여들었다. 소문을 들은 1, 2학년 하급생들이 두려운 표정으로 창문 너머 우리를 지켜보고 있었다. 우리는 무슨 결사대라도 되는 양 다들 비장한 표정이었다. 그런데 이상하게도 어느 한 반 아이들 전원이 안 보이는 것 같았다. 왜 안 오나 궁금해서 그 반 교실을 올려다보는데, 기괴한 풍경을 목도했다. 그 반의 담임선생님이 창문에 다리를 걸쳐놓은 채 소리를 지르고, 아이들은 선생님에게 울며불며 매달리고 있었다.

그분은 열정적인 수업과 방과후 지도로 아이들의 신망을 한몸에 받고 있는 선생님이었다. 바로 그 선생님이 데모를 계속하면 창밖으로 몸을 던지겠다고 고집하는 바람에 아이들이 대혼란에 빠져서 운동장으로 나오지 못했다는 건 나중에야 밝혀졌다. 어쨌든 그 투신 소동을 계기로 우리의 시위는 시나브로 전열이 흐트러지고 유야무야 끝나고 말았다. 사태가 종료된 뒤 주동자급은 정학 조치를 당하거나 최소한 교무실로 불려가서 반성문 정도는 쓰게 되리라 각오하고 있었는데, 아무 일도 생기지 않았다. 우리가 입시를 앞둔 고3이기 때문인지, 가톨릭학교의 관대한 교풍 덕분인지 모를 일이었다.

한 선생님의 회고에 따르면 당시 중앙정보부 제주 분실 직원들이 데모 소문을 듣고 학교 근처에서 비상 대기한 것은 사실이었다. 긴급조치 9호 발령 직후에 일어난 집단 야간 시위여서 시국과 관련된 것으로 오해했다는 것이다. 우리가 연좌데모를 벌인 날은 긴급조치 9호가 선포되고 이틀 뒤인 5월 15일이었다. 그해 5월 13일에 선포된 긴급조치 9호는 그때까지 발동되었거나 발동시켰다가 거둬들인 1호부터 8호까지의 모든 내용을 하나로 집대성한 결정판이었다. 9호의 요지는 한마디로 '숨만 쉬고 살라'는 것이었다. 한반도의 변방에 살던 우리는 중앙에서 긴박하게 돌아가는 정치 상황을 알 수가 없었고, 그랬기에 겁도 없이 그런 일을 벌인 것이다.

중앙권력이 선포한 긴급조치는 변방의 여고생에게 깊은 인상을 남겼다. '내 청춘을 쥐고 있다 놓아버린' 기나긴 긴조(긴급조치) 시대의 시작이었다.

## 연극배우냐
## 신문기자냐

긴급조치 9호가 발동한 이듬해인 1976년 3월, 다행히 나는 원하던 대로 고려대에 진학했다. 부모님은 365일 '서명숙상회'를 지켜야 했기 때문에 입학식에 오지 못했다. 촌닭인 나는 웅장한 고대 석조 정문을 홀로 통과하면서 대학생활에 대한 기대감에 부풀기는커녕 몸도 마음도 오그라드는 기분이었다.

지금이야 인터넷과 교통이 발달해서 시골에 살면서도 서울의 생활상을 빠삭하게 꿸 수 있지만, 40년 전만 해도 서울과 제주도는 딴 세상이었다. 모든 게 낯설고 어색했다. 번쩍이는 도시의 불빛, 동급생들의 화사한 옷차림은 나를 주눅들게 하기에 충분했다.

변방 출신의 서러움과 외로움은 고향을 떠나오면서 각오했던 것보다 깊고 쓰라렸다. 어릴 때부터 책을 많이 읽은지라 표준어로 글을 쓰는 데는 익숙했지만, 표준어 회화는 역시 어색했다. 지금처럼 방송과 온갖 동영상이 국토 저 끝자락까지 뻗어 있어 표준어를 일상적으로 듣고 사는 시대가 아니었다. 특히 지방어 중에서도 제주어는 경상도나 전라도 사투리처럼 억양이 도드라지진 않지만 단어는 흡사 다른 나라 말처럼 달랐다. 같은 과 친구들과 대화하려면 머릿속으로 번역을 거친 다음에 이야기해야만 했다.

한번은 교정 벤치에서 소설책을 읽고 있는데 같은 과 남학생이 뒤에서 다가와 어깨를 탁 쳤다. 놀라서 휙 돌아다보며 내가 내뱉은

33

말은 "무사?"였다. 그 남학생은 "무사라고? 내가 칼을 찬 것도 아닌데 왜?"라고 반문했다. 깍듯이 표준어를 쓰다가 엉겁결에 제주어를 뱉은 나는 죄지은 사람처럼 얼굴이 빨개진 채 횡설수설 딴 데로 화제를 돌렸지만, 그날의 일은 내게 쓰라린 열패감과 수치심을 남기고 말았다. '무사'가 제주어로 '왜'라는 뜻이라는 걸 어째서 솔직하게 말하지 못했던 걸까? 제주 출신이라는 게 창피한가? 제주 사람이 제주어를 쓰는 게 부끄러운 일인가? 자신의 정체성을 부인한 괴로움은 두고두고 나를 따라다녔다.

나는 수업만 끝나면 재수하는 고향친구 명금이와 함께 자취하던 수송동 단칸방으로 곧장 돌아와서 도서관에서 빌려온 소설책 속으로 도피했다. 가끔 지나치는 학생회관 입구 게시판에 서클 회원 모집 공고가 나붙었지만, 독서 말고는 별다른 특기나 취미가 없는 내게는 관심사가 아니었다. 특히 이념서클은 기피 대상이었다. 이념서클은 위험한 곳이라는 이야기를 주변에서 많이 들은 터라 마음속에 높이 차단막을 둘러친 상태였다. 도시 속의 섬 같은 존재로 나는 1학기를 흘려보냈다.

그러다 2학기가 시작되고 학생회관 앞을 지나다가 고대신문사 학생기자를 모집한다는 공고를 보게 되었다. 신문기자! 내가 작가 다음으로 소망한 직업이었다. 중학교 때 한국일보 창업주 장기영 씨가 쓴 책을 우연히 읽으면서 '아, 신문기자란 참 매력적인 직업이구나' 하고 생각했다. 여러 유형의 사람을 만나고, 중요한 사건

현장을 취재하고, 가난하고 소외된 사람들의 처지를 글로 대변할 수도 있는 직업이라니. 글쓰는 직업으로는 어른들이 굶어 죽을지도 모른다고 걱정하는 작가밖에 몰랐던 내게 기자는 '글을 쓰면서도 굶지 않을 수 있는' 최고의 직업처럼 보였다. 그 일을 미리 경험해보는 것도 좋을 것 같았다.

그런데 이게 또 웬일인가! 그 옆에 고대극회 모집 공고가 나란히 붙어 있었다. 이루지 못한 꿈이 마음을 툭 건드렸다. 고등학교 2학년 때 학교에서 올리는 영어 연극에 별로 비중이 높지 않은 조연으로 참여한 적이 있었다. 아일랜드의 희곡작가 존 밀링턴 싱의 〈바다로 가는 기사들〉이라는 작품이었다. 거친 바다를 운명처럼 보듬고 살아야 하는 아일랜드와 제주의 유사성 때문일까, 처음 접한 연극의 매력 때문이었을까, 혹은 그저 사춘기 여고생의 계절병이었을까. 나는 이 한 편의 연극을 계기로 연극영화과에 입학해 연극배우가 되겠다는 꿈을 잠깐 꾸었더랬다.

학보사 원서 접수 마감날이 다가왔다. 한쪽에는 고대극회가 있는 학생회관이, 다른 한쪽에는 고대신문사가 있는 홍보관이 있었다. 둘 다 가슴 떨리게 하고픈 일이었다. 에라 모르겠다, 운명에 맡기자! 나는 갈림길 한가운데 서서 손바닥에 침을 뱉은 뒤 손가락으로 탁 튀겼다. 침은 신문사 쪽으로 튀었다. 그쪽을 향해 걸어갔다.

그리고 그곳에서 내 삶에 불쑥 뛰어들어 내 인생에 가장 깊은 영향을 미친 한 남자와 영초언니를 만나게 되었다.

2장

# 내 인생에 뛰어든
# '나쁜' 언니

# 처음 듣는
## '뉴스'

고대신문사 생활을 시작하면서 나는 그간 알지 못했던 세상을 만났다. 이념서클처럼 특정 교재를 갖고 세미나를 하거나 누군가가 작심하고 교육을 하는 것은 아니었다. 그저 다음주에는 어떤 아이템을 다룰지 기획회의를 하고, 마감날이면 일을 마친 뒤 술자리를 가지며 자연스럽게 이런저런 주제에 대한 난상토론을 벌였다. 현직 선배, 동료 기자들뿐 아니라 전직 기자들도 수시로 신문사를 드나들면서 토론에 가세했다.

저멀리 한반도의 끝자락에서 올라온 뼛속까지 '박정희 키드'였던 내게는 그 모든 이야기들이 죄다 처음 듣는 그야말로 '뉴스'였다. 남북이 대치하는 특수한 상황에서 어쩔 수 없는 선택이라고 믿었던 유신헌법은 박정희의 장기집권을 위해 치밀하게 계산된 포석이며, 일련의 긴급조치는 초법적인 발상의 조치라는 것이 선배들의 설명이었다. 처음에는 긴가민가했다. 하지만 선배들이 직접 겪은 이야기는 그 모든 의심과 의문의 너울을 걷어내기에 충분할 만큼 또렷하고 생생했다.

내가 고3의 어질머리를 앓던 그 환장할 것 같던 봄날에 고려대의 모든 구성원들은 믿을 수 없을 만큼 노골적인 폭력을 겪었다. 갑자기 동기와 선배들이 감옥이나 군대로 끌려가고, 학교는 기약 없는 휴교령 속에 문을 굳게 닫아걸었다. 교내에는 군인들이 상주하기 시작했다. 한 선배는 음울한 어조로 그 시절을 이렇게 돌이켰다.

"집에 내려가면 부모님이 웬일이냐고 걱정할까봐 내려가지도 못하고, 학교에는 들어갈 수도 없었어. 교문 밖에서 슬쩍 들여다보면 탱크와 군대 막사들만 보이곤 했지. 아, 그 시절 생각만 해도 끔찍해……"

그것도 모른 채 나는 대학생들이 왜 쓸데없이 데모는 해가지고 고3들의 입시를 방해하나 원망만 했으니. 통제와 검열을 거친 관제 뉴스에 길들여진 제주도 비바리(처녀)는 이렇게 조금씩 세상에 눈뜨기 시작했다.


소녀 시절의 꿈에 사명감까지 더해지면서 나는 기자 일에 전력투구했다. 취재 아이템을 만나면 어디든지 달려갔고 누구든 찾아갔다. 여학생에게 둘러쳐진 벽도 나름대로 깨부수려고 발버둥쳤다.

그런 내게 "고대신문 사상 첫 여자 편집국장이 돼보라"고 덕담을 건네는 이도 있었다. 그러기에는 걸림돌이 되는 동기가 한 명 있었다.

엄주웅, 그는 첫인상부터 예사롭지 않았다. 학생기자 합격자 발표가 나던 날, 고대신문사 건물 복도에서 나는 시커멓게 물들인 군복을 입은 한 남학생을 보았다. 무심코 바라보고 있는데 내 시선을 의식했는지 그가 갑자기 고개를 들어 나를 응시했다. 그의 눈에서 번쩍 섬광이 발하는 듯했다. 지은 죄도 없이 그 눈빛에 기가 질려 눈을 내리깔면서 나는 속으로 중얼거렸다. '뭔 눈빛이 저렇게 세?'

나는 난생처음 소설이나 영화 속 주인공이 아닌 내 주변의 이성에게 묘한 감정의 흔들림을 느꼈지만, 이내 잠금장치를 걸었다. 난 한가롭게 연애질이나 할 처지가 못 됐다. 상급학교 진학에 한이 맺혔던 엄마는 내게 어린 시절부터 "독신으로 살아라. 똑똑하고 잘 배운 여자는 좋은 직업을 가지게 되니 굳이 결혼할 필요가 없다. 남자에게 의지하지 말아라"라고 귀에 딱지가 앉도록 누누이 강조했다. 엄마의 꿈을 대신 이루고 고대신문사 사상 첫 여성 편집국장이 되어보리라는 야망을 품은 내게 연애질은 사치요 시간 낭비였다.

그도 내 마음이 흔들리지 않도록 도와주었다. 그는 간호대학에 다니는 긴 생머리 여대생을 미팅에서 만난 뒤 그녀에게 푹 빠져 있었다. 아마추어 교향악단의 바이올린 주자인 그녀의 바이올린을 대신 들어주는 모습이 종종 눈에 띄었고, 동기들 사이에서는 엄주웅의 무한대 짝사랑을 놀려대는 농담이 들려왔다. 급기야 여자들과는 좀처럼 말을 잘 섞지 않던 그가 머뭇머뭇 내게 말을 건네왔다. 어찌하면 그녀의 마음을 얻을 수 있는지 같은 여자로서 조언해 달라는 것이었다.

마음이 아렸지만 연애는 어차피 내 몫도, 내가 추구할 영역도 아니었다. 그에게 조언 비슷한 것을 해주면서, 그가 딴 데 마음을 두는 게 나로선 더 유리할 수도 있다고 스스로를 위로했다. 엄주웅이 연애에 시간을 버리는 사이에 넌 더 멋진 기사를 쓰는 거야, 그리고 걔를 제치고 첫 여성 국장이 되는 거야, 라고 나는 자신을 다독였다.


## 외부검열보다 무서운 자기검열

나는 강의실 대신 홍보관이나 신문을 인쇄하는 조선일보 정간부에서 점점 더 많은 시간을 보내게 되었다. 과 수석으로 입학한 장학생이었지만 과 동기들은 내 얼굴을 거의 잊어버릴 지경이었고, 학점도 곤두박질쳤다. 그래도 학보사 기자로서 장학금을 받았기 때문에 고향의 부모님에게는 그럭저럭 면학중인 것으로 체면치레를 할 수 있었다. 당시 학교측은 고대신문사 기자에게 파격적인 대우를 해주고 있었다. 어느 기업에선가 지원하는 신문사 장학금은 등록금의 절반가량은 되었고, 다달이 대학생 용돈 정도는 충분히 감당할 수 있는 수준의 월급도 나왔다. 신문 제작을 하는 날이면

42

단골 중국집에서 탕수육과 고량주까지 시킬 수 있었다.

근무 환경은 점점 나아지는 대신 지면에 가해지는 유무형의 제약은 점점 심해져갔다. 학보사는 겉으로는 지도교수의 지도 아래 학생들이 자율적으로 운영하는 체제인 듯 보였지만, 실제로는 인쇄 전 지도교수-실무간사-국장-부장 등 여러 컨펌 절차를 거치는 검열 시스템이 작동하고 있었다. 심지어는 막판에 문제 원고가 발견되어서 인쇄 직전에 다른 원고로 대체하기도 하고, 표현을 급히 수정하기도 했다.

더 큰 자괴감은 외부검열이 아니라 우리 스스로가 자기검열을 하기 시작하면서 찾아들었다. 교수님이나 간사 선배에게 한소리 안 듣기 위해, 막판에 대형사고를 치지 않으려고, 우리는 스스로 몸을 사리기 시작했다. 누가 기획안을 내놓으면 "그거 되겠어? 나갈 수 있겠어?" 자조 섞인 농담이 오갔다. 물정 모르고 용감한 제안을 내놓는 동료를 부담스러워하는 분위기도 형성되었다. 처음에는 안팎의 압력에 대해 반발하고 저항하다가, 시간이 흐를수록 '부자유를 스스로 선택하는' 경지에 이르게 되었다. 표현도 점점 에둘러서, 비판인지 아닌지 꽈배기처럼 배배 꼬인 문장으로 기사를 쓰기 시작했다. 그래야만 검열의 눈을 피해가고 비껴갈 수 있었기에.

기자 동기 중에 공대에 다니는 유열종이라는 친구가 있었다. 좋게 말하자면 매우 순진하고 때묻지 않은, 정치의식이나 사회의식은 별로 없는 친구였다. 그런데 이상하게도 그 친구가 칼럼을 쓰면 꼭 문제가 터졌다. 우리는 그 친구를 면전에 대고 놀렸다. "야, 민주투사 납셨다!" 그 친구는 멋쩍게 웃으면서 이렇게 말했다. "난 공돌이라서 니네처럼 빙빙 돌려서 요령껏 쓸 줄 모르잖아."

시간이 흐르면서 나는 새로운 사실을 알게 되었다. 홍보관 건물에서 자주 마주치곤 했던 낯익은 중년 남자의 정체를. 그 남자는 중앙정보부에서 업무 협조차 신문사로 파견 나온 요원이었다. 그 말고도 자주 눈에 띄었던 또다른 중년 남자는 우리 대학 관할인 성북경찰서 정보과 형사였다. 일개 대학신문사 주변이 이럴진대 방송사나 신문사의 검열은 오죽할까 싶었다. 우리에게 전달되는 뉴스들은 과연 얼마나 진실된 것일까?

그럴 즈음 나는 학보사 입사 1년여 만에 특별취재부장으로 승진했고, 전면 기획기사를 쓰는 역할을 맡게 되었다. 초반에는 문화 기획으로 안전하게 가다가 순탄하게 호평을 받으니 자신감이 붙어서 의욕적인 기획안을 내놓았다. '야학 시리즈 상하 편'이었다.

당시 사회현실에 관심을 둔 대학생들 사이에서는 검정고시야학이나 노동야학에서 직접 노동자들을 가르치는 풍조가 한 흐름을 형성하고 있었다. 지금이야 대학 진학률이 70퍼센트에 달한다지만, 당시만 해도 대학생은 개천의 용 출신이건 아니건 간에 '선택된 신민'이나 다름없었고, 심지어 시골에서는 대학생이라는 이유만으로 지식인 대접을 받을 정도였다. 그런 만큼 자신이 받은 혜택을 상급학교에 진학하지 못한 이들을 위해 되돌려주고 재능기부를 해야 한다는 생각을 하는 이들이 제법 있었다. 한쪽은 노동자들의 상급학교 진학을 돕고 더 나은 직업을 가질 수 있도록 독려하는 검정고시야학의 교사로, 다른 한쪽은 그들에게 노동자와 시민으로서의 권리를 일깨워주는 노동야학의 교사로 몸을 던졌다. 나는 그런 친구들을 취재하고 싶었다. 무엇이 이들을 취업 준비나 취미서클 대신 이런 야학에 투신하게 만들었는지, 그들에게 배운 학생과 노동자들에게는 어떤 변화가 일어나는지 알고 싶었다.

먼저 창신동에 있는 검정고시야학을 찾았다. 대학생 교사들은 불어터진 라면조차 제때 먹지 못하면서, 정규학교에 가지 못한 청소년들을 밤늦게까지 가르치고 있었다. 수업 교재는 등사기로 밀어서 직접 만들고, 학교 운영비는 개인과외를 하거나 노가다를 해가면서 십시일반 추렴해 충당하고 있었다. 나중에 찾은 구로동의 노동야학도 사정은 더하면 더했지 별반 다를 바 없었다. 다만 검정고시야학은 정부나 대학에서 모범적이고 착한 일로 칭찬과 격려를, 노동야학은 노동자를 부추겨서 세상을 전복하려는 불온한 짓으로 감시와 통제를 받고 있다는 점이 다를 뿐.

어느 쪽이건 그들 교사들의 소박한 생활과 뜨거운 열정을 지켜본 나는 어느덧 끊임없는 자기검열을 거치면서 대학 내의 기득권이자 귀족 집단으로 스스로 타협하고 안주하는 건 아닌지 자문하게 되었다. 이대로라면 처음 맘먹은 대로 첫 여성 편집국장이 되는 게—물론 될지도 미지수이지만—무슨 의미가 있는 걸까. 신문사를 때려치워야 하는 걸까, 버텨야 하는 걸까. 그런 고민에 빠져 있을 무렵, 취재1부장으로 동기들 중 선두 주자였던 엄주웅이 갑자기 학보사에 사표를 던졌다. 이념서클 선배들이 학내 시위 문제로 잡혀들어갔기 때문에 서클 일에 전념하기 위해 학보사 기자는 그만둘 수밖에 없다고 했다. 학보사에 회의를 느낄 무렵, 강력한 경쟁 상대가 스스로 물러난 것이었다. 무력감이 더 크게 덮쳐왔다.

1977년 가을, 나는 뿌리째 흔들리고 있었다. 천영초, 그녀를 만난 건 그즈음이었다.


## "천영초 선배께<br>인사드려!"


그녀를 처음 만난 건 그해 11월 3일 고대신문 창간기념일 뒤풀이 자리에서였다. 학보사에서는 매년 이날을 기해 졸업한 지 수십 년 된 노년층부터 새내기 수습기자까지 전체 동인들이 모이는 게 오래된 전통이었다. 학보사의 전설 같은 존재가 느닷없이 나타나거나, 호랑이 담배 피우던 시절의 무용담이 시끌벅적 오가는 자리였다. 누군가가 내 옷소매를 잡아끌더니 한 여자 앞에 데리고 갔다.

"천영초 선배 처음 뵙지? 인사드려!"

천영초! 한 번도 만난 적은 없지만 귀에 딱지가 앉도록 많이 들어본 이름. 선배들이 술자리에서 자주 언급했던 여자 선배였다. 고대신문사 역사상 가장 뛰어난 미모에 훌륭한 문장가였다는, 선배들이 하도 이야기하는 바람에 슬며시 질투 비슷한 감정까지 느꼈던 바로 그 선배였다.

크지도 작지도 않은 중키에 날씬한 몸매, 단아한 이목구비, 창백할 정도로 새하얀 피부, 첫눈에도 단아한 도시형 미인이었다. 전체적으로 갸름한 미인형인데 코가 약간 불균형한 게 유일한 흠이랄까. 근데 묘하게도 약간 휘어진 코가 얼굴 분위기를 지적으로 만들고 있었다.

까무잡잡하고 통통하고 덜렁한 제주도 비바리인 나와는 여러모로 대조적이었다. 속으로 '보나마나 새침 도도하겠군' 투덜거리면서도 겉으로는 의례적인 관등성명을 댔다.

"저, 특별취재부장으로 있는 76학번 서명숙입니다."

하지만 그녀의 말은 나의 경계 태세를 단숨에 허물어뜨리고 말았다.

"서명숙이라고? 좋은 글 많이 쓰던데. 꼭 한번 만나보고 싶었어. 우리 친하게 지내자."

주위 선배들이 내게 천영초 선배에 대해 보충설명을 해주었다. 신문방송학과에서 공부도 잘하고 글도 잘 쓰는 인재였는데도 이른바 '메이저 언론' 쪽은 거들떠보지도 않았다, 월급도 적고 유력 매체도 아닌 마이너 '농민신문사'에 입사하더니 몇 달 만에 때려치우고, 지금은 한신대 대학원에서 신학을 공부한다고 했다. 처음 보는 내게 살갑게 말을 걸어준 그녀의 특별한 이력이 내 마음을 끌었다. 다들 밟는 출세 코스를 마다한 그녀에겐 뭔가 특별한 것이 있겠다 싶었다. 그녀 역시 처음 만난 내게 호감을 느끼는 눈치였다.

헤어질 무렵 그녀가 손을 내밀면서 말했다.

"나는 84번 버스 종점 수유리에서 자취하는데 우리집에 한번 놀러오지 않을래? 같은 여자, 같은 자취생끼리 친하게 지내자구."

### "담배 없이
### 무슨 낙으로 사니?"

그 다음주 주말, 그녀는 약속시간에 맞춰 84번 종점에 나와 있었다. 영초언니는 종점인 화계사 근처의 허름한 단층 양옥집 문간방에 세 들어 살고 있었다. 한신대 기숙사에 한 학기 있었는데 너무 갑갑해서 나와버렸단다.

자그마한 방에 가구라고는 1인용 싱글침대, 비키니옷장이 전부였다. 방안 여기저기에 벽돌을 몇 장씩 괴어 송판을 걸쳐놓고 책꽂이 대용으로 쓰고 있는 것이 독특했다. 사방에 책, 책들이 그득했다. 주로 해방신학에 관한 번역서와 한국 현대사, 언론에 관한 책들이었다. 『창작과비평』 같은 잡지도 많았다.

아궁이에 연탄불이 남아 있었지만, 언니는 조그만 전기쿠커에 물을 붓더니 라면을 두 개 부서뜨렸다. 라면이 끓기 시작하자 동그란 앉은뱅이밥상을 펴고 밥과 라면, 김치 '3종 세트'를 가지런히 차려냈다. 자취생들다운 첫 오찬이었다.

그러나 반전이 기다리고 있었다. 언니가 책꽂이 뒤편에서 뚜껑

달린 그릇을 꺼내더니 그 안에서 담뱃갑과 라이터를 집어들었다. 나는 내심 놀랐지만 '촌년' 소리를 들을세라 애써 태연한 척했다. 나는 그때까지만 해도 담배는 '특수 직업에 종사하는 여자들이나 피우는 기호품'으로 여기고 있었다. 실제로 내가 자란 서귀포에서는 할머니들 빼놓고는 요정 마담이나 다방 레지들만 담배를 피웠고, 동네 여자들은 뒷전에서 혀를 차거나 흉을 보곤 했다. 남자들에게는 그런 기준이 적용되지 않는다는 것에 대해 별다른 의문조차 갖지 않았다.

언니가 한 모금 담배 연기를 내뿜다가 갑자기 생각이 미쳤다는 듯 "어? 넌 안 피우니?" 물었다. 나는 갑작스러운 물음에 더듬거리면서 "담배 못해요. 사실은 술도 잘 못해요"라고 대답했다.

"한번 피워볼래?"

"……"

언니는 긴 손가락 사이에 담배를 끼우고 무척 맛있게 한 모금 빨았다. '호오이' 입술을 동그랗게 말면서. 그러고는 한숨처럼 아주 길게 연기를 내뿜었다.

"담배 없이 대체 무슨 낙으로 사니? 이 답답한 세상에 담배라도 없으면 정말 숨막혀 죽을 것 같은데…… 너도 한번 피워볼래?"

'담배 없이 무슨 낙으로'라는 말이 내 가슴에 탁 꽂혔다. 그즈음 나는 방황하고 있었다. 대학과 학보사를 둘러싼 숨막히는 분위기, 신문사를 떠난 동기, 야학과 신문사 사이에서 흔들리는 나……

말없이 고개를 끄덕이는 내게 영초언니가 불붙인 담배를 내밀었다. 언니가 가르쳐준 대로 담배 연기를 빨아들이는데 갑자기 눈과 목이 찌르는 듯이 따갑고 기침이 나는가 싶더니 머리가 핑 돌았다. 나도 모르게 침대 위에 쓰러졌다.

"큭큭. 처음엔 다 그래. 두어 번 피우다보면 금세 적응된다니까."

두번째 모금에서 나는 담배와 지독한 사랑에 빠지게 되리라는 예감이 들었다. 처음 영초언니에게 배운 건 담배였지만, 그건 시작에 지나지 않았다.

### "나랑 같이
### 자취할래?"

나는 매 주말 시간이 날 때마다 그녀의 집으로 놀러갔다. 언니와 이야기하는 것도 즐거웠지만, 언니가 소장한 책을 빌려보기 위해서였다. 그녀의 벽돌 책꽂이에는 도서관에서도 보기 힘든 책들이 많았다. 그곳에서 나는 독일의 신학자 본회퍼와 프랑스의 철학자이자 사상가 시몬 베유를 만났다. 본회퍼가 나치 시대의 감옥에서 쓴 『옥중서신』을 읽으면서 나는 온몸이 뜨겁게 달구어지는 듯한 전율을 느꼈다. 아, 신학자 중에도 이런 실천적인 사람이 있었구나 하는 낯선 깨달음이었다. 시몬 페트르망이 쓴 시몬 베유 평전 『불꽃의 여자』는 유복한 집안 출신이면서 노동자가 되지 못해 괴로워하고, 무산계급을 짝사랑하면서 스스로에게는 지독히도 엄격했던 한 여자의, 그야말로 불꽃같은 삶을 내게 일러주었다.

영초언니는 전태일이라는 한 남자에 대한 이야기도 들려주었다. 청계천 평화시장의 노동자로서 나어린 여자 시다들의 노동조건 개선을 위해 갖은 노력을 다하다가 마침내는 "근로기준법을 준수하라!"는 외침과 더불어 자신의 몸을 불사른 남자였다. 신문과 방송에서는 듣도 보도 못한 인물이었고 사건이었다. 그 남자가 가장 간절히 소망한 건 자신들을 도와줄 법을 아는, 대학을 나온 친구였다고 언니는 말했다. 대학생 친구! 나도 누군가에게 그런 친구가 되어주고 싶었다.

신문사냐, 야학이냐. 두 갈래 길에서 서성이던 나는 이런 책들과 언니와의 대화를 통해서 스스로 해답을 얻고 길을 찾았다. 고대신문 역사상 첫 여성 편집국장을 향한 꿈을 접고, 야학에 몸을 던지기로 결심했다.

문제는 경제적 손실이었다. 학보사에 있을 때는 등록금 절반에 해당하는 장학금과 월급이 나왔기에 자취방 월세와 생활비를 감당할 수 있었다. 그러나 야학교사 일은 월급은커녕 제 주머니를 털어야 했고, 저녁시간을 다 쏟아야 해서 과외나 알바를 병행할 수도 없었다.

내 고민을 눈치챈 것일까. 어느 날 영초언니가 내게 넌지시 제안했다.

"너 나랑 같이 자취할래? 너는 방세가 안 들고, 난 생활비가 절약되니 서로 좋지 않겠니?"

요즘식으로 말하면 '셰어하우스'였다.

## 후배 바보

겨울방학을 맞아 언니네 집으로 짐을 옮기는데 가슴이 벅찼다. 이제 그 많은 책들을 다 내 것처럼 볼 수 있다니! 신문사의 전설 영초언니랑 한방을 쓰게 되다니! 한 가지 맘에 걸리는 대목은 덜렁대는 성격에 집안일이라고는 젬병인데다 대충 치우고 사는 나와는 달리, 영초언니는 차분하고 꼼꼼한 성격에 결벽증으로 보일 만큼 청결하게 집안을 간수한다는 점이었다.

그러나 그마저도 기우였음을 이내 알게 되었다. 스스로에게 엄격한 그녀는 타인에게는 무척이나 관대했다. 나의 덜렁거림을 귀여운 구석으로, 칠칠맞음을 인간적인 매력으로 받아들였다. 한번은 이런 일도 있었다. 무슨 이야기인가 내가 엄청 열심히 떠들어대느라고 바닥에 물컵도 받치지 않은 채 주전자의 물을 들이붓고 있었다. 물이 바닥에 흥건하게 흐르는데도 아랑곳하지 않고 얘기에만 정신이 팔린 나를 언니는 빤히 쳐다보았다.

"언니, 왜 그렇게 쳐다봐요? 얼굴에 뭐 묻었어요?"

"명숙아! 난 아무래도 네가 천재인 것 같아. 천재가 아니고선 이럴 수가 없어. 되게 신기하다, 얘!"

늘 그런 식이었다. 여느 사람 같으면 혼을 내거나 펄펄 뛸 일인데도 그녀는 신기하게, 재미있게 받아들였다. 부도덕하거나 정의롭지 못한 일에는 예민하게 반응하고 분노했지만, 취향이나 성격의 차이에는 지극히 관대하고 포용적이었다.

그해 여름방학 때 나는 속옷과 양말 따위의 밀린 빨랫감을 보자기에 둘둘 말아서 자취방 비키니옷장에 처박아두고 홀랑 제주로 내려왔다. 텅 빈 집에 있던 언니는 배불뚝이 비키니장을 유심히 바라보다가, 왜 저렇게 뚱뚱하게 튀어나와 있나 싶어 보따리를 끌러보았단다. 아마 웬만한 사람이었으면 질겁을 하면서 도로 넣어놓고 후배가 돌아오면 호되게 혼이나 냈으리라. 그러나 언니는 그 보따리에서 퀴퀴한 양말짝과 둘둘 말린 내 팬티를 꺼내 손수 문질러 빨아 널어놓았다. 얼마 후 제주에 있던 내게 엽서가 날아왔다.

"유치환의 시 「깃발」처럼 명숙이 네가 남겨두고 간 빨래를 깨끗이 빨아서 마당 빨랫줄에 가지런히 널어놓고 보니 네가 너무나 보고 싶다. 네 빨래 펄럭이고 내 그리움도 펄럭이고……"

아마 연인에게서도 이런 애틋한 엽서를 받긴 힘들 것이다.

뿌리 뽑힌 채 이식된 것 같은 낯설고 삭막한 서울에서의 삶, 철저하게 '기브 앤드 테이크'로 일관하는 듯한 도시 사람들 사이에서 마음 붙일 곳 없어 서성대던 나였다. 그런 내게 언니는 무조건적인 사랑과 절대적인 지지를 보내주었다. 나는 물 만난 고기처럼, 오랜만에 햇볕을 쪼인 화초처럼 쑥쑥 자랐다.

# 그 여자의
# 내력

언니의 주식은 식은 누룽지를 팔팔 끓인 눌은밥이었다. 거기에 달랑 김치 하나만 곁들여 먹었다. 라면조차도 사치로 생각할 만큼 (나를 자취방에 초대한 첫날 먹은 리면은 특별메뉴였던 셈이다) 검박하기 이를 데 없는 식생활이었다. 하지만 언니에겐 이상한 버릇이 하나 있었다. 그 소박한 식사를 반드시 예쁜 그릇에 정성껏 담아서 먹는다는 것이었다. 언니 스스로도 인정하는 '못 말리는 부르주아 습성'이었다.

게다가 언니는 기호품인 커피와 담배를 끝내 포기하지 못했다. '짜장면 먹고 이 쑤시고 라면 먹고 커피 마신다'는 말이 있지만, 언니는 더했다. 누룽지 먹고도 커피는 꼭 마셔야 하는 사람이 영초언니였다.

그녀의 또다른 아킬레스건은 벌레를, 그것도 몸뚱이로만 기어가는 벌레를 끔찍하게도 무서워한다는 것이었다. 하루는 나와 이야기를 나누던 언니의 표정이 갑자기 화석처럼 굳어지더니 새하얗게 질렸다. 말 그대로 백지장 같았다.

"언니, 왜 그래?"

언니는 입도 떼지 못한 채 손가락으로 벽만 가리켰다.

벽을 보니 아무것도 없었다. 덜덜 떨리는 언니의 손가락이 향한 곳을 좀더 자세히 들여다보니 작은 굼벵이 몇 마리가 기어가고 있었다. 언니는 굼벵이나 지렁이 같은 벌레를 중앙정보부보다 더 무서워했다. 나중에 누가 벌레로 고문하면 동지든 친척이든 죄다 술술 불어버릴 거라고 농담할 정도였다(훗날 이 비슷한 상황이 실제로 일어나리라고 누가 상상이나 했겠는가.)

못 말리는 부르주아 성향과 지나친 검소함, 이렇듯 대조적인 두 기질이 어떻게 한 사람에게 공존하는 걸까. 언니의 가족사를 알고 나니 어느 정도 이해할 수 있을 것 같았다.

광주 출신인 언니의 아버지는 전남 지역의 경찰 고위 간부였다. 5.16쿠데타 직후 옷을 벗은 아버지는 사업에 뛰어들어 한때는 엄청 잘나갔더랬다. 집에 침모와 찬모를 따로 두고 영초언니가 학교에서 식은밥을 먹을세라 찬모가 따뜻한 밥을 새로 지어 매일 도시락을 배달해줄 만큼 언니는 유복한 환경에서 자랐다. 그러다가 언니가 고등학교에 들어갈 무렵 사업이 망해서 파산 지경에 이르렀다. 이화여고 재학 시절, 언니는 같은 반 친구에게 과외를 해주면서 겨우 월사금을 냈다. 대학에 진학한 뒤로는 아예 경제력을 상실한 아버지 대신 변두리 음악다방 DJ, 영어 번역 등 닥치는 대로 일해가며 집안 생활비를 책임졌다.

아무튼 내게는 언니가, 언니에게는 내가 연구 대상이었다.

# 당대 걸크러시들의 모임
## '가라열'

4년이나 터울이 지는 영초언니와 나의 동거를 계기로 우리 주변에는 고대 여자 선후배들이 자연스레 모여들었다. 언니가 아는 선후배를 내게, 내가 아는 선후배를 언니에게 소개하면서, 우리의 동심원은 조금씩 더 넓어져갔다. 그중에서도 마음이 통해서 유난히 자주 만나는 이들이 있었다.

우리는 수유리 자취방에 모여 퍼질 대로 퍼진 눌은밥도 먹고, 누군가 향토장학금을 받거나 과외비를 받으면 막걸리에 빈대떡 부쳐 먹는 파티를 열기도 하면서, 자연스레 자신이 속한 서클 이야기나 고민거리들을 털어놓게 되었다. 고대는 당시까지만 해도 철저하게 남학생 위주인 학교였다. 여학생들은 각 단과대, 학과나 서클에서 '액세서리'나 '꽃' 취급을 받는 존재였다. 아무리 성적이 뛰어나고 서클 활동에 헌신해도 어디까지나 반장이 아닌 여자 부반장 취급을 받을 뿐이었다. 학생운동에서도 여학생은 철저한 조연, 도우미였다.

이런저런 불만도 터져나왔다. 성희롱, 성차별 사례가 끝도 없이 쏟아졌다. 거기에 저항하기도, 문제 제기를 해보기도 했지만, 혼자서 버티는 데에는 이제 지쳐버렸고 한계에 도달했다는 이야기가 대부분이었다. 영초언니가 좌중의 이야기를 듣다가 제안했다. "그럼 여자들끼리 모여서 책도 읽고 토론도 하는 모임을 만들면 어때? 우리끼리!"

왜 진작 그런 생각을 못했던 걸까! 다들 환호성을 질렀다. 즉석에서 모임 이름을 짓기로 했다. 가만 보니 모인 사람이 딱 열 명이었다. 누군가가 제안했다. "우리 열 명이니 가라열이 어떨까요? 가라! 여성 해방의 길로, 가라! 독재 타도의 길로, 가라! 노동자 해방의 길로! 뭐든 다 되잖아요?"

(훗날 '가라열'에 대해 말할 때 나는 '가라, 열 명의 뜻을 담아서'라는 의미로 설명하곤 했다. 그런데 어디로? 나중에 이중 다섯 정도가 '감방'에 갔으니 '가라, 감옥으로'였을까?)


이렇게 고려대 내에 읽고 생각하고 떠드는 여학생들의 모임 가라열이 조직되었다. 대부분 정경대 인문대 사범대 등 본교에 적을 두었지만, 의대생 정영숙 선배와 생물학과생 이혜자 선배처럼 이공계도 있었다. 기독교 서클 소속이 있는가 하면, 불교학생회 소속도 있었다. 요즘 말로 각 서클의 '걸크러시'들이 모인 셈이었다. 우리는 전공도, 종교도, 나이도 다 달랐다. 그러나 다 같이 고대를 자원한 '미친년'들이었다.

가라열에는 남학생들이 주도하는 여느 서클이나 단체처럼 엄숙한 선후배의 위계질서도, 간부 중심의 리더십도 없었다. 선후배 상관없이 서로를 존중했고, 모두가 간부요 회원이었다. 어느 한 사람이 체계적으로 이념을 주입하거나 세미나를 주도하는 형태도 아니었다. 누군가 어떤 책을 읽고 감명받았다고 추천하면 다음번 모임에 다 같이 그 책을 읽고 와서 토론하는 식이었다.

그러다보니 읽는 책의 장르도, 토론의 주제도 무척이나 다양하고 범주가 넓었다. 박경리의 『토지』를 읽고 우리 민족이 걸어온 길을 되짚기도 하고, 시몬 드 보부아르의 『제2의 성』을 읽으면서 한국의 여성이 맞닥뜨린 현실을 통탄하기도 하고, 『아무도 미워하지 않는 자의 죽음』을 읽으면서 유신체제를 깨뜨리지 못하는 우리 자신을 되돌아보기도 했다.

가라열은 남자들의 제국 고대 사회에서 유일한 해방구였고, 꽉 막힌 유신체제에서 가느다랗게 열린 숨구멍이었고, 우리 여자들의 대안학교였다. 그 시절은 술자리에서 정부를 비판했다가 신고당해서 감옥에 잡혀들어가는 이른바 '막걸리 긴조'법이 지배하던 무도한 시절이었다. 여대생들이 술을 마시거나 담배를 피우면 남학생들이 쫓아와서 충고를 하거나 심지어는 때리기까지 하던 '웃기는 시절'이기도 했다. 그 모든 간섭과 억압은 지금처럼 '여혐'으로 비난받기보다는 '기사도'로 미화되거나 포장되었다. 우리는 가라열에서 스스로를 존중하는 법을, 여성의 목소리를 내는 법을, 여자들끼리의 수다도 얼마든지 진지한 토론이 될 수 있음을 배우기 시작했다.

1977년 그해 겨울, 기록적인 한파가 한반도를 덮쳤다. 그러나 남자들에게 둘러싸여 각자 섬처럼 외로웠던 여자들끼리 모여서 추운 날 서로 깃털을 부비는 작은 새들처럼 체온을 함께 나누었기에, 우리는 정신적으로는 따뜻했다. 유신체제하의 대한민국은 '겨울

공화국'처럼 점점 얼어붙어가고 있었지만, 우리는 가라열을 통해 어둠이 짙은 만큼 새벽도 머지않았다는 강력한 믿음을 갖게 되었다. 돌이켜보면 뜨거운 청춘, 아름다운 젊은 날이었다.

가라열 멤버들 중에 유난히 시선을 붙드는 선배가 있었다. 이혜자라는 생물학과에 다니는 선배였다. 우선 외모가 돋보였다. 하얀 피부, 인형 같은 조그마한 얼굴, 순정만화 주인공처럼 얼굴의 절반은 차지하는 듯한 동그랗고 커다란 눈, 가늘고 긴 목, 훤칠한 키에 호리호리한 체격. 사실 당시 학교에는 여성에 대한 비하가 섞인 우스갯소리가 돌아다녔는데, '운동권에는 못생긴 여자밖에 없다'는 것이었다. 그러나 기독학생회 소속인 혜자언니의 외모는 그 속설을 단박에 엎어버릴 만큼 매력적이었다.

외모만큼이나 기질도 특이했다. 대부분의 가라열 멤버가 매우 명랑하고 적극적인 스타일인 데 반해, 혜자언니는 과묵하다 싶을 정도로 말이 없었다. 어쩌다가 입을 뗄 때에도 몇 마디 묵직하게 내뱉고는 그만이었다. 적어도 그날, 그 일이 터지기 전까지는.

3장

빼앗긴 들에도
봄은 오는가

## 구로동의
## '헬조선'

그해 겨울 나는 드디어 야학교사로 첫발을 내디뎠다. 나보다 먼저 학보사를 그만둔 동기 엄주웅에게 야학에서 가르쳐보고 싶다고 했더니 반색했다. 마침 자기도 구로동에서 노동야학을 시작했는데 교사가 모자라니 함께하는 게 어떠냐고 제안했다.

　구로동이라! 이성적으로 생각하면 말도 안 되는 이야기였다. 영초언니의 자취방은 서울의 동쪽 끝자락 수유리, 반면 구로동은 서쪽 끝자락이었다. 버스를 갈아타고도 거의 두 시간이 걸리는 거리였다. 가까운 동대문구 안에도 야학이 있었기에 구로동은 어리석기 짝이 없는 선택지였다. 그러나 무언가에 홀린 듯 나는 구로동 야학을 택했다. 스스로는 부정했으나 신문사를 떠난 엄주웅과 다시 만날 수 있다는 희망 때문은 아니었을까. 비록 늘 다른 여학생을 해바라기하는 그였지만, 남자랑 사귀어서는 안 된다는 강박관념을 가진 내게는 그렇기에 더 안전한 이성이기도 했다.

야학은 구로공단 끄트머리 골목길 안쪽 허름한 3층 건물에 세들어 있었다. 두 야학이 탁구장만한 공간을 베니어판으로 칸을 나누어 썼다. 옆 야학은 주로 서울대 재학생들이, 우리 야학은 서울대생과 고대생이 반반씩 교사로 근무하고 있었다. 스무 명 남짓한 학생들은 대부분 근처 공장에서 일하는 여성노동자들이었고, 남학생은 가뭄에 콩 나듯 한둘이 고작이었다.

서울대 출신 교사들 가운데 심재철(현 국회부의장)이라는 내 동갑내기가 있었다. 보기 드물게 잘생긴 미남인데다 전라도 출신이라 그런지 판소리 한 대목도 그럴싸하게 잘 뽑는 재주꾼이었다. 어느 날 나는 "심재철, 그 친구 참 잘생겼지? 아폴론처럼 생겼더라" 하고 엄주웅에게 무심코 말했다. 그는 볼이 잔뜩 부어서 퉁명스럽게 대답했다. "걔가 아폴론이면 나는 아도니스게!" 남자들의 질투심도 장난이 아니라는 걸 나는 깨달았다. 그때부터 엄주웅을 놀리고 싶을 때면 "어이, 아도니스!"라고 불렀는데 주위에서는 무슨 이야기인지 눈치를 채지 못했다.

심재철과 나는 한판 붙을 뻔했다. 그는 나랑 동갑이지만 재수를 해서 학번은 나보다 하나 아래였다. 그런데도 나랑 대화할 때마다 '자네…… 했는가?'라는 식으로 말을 시작하고 끝내는 게 아닌가.

지가 서울대라고 그러는 건가, 동갑인 걸 강조하느라 그러는 건가, 여자라서 무시하는 건가. 아무리 그래도 그렇지, 반말까지 할 건 뭐냔 말이다.

참다 참다 어느 날엔가 교사회의 도중 또 '자네…… 했는가?' 화법이 시작되자 내 인내심이 바닥을 드러내고 말았다. 회의를 하다 말고 심재철에게 잠깐 밖으로 나오라고 말했다. 어두컴컴한 골목길에서 나는 아랫배에 잔뜩 힘을 주고 나지막하게 말을 씹어뱉었다.

"심재철씨! 여자라고 나를 우습게 보는 거예요?"

"아니, 이게 무슨 소리다요. 지가 언제 그랬다고라?"

"맨날 나보고 걸핏하면 자네, 자네, 그러는데……"

"아니, '자네'는 반높임말인디…… 우리 광주서는."

"그럼 '하게'는 또 뭐예요? 내가 재철씨 딸이에요, 조카예요?"

"아이고, '하게'도 반올림말인디……"

"그런 식으로 둘러댄다고 믿을 것 같아요? 내가 소설을 많이 읽어서 웬만한 전라도 사투리는 다 안다고요!"

"오메! 나 환장허것네. 정말이요. 우리 고향 사람들한티 물어보랑게요."

한밤중의 골목길 전투가 싱겁게 끝난 뒤에야 사연을 알게 된 야학교사들은 배꼽이 빠져라 웃어댔다. 하마터면 광주 남자 재철이가 제주 여자 명숙에게 뼈도 못 추릴 뻔했다면서. 고단한 야학생활이었지만 우리는 이렇게 웃을 일을 만들고 나누며 하루하루 버텨나갔다.

노동야학에서 나는 가르치는 교사라기보다는 배우는 학생에 가까웠다. 책에서는 전혀 가르쳐주지 않는, 대학 교정에서는 도무지 짐작조차 할 수 없었던 고달픈 노동자들의 세계를 나는 야학에서 접했다. 학생인 여공들에게 듣는 이야기는 내 귀를 의심하게 만들 정도였다. 작업 현장에서 그네들은 그야말로 '숨쉬는 기계'였고, 전태일의 분신 이후에도 근로기준법은 여전히 법전 속에나 있는 글귀였다.

남자 작업반장에게 잘 보이면 그가 베푸는 은전으로 그나마 좀 더 나은 공장생활을 할 수 있었지만, 그에게 조금이라도 찍히는 순간 '개 같은' 대접을 감수해야만 했다. 성희롱은 그야말로 '공장지상사工場之常事'였다.

대학생 교사들은 돈을 걷어서 등사기와 종이를 사들였고, 머리를 쥐어짜면서 노동자들에게 근로기준법을 꼼꼼하게 설명해주었다. 현실 참여적인 좋은 시를 골라 교재로 만들어서 나누어주기도 했다. 학보사 시절에 비해 주머니는 훨씬 가벼워졌지만, 그만큼 마음도 가벼워졌다. 이 세상을 조금이라도 바꾸는 일에 참여하고 있다는 생각에 떳떳했다.

그러나 무거운 고민도 따라붙었다. 야학교사들은 교재를 준비하고 학생들을 가르치는 틈틈이 토론하고 또 토론했다. 매번 비슷한 논쟁이 되풀이되었고, 우리는 피터지게 싸우고 치열하게 고민했다.

"가르치는 건 좋다. 그러나 우리가 노동자들에게 근로기준법을 가르치는 것에 대해 과연 끝까지 책임질 수 있는가. 야학에서 배운 여러 지식 때문에 현실에서 노동자들이 오히려 더 큰 고통을 겪는다면 그것은 잘못이 아닌가? 차라리 그들이 당장 원하는, 계층 상승에 도움이 되는 검정고시 공부를 시켜주는 게 그들을 위해 더 나은 봉사가 아닐까?" (A교사)

"우리 사회의 거대한 모순을 직시하도록 가르치지 않고 그들의 '신분 상승 욕구'에만 영합해 교과목만 가르친다면 굳이 야학을 할 필요가 있을까? 그리고 그것은 노동자들을 궁극적으로 기만하는 행위 아닌가? 당장은 더 고통스럽더라도 모순된 현실을 일깨워주어야 한다. 그래야만 우리 사회가 한 발자국이라도 더 나아가고 변화할 수 있지 않은가?" (B교사)

몇 해 전부터인가 '헬조선' '흙수저' 담론이 대한민국을 뜨겁게 달구고 있지만, 비민주적 권위주의 체제 아래서 압축적인 고도성장만을 추구하던 유신 시대의 공장노동자들은 정부와 기업 어디에서도 보호받지 못한 채 혹사당하는 '흙수저 중의 흙수저'였다. 노조 결성의 자유조차 허용되지 않는 '을 중의 을' 공장노동자들의 현실이야말로 '헬조선' 바로 그 자체였다.

# 내 방광도,
## 내 청춘도 터져나가고

모두들 그렇듯 심오한 담론에 빠져 허우적대고 있었지만, 내게는 좀더 현실적이고도 형이하학적인 고민이 있었다. 누구에게 털어놓기도 민망한 일이었지만, 내게는 하루하루를 위협하는 가장 큰 고민거리였다. 다름 아닌 화장실 문제였다.

학교에서 수업을 마친 후 안암동에서 야학으로 출발하는 시각은 대개 오후 5시경. 야학에 도착해 학생들을 가르친 뒤 교사들끼리 그날의 수업을 평가 정리하고, 구로동에서 고려대까지 와서 다시 84번 버스로 갈아타고 수유리 자취방으로 돌아오면 통금 무렵이 되곤 했다(그때는 자정만 되면 거리에 호루라기 소리, 사이렌 소리가 울려퍼지며 바깥출입이 금지되었다. 통금시간을 조금이라도 어겼다가는 파출소 신세를 져야만 했다).

그 예닐곱 시간 동안 나는 화장실 한 번 못 간 채 대소변을 다 참아야 했다. 1층 입구의 공동화장실은 남녀 구분이 안 되어 있을뿐더러 잠금장치도 없고, 발 디딜 틈이 없을 만큼 오물과 더러운 휴지 더미로 넘쳐났다. 시멘트 바닥은 늘 오줌으로 번들거려서 잘못했다가 미끄덩, 넘어지기 십상이었다. 배설물과 독한 소독약 냄새가 뒤섞인 악취는 후각이 마비될 만큼 고약했다. 나치의 독가스실이 이랬을까 싶었다.

난 그다지 깔끔 떠는 성격이 아니고 비위도 좋은 편이었지만, 그

68

화장실은 내 빈약한 상상력을 초월하는 공간이었다. 자연히 화장실을 아예 안 가는 쪽을 택했고, 집으로 돌아올 무렵 내 방광은 오랜 억압과 탄압으로 부풀다못해 폭발하기 일보 직전이었다. 어떤 날에는 집으로 돌아오자마자 영초언니를 향해 푹 고꾸라지기도 했다. 지나친 긴장이 집에 무사히 도착하는 순간 졸도로 이어지고 만 것이다.

이렇게 기진맥진해서 밤늦게 집으로 돌아오면 영초언니는 책을 읽거나 글을 쓰다가 나를 반갑게 맞아들였다. 그러고는 야식으로 누룽지탕을 내주거나, 가끔은 특식으로 라면도 끓여주었다. 내가 많이 지친 날에는 라면에 귀한 계란 한 알이 동동 떠 있었다. 원고료가 나온 주말이면 중국집에서 짜장면과 짬뽕을 시켜주었고, 한번은 학보사 선배가 원고료를 세게 쳐주었다면서 그 비싼 탕수육을 쏘기도 했다. 영초언니는 영양부족에 허덕이는 신출내기 야학교사의 주된 영양 공급원이었다.

언니는 정신적인 면에서도 나의 허기를 채워주었다. 그녀는 당시 '여성노동자들의 대모'로 불리던 조화순 목사와 교분이 두터웠다. 조목사는 기독교 감리교단에서 보기 드문 여성 목회자였다. 그 처절했던 '동일방직 노동자투쟁'의 최전선에서 노동자들과 함께하며 국내외에 널리 알려진 인물이었다.

'동일방직 노동조합'은 1970년대에 어용노조를 거부하고 최초로 여성노동자를 노조위원장으로 선출해 민주노조를 꾸린 뒤 생리휴가 쟁취, 남녀 임금차별 철폐 등을 요구한 선구적인 노동조합이었다. 사측과 독재정권이 이를 가만 두고 볼 리 없었다. 동일방직 노조의 파업농성 현장에 경찰과 남자 직원들이 침투해 강제해산 작전에 들어가자, 여성노동자들은 내 몸에 손대지 말라며 브래지어와 팬티만 남기고 옷을 모두 벗어던진 채 격렬하게 저항했다. 이들의 처절한 '알몸 시위'는 노동운동가들 사이에서 널리 회자되고 정부와 사측은 더욱 극악한 방법으로 이들을 탄압할 준비를 했다.

1978년 2월 21일 새벽, 동일방직 노조사무실에 남자들이 '똥물'을 퍼들고 들이닥쳤다. 고무장갑을 낀 남자들은 10대와 20대 어린 여성들의 젖가슴에 똥물을 퍼넣는가 하면 억지로 입을 벌려 먹이기까지 했다. 이른바 '동일방직 똥물 사건'이다.

조화순 목사는 "우리는 똥을 먹고 살 수는 없다!"고 절규하는 동일방직의 여성노동자들과 끝까지 함께했다. 조목사의 목숨 건 단식투쟁에 감동한 각계의 민주화 인사들과 윤보선 전 대통령까지 정부 대책을 촉구하면서 마침내 정부와 사측은 협상에 나서지 않을 수 없게 되었다.

그후 조화순 목사는 공단 노동자를 대상으로 노동자의 권리를 가르치고 조직화 활동을 지원하는 '도시산업선교회'를 이끌었다. 그런 조목사와 오래 인연을 맺어온 영초언니는 여성노동자의 현실을 누구보다도 잘 알고 있었다. 가르치는 학생들을 제대로 도울 방법을 몰라 가슴 치는 내게 언니는 너무 욕심내지 말라고, 네가 그들을 하루아침에 구할 수는 없다고, 시간이 흐르면 그들 스스로 자신들을 구하는 방법을 알게 될 거라고 다독였다.


## 봄이 왔건만
## 나의 봄은 아니요

겨울방학이 되었지만 야학에 전념하느라 고향 제주에 내려가지 못
했다. 부모님께는 공부할 게 많고 학보사 일도 밀려서 못 내려간다
고 거짓말로 둘러댔다.

낮에는 학교 앞 '아람다방'에 자주 갔다. 클래식음악을 주로 틀
어주던 아람다방에는 클래식 마니아들 외에 소위 운동권으로 불
리는 이념서클 학생들이 아지트 삼아 들르곤 했다.

물들인 군용점퍼를 걸친 채 차 한 잔 시켜놓고, 때로는 주인 눈
치를 보며 보리차로 버티면서 토론에 열을 올리는 학생들을 보노
라면 제정 러시아 시절 혁명 전야 같다는 생각이 들었다. 아람다방
은 서글픈 청춘들이 모여들어 더 슬픈 조국의 현실을 논하는 공간
이었고, 금세 터질 듯한 아슬아슬한 긴장이 감도는 공간이었다. 망
명지 같은 이 공간에 낯선 누군가가 나타나면 젊은이들은 갑자기
말을 뚝 끊고 클래식음악을 감상하는 척했다. 사복 정보요원이 암
약하는 대학가 주변에서는 밤말은 물론 낮말도 조심해야 했기에.

당시 아람다방에서는 오페라 <나부코> 중 <히브리 노예들의 합
창>을 시도 때도 없이 틀어주곤 했다. 바빌론으로 끌려간 히브리

71

노예들이 언젠가 자신들을 구해줄 메시아가 나타나 마침내 자유의 몸이 될 것을 고대하면서 부르던 노래였다. 그리운 고국으로 돌아갈 날을 기다리는 히브리 노예들처럼 언젠가 이 동토의 왕국에도 민주화의 봄이 오리라는 실낱같은 기대감으로 우리는 혹독한 겨울을 나고 있었다.

따뜻한 남쪽 나라 제주 출신이라서 서울에서 보내는 겨울이 더 춥게도 느껴졌지만, 그해 겨울이 유난히 추웠던 데에는 또다른 이유가 있었다. 동료 기자에서 동료 교사가 된 엄주웅 때문이었다. 기자 시절 바이올린 켜는 여학생을 향한 오랜 짝사랑에 지쳐서 제풀에 나가떨어지는 듯하더니, 그는 이 무렵 다시 그녀에게 열을 올리기 시작했다. 야학에서든, 학교 교정에서든 나와 만나기만 하면 그는 '그녀의 마음을 사로잡는 법'을 물어보곤 했다. 세상 고민은 혼자 다 짊어진 듯, 언제라도 폭발할 것 같은 불만투성이의 그가 유일하게 만면에 미소를 짓는 순간은 그녀 이야기를 할 때뿐이었다.

며칠 내내 기록적인 폭설이 계속되던 어느 날, 학생회관 앞에서 우연히 그와 마주쳤다. 그는 내게 소년처럼 설레는 표정으로 다가와 묻지도 않은 얘기를 꺼냈다. 오늘 아침 무작정 그녀의 집에 가서 문앞에서 마냥 기다렸다고, 그녀를 만나지는 못했지만 행복했노라고. 겉으로는 대담한 척, 관심 없는 척 이렇게 훈수를 두었다.

"바보같이 문간만 지켰어? 용감하게 고백해보지 그랬어, 이판사판 막가파로!"

알싸한 아픔이, 시린 바람 한줄기가 내 가슴 한복판을 훑고 지나
갔다.

해도 바뀌고 계절도 바뀌어 1978년 봄.

그러나 '춘래불사춘春來不似春'이라더니 그해 봄이 딱 그러했다. 나
는 더이상 낙엽만 굴러가도 까르르 웃음을 참지 못하는 사춘기 소
녀도, 세상이 다 내 것만 같은 꿈 많은 소녀도 아니었다. 영화 <오
래된 정원>에는 장기수로 복역하다가 출소한 아빠가 자기 신분을
숨긴 채 딸에게 이렇게 말하는 장면이 나온다.

"그때는 자기만 행복하면 왠지 나쁜 놈이 되는 시대였거든. 그
래, 바보 같았던 거지……"

그 시절의 내가 그랬다. 딱히 개인적으로 행복한 일도 없었지만,
나만 행복하면 안 될 것 같았다. 아니, 혼자만 행복해지는 것 자체
가 불가능한 시절이었다.

당시 유행가의 한 대목처럼 "술 마시고 노래하고 춤을 춰봐도"
우리는 늘 헛헛했고, 무력했고, 죄의식 비슷한 것에 시달렸다. 처
음 입학한 1976년만 해도 새내기 눈에 비친 교정은 불타는 듯한 분
홍빛 진달래와 샛노란 개나리가 어우러져 황홀하기 그지없었다.
그러나 한 해 두 해가 흐른 뒤 1978년 봄, 교정에 핀 진달래는 더이
상 단순한 꽃이 아니었다. "그렇듯 너희는 지고, 욕처럼 남은 목숨"
이라는 <진달래>의 가사처럼 핏빛 진달래는 이미 저세상으로 떠
난 전태일 열사, 사전 검속으로 잡혀가서 다시는 학교로 돌아오지

못한 선배들을 떠올리게 만드는 은유적 상징이었다. 꽃이 더이상 꽃으로만 보이지 않는 세상은 끔찍했다.

대학가는 촘촘하게 엮인 감시망 속에서 겉으로는 완벽하게 통제된 듯 보였지만, 안으로는 비등점을 향해서 부글부글 끓어오르고 있었다. 폭풍 전야의 고요함 같은 이상한 기운이 캠퍼스를 휘감아돌았다. 서울대에서는 긴급조치 9호가 발동된 이후 처음으로 학내 시위가 벌어져서 몇몇이 잡혀들어갔다는 소문이 들려왔다. 신문과 방송에서는 단 한 줄의 기사도, 한 꼭지의 뉴스도 보도되지 않았지만 이 소식은 입에서 입으로 퍼져나갔다.

## "박정희는 물러가라, 훌라훌라!"

봄이 가고 이른 무더위가 찾아왔다. 아스팔트가 아이스크림처럼 흐물흐물 녹아내릴 듯한 찜통더위가 시작되었다. 평범하고 무기력한 하루하루가 흘러갔다.

나는 몸을 사리지 않는 열성 하나로 야학에서 '교장선생님'이 되었다. 말이 교장이지 재정 문제에서 교사 충원까지 권리는 별반 없고 의무만 잔뜩 짊어진 '대표 일꾼'이었다. 그때 인상적인 신입교사가 들어왔다. 심재철의 소개로 서울대 경제학과 1학년생이 들어왔는데 이름이 유시민이라고 했다. 눈망울이 소처럼 커다란, 비쩍 마른 친구였다.

약자들의 친구가 되고자 하는 대학생들이 속속 야학으로 들어왔다. 야학이 있던 구로공단 오거리는 고려대가 있는 안암동 로터리만큼이나 익숙한 곳이 되어갔다. 방학이 코앞에 다가오고 있었다.

그러던 어느 날 정체불명의 유인물이 암암리에 돌아다녔다. '애국 학생들은 6월 26일 세종문화회관 앞으로 모이자. 이 땅의 민주주의를 위해 총궐기하자'라는 요지의 내용이 담겨 있었다. 이 소식을 전하는 것만으로도 가슴이 쿵쾅거렸다. 누가 지나가다가 어깨라도 툭 치면 철렁, 가슴이 내려앉는 것 같았다.

영초언니에게 이 유인물의 내용을 전했더니 함께 나가보자고 했다. 그녀는 데모할 것 같은 인상을 주면 불심검문에서 바로 잡혀갈지 모르니 최대한 예쁘게 차려입고 가야 한다고 말했다. "우리에게 예쁜 옷이 있긴 해?" 그때까지만 해도 언니와 나는 깔깔 웃었다. 그렇듯 격렬한 대규모 시위가 일어나리라고는 언니나 나나 상상하지 못했다.

운명의 6월 26일. 영초언니와 나는 고대 앞에서 만나 시내버스를 타고 종로1가에서 미리 내렸다. 세종문화회관 근처는 버스가 서지 않고 그냥 통과해버릴지도 모른다는 걱정에서였다. 우리의 예감은 적중했다. 세종문화회관으로 가는 모든 진입로에는 전투복 차림에 방패를 들고 곤봉을 찬 전경들이 지나가는 이들을 일일이 검문하고 있었다. 버스들은 정류장을 휙휙 지나쳤다. 언니와 나는 지닌 옷 중에서 그나마 가장 여성스러운 옷을 입고 안 신던 구두까지 신은 덕분에 무사히 검열자의 눈을 피할 수가 있었다.

이렇듯 촘촘한 감시망을 뚫고 어찌 그리 많은 사람들이 모여든 것일까. 세종홀 앞은 어느덧 서울 곳곳에서 모여든 인파로 가득찼다. 대부분이 얼굴에 솜털이 채 가시지 않은 대학생들이었다. 깃발이나 만장, 손피켓 따위는 전혀 없었다. 요즈음처럼 민주노총이나 전교조, 전대협 같은 전국적인 조직체가 없던 시절이었으니 그런 시위용품을 미리 준비할 역량이나 조직도 존재하지 않았다. 모여든 군중 대부분이 유인물을 접하거나 입소문을 듣고서 모여든 개인이나 서클 회원들이었고, 개중에는 혹시나 싶어 구경 삼아 온 이들도 있었다.

그렇다면 나는 어느 쪽일까? 스스로도 가늠하기 힘들었다. 시위를 하다가 경찰서에 잡혀가고 호적에 '빨간줄'이 그어지는 걸 감수하겠다고 각오한 것도 아니었지만, 처음부터 끝까지 구경꾼의 자세를 견지할 자신도 없었다. 그 어느 쪽도 내가 결심할 수 있는 건 없었다.

세종문화회관 앞 도로를 꽉 메운 군중은 점점 불어났고, 이들 앞에 진압부대가 방패를 들고 떡 버티어 섰다. 작열하는 6월의 태양 아래서 두 집단은 한동안 아무 말도 없이 팽팽한 긴장을 유지했다. 경찰 고위 간부인 듯한 남자가 확성기를 들고 외쳤다.

"여러분은 지금 헌법질서를 교란하고 있다. 즉각 해산을 명한다. 명령에 응하지 않으면 긴급조치 9호에 의거해 당장 체포하고 법에 따라 처리하겠다."

그러나 이런 엄중한 경고에도 군중은 흩어질 기미를 보이지 않았다. 정지된 영화의 한 장면처럼. 아무 동작도, 구호도 터져나오지 않았고 거대한 침묵만이 깔렸다. 가뜩이나 성격 급한 내게 그날 그 자리의 침묵은 마치 영원처럼 느껴졌다. '이때쯤이면 구호가 나와주어야 하는 거 아닌가? 모여서 이렇게 눈싸움이나 하다가 흩어질 건가?' 온몸이 근질근질했지만, 차마 먼저 입을 뗄 용기가 내게는 없었다.

얼마나 시간이 흘렀을까. 갑자기 누군가의 입에서 "박정희는 물러가라! 독재정권 타도하자!"는 외침이 터져나왔다. 그걸 신호탄으로 저마다 삼삼오오 구호를 외쳐댔다. 1975년 고려대 휴교령 이후 꽁꽁 얼어붙은 대학가에서는 변변한 시위 한번 열리지 못한 터였다. 그런데 대낮에 서울 한복판 광화문 앞에서 그 너른 차도를 다 차지한 채 구호를 외쳐대다니, 꿈인지 생시인지 분간이 안 갈 정도였다.

하지만 이내 "야, 나가자!" 하는 소리가 터져나오며 이 모든 것이 현실임을 일깨워주었다. 구호와 함께 약속이나 한 듯이 군중이 스크럼을 짜고 세종홀 앞쪽으로 전진했다. 갑작스럽게 해일처럼 밀려드는 데모 행렬에 잠시 엉거주춤하던 전경들은 이내 명령이 떨어졌는지 화닥닥 행렬을 뒤쫓기 시작했다. 시위대는 에스콰

이어, 엘칸토 등 구두 대리점들이 즐비한 방향으로 움직였고, 나와 영초언니도 그 대열에 끼어 있었다. 다른 사람들이 그러하듯 우리도 옆 사람과 어깨동무를 하고 스크럼을 짰다.

난생처음 짜보는 스크럼이었고, 처음 해보는 가두투쟁이었다. 모두들 제정신이 아니었다. 남학생들의 고무신이며 운동화가 벗겨져 여기저기 나뒹굴고, 여학생들은 높은 구두굽 때문에 절뚝였다. 난리도 그런 난리가 없었지만, 대열을 이탈할 수도, 속도를 줄일 수도 없었다. 모두가 한몸으로, 한 속도로 움직일 수밖에 없었다.

갑자기, 앞에서 줄이 툭 끊어지는 듯했다. 전경들이 '갈라치기' 진압에 나선 것이었다. 맨 뒷줄이 앞줄이 되고, 앞줄이 뒷줄이 되고…… 그 와중에 최루탄이 쉴새없이 터졌다. 거리는 마치 전쟁터처럼 매캐하고 독한 연기에 휩싸였다. 전경들은 그 와중에 떠밀려서 쓰러진 시위대들을 곤봉과 방패로 마구 찍어내리더니, 질질 끌어서 도로변에 대기중인 '닭장차'에 밀어넣었다. 여기에 맞서서 시위대는 보도블록이든 뭐든 손에 잡히는 것들을 내던지면서 격렬하게 저항했다. 여기저기서 비명소리가 들려왔다. 눈이 타들어갈듯이 따가웠고, 따가워서 손등으로 눈을 비비면 불타는 통증이 밀어닥쳤다.

영초언니가 "명숙아, 저 가게로 잠깐 들어가자"고 소리쳤다. 대부분의 가게들은 난리통이 벌어지자 황망하게 셔터를 내리거나 가게문을 걸어잠갔지만, 그중에도 다행히 문을 열어놓은 가게를 찾아낸 것이다. 언니는 입술을 지그시 깨물면서 내게 말했다.

"한꺼번에 다 잡혀들어가는 게 능사는 아니야. 남아서 뒷바라지할 사람도 필요하고, 다음에 데모할 사람도 있어야지. 차례차례……"

먼 미래를 내다보는 혜안인지, 도망치는 자의 비겁한 자기변호인지 종잡을 수 없었다. 눈앞에서 남학생들이 마치 비료포대처럼 질질 끌려가고, 팔이 뒤로 꺾인 채 닭장차에 집어던져지는 걸 보면서도 어찌 이리 침착하고 차분하게 말할 수 있단 말인가. 그러나 나 역시 이날 죽을 각오로 나왔던 건 아니어서 말없이 고개만 주억거렸다.

그날 이후 대학가에 불어닥친 후폭풍은 거셌고 시위가 남긴 생채기는 깊었다. 고려대만 해도 수십 명이 현장에서 연행되었다. 이름만 들어도 알 만한 운동권 핵심 인물도 있었지만, 갓 입학한 새내기도 있었고 집안의 만류로 서클을 탈퇴하고 고시 공부에 전념하겠다던 친구도 있었다. 우리 야학과 옆방 야학에서도 각각 두 명씩 네 명이나 연행되었다. 거대한 해일이 휩쓸고 간 듯했다. 영초언니는 세종문화회관 시위 이후 백팔십도 달라진 모습이었다. 말수가 더 없어진 대신 눈빛은 활활 타올랐다.

# 암호명
## '백장미'

연행된 학생들 중 일부는 다음날 훈방 조치되거나 보름에서 한 달 정도의 경찰서 구류형에 처해졌지만, 상당수는 구속 기소되어 교도소에 수감되었다. 사실 세종문화회관 시위는 일사불란한 지도부도, 방대한 조직도 없이 알음알음 전달된 정보를 듣고 모여든 군중이 즉흥적으로 전개한 자연발생적인 시위였다. 그 전후의 시위에서 등장했던 죽창이나 화염병은 물론, 그 흔한 피켓이나 만장도 없었다. 모두들 어깨를 걸고 '독재 타도' '유신 철폐'만 목이 터져라 외쳤을 뿐. 보도블록이나 돌멩이가 등장한 건 곤봉과 방패로 내려찍히기 시작한 뒤부터였다. 반면 진압하는 경찰과 전경 쪽에서는 곤봉과 방패 공격 외에도 어마어마한 양의 최루탄을 쏘아댔다.

하지만 술자리에서 정권을 비판하거나 대통령을 비난했다는 이유만으로도 경찰에 붙들려가서 곤욕을 치르던 유신체제하에서는 대낮에 서울 도심 한복판 광화문 네거리에서 수많은 대학생들이 모여 독재정권 타도를 외친 건 '상상할 수도 없고, 결코 있어서는 안 되는 일'이었다. 박정희 정권으로서는 '절대존엄'에 상처를 입은 사건이었고, 대학가에 수많은 망원(정보 협조자)들을 가동해온 경찰, 정보기관으로서는 제대로 뒤통수를 맞은 사건이었다. 닥치는 대로 구속하는 초강수를 써서라도 차제에 싹을 잘라야 한다는 강경론이 득세한 이유였다.

수유리 자취방에『아무도 미워하지 않는 자의 죽음』이라는 책이 있었다. 나치가 절대권력을 행사하면서 대중을 우민화하던 시절에 반나치 운동을 펼쳤던 어느 청년 비밀결사체를 다룬 책이다. 이 결사체를 이끈 인물은 한스 숄. 그는 청소년기에 아버지의 서재에 꽂혀 있던 희곡『빌헬름 텔』과 실러의 정치에세이를 읽고 눈가에서 비늘이 벗겨져나가는 듯한 의식의 각성을 경험했다. 이를 계기로 인간다운 삶을 회복하고 상식이 통하는 사회를 만들기 위해 히틀러와 나치 독재정권을 타도해야만 한다고 여기고, 철학자 쿠르트 후버 교수 밑에서 동지들을 규합해 반나치 운동을 전개했다. 그의 나어린 여동생 조피도 오빠가 이끄는 이 비밀결사체에 가담했다.

　비밀결사체의 암호명은 '백장미'였다. 그들은 나치 정권을 타도하자는 내용을 담은 유인물을 제작해서 뮌헨 시 곳곳에 뿌렸고, 나중에는 대담하게도 기차를 타고 다른 도시로 나가 메시지를 전파했다. 꼬리가 길면 밟힌다던가. 그들이 뿌린 유인물이 독일 전역에 알려지면서 비밀결사체의 전모가 드러났고, 그들 모두는 사형에 처해졌다. 한스 남매도 물론 거기에 있었다. 젊디젊은 그들은 꽃도, 십자가도 없는 무덤으로 스스로 걸어들어간 것이다.

　영초언니는『아무도 미워하지 않는 자의 죽음』을 읽고 또 읽었다. 그녀가 보조적 역할에 머물지만은 않으리라는 예감이 들었다. 그녀는 자꾸 어디론가 걸어들어가고 있었다.

## 4장

사람은 가고,
사랑은 오고

## 오해

그 뜨겁던 여름이 가고 9월 초 새 학기가 시작되면서 학교 주변에는 근원지를 알 수 없는 풍문들이 무성하게 떠돌았다. '누가누가 디(데모)를 치고 나간다더라' '그다음엔 ○○ 서클의 누구라더라'는 식의 소문이 꼬리를 물었다. 그 명단에 이름이 오르내리는 이들은 대부분 교내에서 잘 알려진 이념, 독서 서클의 핵심 멤버들이었다. 물론 엄주웅의 이름도 들어 있었다. 캠퍼스 주변에는 당장이라도 무슨 일이 터질 듯 팽팽한 긴장이 감돌았다.

그러던 어느 날이었다. 의대에 다니던 정영숙 선배네 돈암동 2층 집에서 가라열 모임이 열리던 날, 우리는 늘 그렇듯 독서토론을 끝내고 '수다 타임'에 접어들고 있었다. 평소 과묵한 편인 혜자언니가 발언권을 신청했다. 그러더니 느닷없이 "앞으로 모임에 못 나올 것 같다"고 폭탄선언을 내놓았다. 다들 뜨악한 표정으로 그녀를 쳐다봤다. 혜자언니는 바닥을 내려다보면서 "졸업 전 마지막 학기이고 취업 준비도 해야 해서……"라면서 말끝을 흐렸다. '젠장' 소리가 절로 튀어나올 뻔했다. 아니 누구는 취업 걱정 안 하나, 불과 석 달 전 감옥에 끌려간 선후배들은 그럼 뭐냐고!

그녀는 가라열 멤버 중에서도 영초언니가 가장 신뢰하고 편애하는 후배였다. 후배인데도 함부로 대하지 못하고 어딘가 한 자락 깔아주는 듯한 태도가 역력했다. 그만큼 혜자언니는 의젓하고 신중하고 철두철미한 성격이었다. 독실한 기독교 신자인 그녀는 서너 시간 넘게 독서토론을 할 때도 내내 허리를 꼿꼿이 세운 채 토론에 임했다. 그래서 우리는 그녀에게 '고려대의 로자'라는 별명을 붙여주었다. 독일의 원칙주의적 혁명가이자 이론가였던 로자 룩셈부르크에 빗대서.

'고대의 로자'가 이 엄중한 시기에 몸을 던져서 데모에 참여하지는 못할망정 시대의 고민을 함께 나누는 이 말랑말랑한 모임마저 발길을 끊겠다니! 다들 놀라워했고 허탈해했다. 그러나 가라열은 다른 이념서클처럼 어떤 확고한 노선을 공유한 조직도, 가입과 탈퇴가 엄격히 제한된 결사체도 아니었다. 이념서클 남학생들의 시각에 비춰보면 참으로 느슨하고 한심한 모임이었다. 가라, 열은 방향성일 뿐 강제성을 의미하지는 않았다. 그녀가 고민 끝에 내린 결론이라면 입맛이 써도 존중할 수밖에 없었다.

혜자언니를 존경하며 따르던 우리 후배들은 그날 밤 술을 진탕 퍼마셨다. 그뒤 서로 붙들고 눈물을 흘렸다. 그러나 정작 뜨거운 눈물을 쏟아야 할 일은 그로부터 며칠 후에 일어났다.


## 고대의 '잔 다르크' 혜자언니

그날 아침 누룽지죽을 먹던 영초언니는 숟가락질을 멈춘 채 골똘히 무언가를 생각하는 듯했다. 한참 만에 얼굴을 들더니 "나 오늘 니네 학교 갈 일이 있는데 이따 두시에 대강당 앞에서 만나자"라고 말했다. 표정이 너무 심각해 보여서 무슨 일이냐고 더 묻지도 못한 채 고개만 끄덕였다.

약속시간에 맞춰 서관 앞 돌벤치에 앉아서 언니를 기다렸다. 언니는 아침보다 더 심각해 보이는 얼굴로 나타나더니 느닷없는 이야기를 툭 꺼냈다.

"사실은 오늘, 혜자가 디 친다."

"뭐라고요? 데모요? 지난번에 취업 준비 때문에 가라열 모임도 못 나오겠다고 했잖아요?"

"모임 못 나오는 건 데모 때문이었어. 오늘 데모하고 끌려가면 나오고 싶어도 못 나오니까. 미리 데모한다고 말할 수는 없잖니?"

황당했다. 며칠 전 속으로 젠장, 하면서 비웃었는데. 겨우 정신을 차리고 언니에게 물었다.

"언니는 다 알고 있었어요?"

"아니. 나도 어제 알았어."

혜자언니가 갑자기 저녁때 수유리 자취방을 찾아와서 내일 데모를 한다고 언니에게 조심스레 털어놓았고, 집에선 이미 나왔다는 혜자언니가 입은 여름옷이 너무 얇아 보여서 내 체크남방과 청바지로 억지로 갈아입혀 보냈단다. 어떡하나, 혜자언니랑 나는 키 차이가 많이 나서 언니한테 소매도 바지 길이도 너무 짧을 텐데……

이야기를 다 듣고 나자 가슴이 벌렁벌렁, 다리가 후들후들 떨렸다. 그럴 즈음, 도서관 쪽에서 함성이 들려왔다. 스크럼을 짠 학생들이 "유신 철폐! 독재 타도!" 구호를 외치면서 대강당 쪽으로 몰려오고 있었다. "자 갑시다, 대강당으로! 거기서 모입시다!"

영초언니와 나는 데모 행렬에 떠밀리다시피 강당으로 밀려들어갔다. 강당은 이곳에서 본디 수업을 받기로 되어 있는 법대생들, 그리고 도서관과 교양학부 쪽에서 몰려온 학생들로 금세 가득찼다. 그런데 갑자기 맨 뒤쪽 입구에서 카랑카랑한 여자 목소리가 들렸다. 혜자언니였다.

"학우 여러분! 박정희 독재정권을 반드시 끝장냅시다!"

구호를 외치고 난 언니는 연단을 향해 바람처럼 질주했다. 혜자언니는 홀로 수많은 학생들 앞에 섰다. 그녀는 생물학과에 다니는지라 본교가 아닌 이공계 캠퍼스에서 대부분의 수업을 받았다. 기독학생회 소속이 아니고서는 그녀를 모르는 학생들이 대부분이었다. 여자, 그것도 단박에 시선을 사로잡는 어여쁜 여학생의 등장에 학생들은 놀라는 기색이 역력했다. 여기저기서 술렁임이 감지될 정도였다.

그도 그럴 것이 이날 언니가 연단에 선 장면은 그동안 우리 모두의 잠재의식에 깔려 있던 고정관념, 운동권의 기존 프레임을 일거에 무너뜨린 것이었다. 입학하고 난 뒤에 지긋지긋할 정도로 많이 들은 이야기는 데모할 때 여학생이 남학생에게 돌을 날라다주거나 마실 물을 떠다주거나 피를 닦아주었다는 등의 미담이었다. 임진왜란 당시 행주대첩에서 치마폭으로 돌을 나른 조선시대 여인들의 현대판이라고나 할까. 그런 남성 중심적인 대학에서 이념서클 출신도 아니고, 운동권에서는 사실상 무명이나 다름없는 여학생이 데모를 주동하다니, 일대 사건이었다. 그동안 소문으로 무성하게 나돌던 '데모 주동자 예상 명단'에 혜자언니는 올라 있지 않았다.

다른 사람들은 짐작조차 못했지만, 나는 혜자언니가 입은 남방과 청바지의 주인을 잘 알고 있었다. 사이즈가 풍성한 남방은 헐렁해서 가뜩이나 말라깽이인 언니의 몸을 더 애처로워 보이게 했고, 청바지는 칠부바지처럼 깡총해서 발목이 다 드러났다. 내 옷들은 자기네가 얼마나 역사적인 순간에 동참하는지 알기나 할까!

마이크를 손에 든 언니는 긴장한 기색이 역력했다. 가뜩이나 커다란 눈을 더 동그랗게 뜬 채 준비한 선언문을 낭독하기 시작했다.

진리의 상아탑인 대학을 사찰과 감시가 번뜩이는 공간으로 만들고, 노동자의 정당한 권리를 주장하는 동일방직 여성노동자들에게 똥물을 끼얹었고, 긴급조치로 북한과 다름없는 절대 독재권력 체제를 구축하고 영구집권을 꾀하는 박정희 정권을 학생들의 힘으로 끝장내야 한다는 요지였다. 언니는 절대권력을 향한 단죄를 떨리는 목소리로, 그러나 한 문장 한 문장 단호하게 읽어내려갔다.

고개를 빼들고 혜자언니의 낭독에 몰입하던 내 옆구리를 영초언니가 쿡 찔렀다. 깜짝 놀라서 쳐다보았더니 내 손에 무언가를 꼭 쥐여주었다. "이따 틈 봐서 이 쪽지를 혜자에게 전해. 아무도 눈치채지 못하게!" 언니가 들릴 듯 말 듯 조용히 속삭였다.

이미 사복형사들이 대강당 주변에 쫙 깔렸을 테고 전경들이 진압 준비까지 끝내고 기다리고 있을 게 뻔한데, 이 와중에 아무도 모르게 혜자언니에게 다가가서 쪽지를 전달하라니! 활활 타는 불구덩이에 석유통을 지고 뛰어드는 짓이나 다름없었다. 여차하면 혜자언니랑 같이 연행될 가능성이 높았다. 그러나 너무나도 절박한 표정으로 날 바라보는 영초언니에게 차마 못하겠다는 말을 할 수가 없었다. 나도 모르게 고개를 끄덕였다.

선언문 낭독을 끝낸 혜자언니는 팔을 번쩍 치켜들면서 큰 소리로 외쳤다.

"자, 나아갑시다. 교문을 뚫고 거리로 나아가서 외칩시다. 유신철폐, 독재정권 타도!"

이 말을 신호탄으로 대강당에 가득찼던 학생들이 우르르 일어나 앞문과 뒷문으로 몰려나갔다. 맨 앞줄에 앉아 있던 나는 앞문으로 나가는 학생들 틈에 끼어서 혜자언니에게 슬쩍 접근했다. 언니 옆을 스쳐지나가는 순간, 이름을 부르면서 손을 잡고 메모를 쥐여주었다. 누구도 눈치챌 수 없을 만큼 찰나에 이뤄진 일이었다. 언니는 말없이 받아쥐고 받았다는 표시로 눈을 깜빡였다. 머리에 진땀이 솟고 목구멍이 타들어가는 듯했다.

우리는 아무 일도 없었던 양 다시 데모 대열에 끼어들었다. 스크럼을 짠 행렬은 교정을 한 바퀴 돌면서 정문 쪽으로 이동하는 동안 기하급수적으로 불어났다. 가방을 들고 도서관으로 향하던 학생들도, 수업이 끝나고 집으로 돌아가던 학생들도 행렬에 가세했다.

동관에서, 서관에서, 도서관에서, 학생회관에서, 교양학부에서 모여든 학생들이 정문 앞에서 하나의 큰 물결을 이루었다. 숫자를 셀 수 없을 만큼 수많은 전경들이 교문 밖으로 시위대가 진출하는 것을 막기 위해 방패를 들고 겹겹이 바리케이드를 치고 있었다. 경찰측은 정보 부족으로 시위를 사전에 막지는 못했지만, 교문 밖 진출만은 어떻게든 막으려는 듯했다.

학생들의 기세는 하늘을 찔렀지만, 더이상 나아갈 곳이 없었다. 혜자언니가 다시 마이크를 잡았다.

"저어기 보이는 저 공간이 무엇을 하는 곳인지 여러분들은 알고 계십니까? 바로 짭새들이 상주하는 공간입니다. 대학가 상아탑에 학생들의 동향 정보를 수집하고 학생들을 이간질시키고 회유하는 짭새들의 공간이 버젓하게, 그것도 정문 옆에 자리잡고 있다는 건 우리 대학의 수치입니다. 저 건물을 그대로 놔두어서야 되겠습니까? 여러분!"

학생들의 시선이 일제히 언니가 손으로 가리키는 쪽을 향했다. 수위실로 알려진 정문 옆 목조건물. 그러나 명색이 수위실일 뿐 그곳이 기실 '짭새'들의 아지트라는 건 공공연한 비밀이었다. 그곳에는 성북경찰서와 직통전화가 연결되어 있었고, 정보과 형사들은 그곳을 베이스캠프 삼아 캠퍼스 이곳저곳을 훑고 다니면서 '문제학생'들의 동태를 감시하고 정보를 수집했다. 시위 학생들 사이에서 고함소리가 터져나왔다. "그대로 둘 수 없다!" "부끄럽다!" "때려부수자!" "박살내자!" "옳소!"

혜자언니가 달려가더니 냅다 목조건물을 걷어찼다. '계란으로 바위 치기'나 다름없는 안간힘이었다. 하지만 그녀의 발길질을 신호탄으로 학생들이 우르르 몰려들더니 건물을 걷어차고 두들겨부수기 시작했다. 현장 주변에 있던 연탄과 돌멩이 정도가 동원된 무기의 전부였다. 하지만 워낙 많은 학생들이 한꺼번에 공격을 가하자 목조건물은 조금씩 무너져내렸다. 공교롭게도 그 순간, 그 건물 안에는 성북서 형사 세 명과 정보과장이 있었다. 건물이 부서지면서 속이 훤히 드러나자 잔뜩 웅크린 그들의 모습이 드러났다. 나는 그때 이미 벌벌 떨고 있었다. '이거 일이 엄청 커지겠구나!'

교문 주변이 아수라장으로 돌변했다. 대치하던 경찰은 즉각 주동자 연행에 나섰다. 혜자언니는 전경들에게 사지가 들려 질질 끌려가면서도 고래고래 소리를 질렀다. 그토록 조용하던 혜자언니의 어디에 저렇게 강하고 큰 분노가 저장되어 있었던 걸까. 지켜보기만 해도 겁나는 이 상황에서 대체 어떤 힘이 혜자언니를 저리도 용감하게 만든 걸까. 언니의 새하얀 발목이 짧은 청바지 아래에서 버둥거리던 그날의 마지막 연행 장면과 더불어 이런 의문은 한동안 나를, 나의 양심을 괴롭혔다.

## 친구를 프락치로
## 의심하던 날들

그날 시위 내내 머릿속을 맴도는 의문이 하나 있었다. 영초언니는 분명히 여럿이 시위를 같이 이끌 거라 했는데 왜 혜자언니 혼자 시위를 주도한 걸까. 정문 앞 대치 상황에서 혜자언니는 누군가를 애타게 찾는 눈길로 주위를 둘러보곤 했는데 대체 누구를 기다린 걸까.

시위에 참가했던 다른 사람들에게 들은 정보를 종합했더니 나중에야 그 퍼즐 조각이 맞추어졌다. 본래 그날 본관 쪽에서는 기독학생회 리더 출신인 천상만(법대 행정학과 75학번)이, 교양학부와 학생회관 쪽에서는 고전연구회 회원인 오상석(정경대 경제학과 76학번)이, 서관 쪽에서는 이혜자가 유인물을 뿌리면서 학생들을 모아 정문 앞에서 다 같이 집결하기로 약속했었다. 그러나 천상만이 본관 쪽에서 시위대를 이끌다가 형사들에게 잡혔고, 오상석은 교양학부 쪽에서 유인물을 뿌리다가 형사들에게 잡혀 수갑까지 채워졌지만 주위 학생들의 도움으로 '도바리(도망)'를 쳤다는 것이 사건의 개요였다. 아, 그래서 혜자언니가 그토록 간절한 눈빛으로 자꾸 주위를 살폈던 거로구나……

9.14 고려대 시위 이후 캠퍼스에는 차가워지는 날씨만큼이나 서늘한 기운이 감돌았다. 혜자언니가 성북서에서 엄청난 고문을 당했다, 하혈을 심하게 해서 피를 많이 쏟았다는 등의 소문이 나돌았다. 훗날 본인에게 확인해보니 소문은 대부분 사실이었다. 고려대를 관할하던 성북경찰서는 시위를 사전에 포착하고 예비 검속을 하지 못한데다, 형사들의 상주 공간이 드러나고 파괴되었으며, 정보과장까지 학생들로부터 폭행을 당했다는 사실에 큰 충격을 받았다. 그런데다 수갑 찬 오상석의 현장 탈주로 경찰 체면을 단단히 구긴 것에 대한 분풀이로 잡혀온 피의자들에게 무지막지한 고문을 가했던 것이다. 혜자언니는 당시 상황을 이렇게 회고했다.

"두 다리에 각목을 끼우고 지근지근 밟았다. 수건을 내 머리에 두른 뒤 양쪽에서 힘껏 눌러댔고, 그 바람에 혈관이 터져서 귓불을 타고 피가 흘러내릴 지경이었다. 그 충격 때문인지 하혈을 했고 구치소로 이동한 뒤에도 하혈이 멈추지 않아서 꽤나 오랫동안 고생했다."

혜자언니가 여성의 몸으로 그런 지독한 고문을 당하고 있는 동안, 나는 그녀에게 전해준 메모가 형사들에게 적발됐는지 걱정되어서 밤잠을 못 이루었다. 혜자언니가 하혈한다는 이야기를 듣고 걱정하는 영초언니에게 차마 내색도 못한 채. (훗날 혜자언니에게

들은 바로는 쪽지를 얼른 읽고 버리려고 했지만 적당한 타이밍을 찾지 못해 바지주머니에 집어넣었단다. 결국 성북서에서 이 쪽지를 압수당했고, 그 쪽지는 형사들로 하여금 천영초라는 인물을 예의주시하게 만드는 계기를 제공했다. 영초언니 주변에 미행조가 따라붙기 시작한 것도 그 직후부터였다. 물론 우리는 까맣게 모르고 있었지만.)

고문에 대한 풍문과 함께 '누가 경찰의 프락치다'라는 의심에 찬 말들도 떠돌았다. 사전 정보 수집에 실패한 경찰이 총력을 다해 학생들 사이를 파고들어 '프락치'로 회유하고 있다는 것이다. 세종문화회관 시위, 9.14시위 등 저항의 강도가 높아질수록 독재정권의 감시 그물망은 더 촘촘해지고 회유의 손길도 더 집요하고 끈질겨졌다. 학생들끼리의 불신도 더 깊어갔다.

1978년 9월, 대학가에 자유의 공기는 갈수록 희박해져가고 호흡곤란 증세는 점점 심해졌다.


## "내복이라도
## 넣어주자고!"

9.14시위 이후 처음 열린 가라열 모임에서 영초언니가 제안했다. 성의껏 돈을 모아서 세종문화회관 시위와 9.14시위 때 구속된 고대생 가족에게 전달하자고. 긴급조치 사범은 직계가족 외에는 면회가 엄격히 제한되어 있어서 우리가 구속자들에게 돈을 직접 전

달할 방법은 없었다. 모두들 이견이 있을 리 만무했다. 다들 그렇게 해서라도 빚진 심정을 조금이나마 덜어보고 싶어했다.

9.14시위로 구속된 고대생 중에는 찢어지게 가난한 가정형편에 홀어머니와 함께 사는 사학과 1학년 금승기라는 학생이 있었다. 그때는 학내 사찰을 전담한 정보기관으로부터 '문제학생'으로 분류되는 경우는 물론이고, 경찰서에 끌려갔다 훈방 조치를 당하거나 구류를 산 경력만으로도 취직하기 힘든 시절이었다. 이런 시절에 구속되어 정식 재판에 회부된다는 건 법률적 판결 이전에 이미 사회적 사형선고를 받은 것이나 다름없었다. 유신헌법으로 장기 독재의 발판을 구축한 박정희는 선거로 물러날 가능성이 전혀 없는 '구국의 지도자'였으므로.

누구나 부러워하던 명문대 새내기, 홀어머니의 자랑거리였다는 금승기! 한 번 본 적도 없는데 사연만 들어도 가슴이 시려왔다. 나 역시 제주도 우리 어멍, 아방에게는 그런 존재였기에. 그날부터 내 가슴 한켠에는 걷잡을 수 없는 두려움이, 다른 한켠에는 박정희 정권을 향한 불타는 증오심이 자리잡았다.

하지만 가라열 회원들의 성금만으로 뒷바라지하기에는 구속된 학생들의 숫자가 너무나 많았다. 영초언니와 나는 궁리 끝에 고대 신문 선배들을 비롯해서 이야기가 통할 만한 고대 선배들을 수소문해 직접 찾아뵙고 도움을 청하기로 했다. 철저한 사전 검열과 보도 통제로 신문과 방송에 단 한 줄도 보도되지 않은(나중에 알고 보니 일본 '아사히 신문'에는 시위 사진과 함께 대서특필되었다) 세종문화회관 시위를 알릴 수도 있으니 일석이조라는 판단에서였다.

선배들을 찾아나서기 전만 해도 우리는 매우 낙관적이었다. 고대, 하면 동문들끼리 유대와 결속이 강하기로 정평이 난 '으리으리한 의리'를 자랑하는 대학 아닌가. '해병대전우회, 호남향우회, 고대동창회가 대한민국 3대 조직이다' '회사에 고대생 두 명만 있어도 동문회가 생기고 알래스카에도 고대 동문회가 있다'는 등의 농담이 회자될 만큼 고대 출신의 단결력은 그때부터 유명했다.

그러나 우리가 부딪힌 현실은 달랐다. 언니가 작성해준 선배들 명단과 재직중인 회사, 작업실 전화번호를 들고 한 사람 한 사람에게 전화를 돌리고, 약속을 잡은 뒤에 찾아갔다. 그 과정에서 나는 세상 공부와 인간 공부를 처절하게 했다. 처음엔 반갑게 맞아주던 선배들이 내용을 들은 뒤에는 얼굴이 굳어지거나 난감한 표정을 짓곤 했다. <학원> 잡지사에 근무하던 김효중 선배 같은 분은 예상 밖의 큰돈을 내놓으면서도 이것밖에 못해줘서 정말 미안하다며 문밖까지 배웅해주었다. 하지만 개중에는 '내 처지를 이해해달라'면서 기부를 거부하거나 심지어 '여기 와서 나를 만났다는 걸절대 발설하면 안 된다'고 신신당부하는 선배도 있었다.

지성이면 감천이라더니, 다행히도 모르는 척하는 선배보다는 도와주는 선배들이 더 많아서 우리는 꽤 많은 돈을 모았다. 영초언니는 구속자들과 기부자의 명단, 모은 돈의 액수를 일수쟁이처럼 공책에 꼼꼼히 기록한 뒤에 그 돈으로 내복을 일괄 구입했다. 금승기처럼 사정이 특히 더 어려운 가족에게는 영치금도 전달했다. 그녀는 이 모든 돈 씀씀이를 기부자들에게 세세히 보고했다.

　그 과정에서 우리는 황당한 오해를 받기도 했다. 구속자 가족들 중에는 내복을 전달해달라고 찾아간 가라열 멤버들을 구속된 학생의 애인으로 오해하는 경우가 종종 있었다. 한 친구는 어느 부모님이 장래 며느릿감으로 여기면서 손을 부여잡고 눈물을 흘리는데, 아니라면서 손을 뺄 수가 없었다고 곤혹스러워했다. 심지어는 우리를 '아가'라고 부르는 시골 부모님도 있었다. 그분들 입장에서는 구속 이후 자칫 불똥이 튈까봐 친지들조차 외면하거나 발길을 끊는 와중에 자신의 아들에게 내복을 전달해달라는 여학생은 필시 애인이라 여길 수밖에 없었으리라. 요즘 말로 '웃픈' 상황이 아닐 수 없었다.

### "바다 보러
### 가고 싶지 않아?"

전쟁과 사랑. 인간 사회의 가장 오래된 주제이자 동서양의 고전작품에 가장 자주 차용되는 소재이다. 절박하고 내일을 기약하기 힘든 상황일수록 청춘남녀는 더 열렬히 사랑을 갈구한다. 체면이나 조건 따위 진부한 것들의 무의미함을 잘 알기에, 알량한 자존심 따위를 내세워 인생을 낭비할 시간이 없음을 동물적 감각으로 간파했기에.

유신과 긴조 시절의 대학가도 마찬가지였다. 흉흉한 소문과 숨막힐 것 같은 분위기 속에서도 사랑은 꽃피고 커플들은 탄생했다. 엄주웅과 나도 전쟁터에서 로맨스를 꽃피운 경우였다.

학보사 근무 시절부터 우리는 기획회의 때마다 사사건건 부딪치곤 했다. 비단 일이 아니라 일상 속에서도 마찬가지였다. 중국집에 짜장면을 주문해놓고 그는 아직 시키지도 않았는데 젓가락부터 들고 설친다고 나를 향해 눈을 흘기던 까칠한 동기였다. 그런 우리를 동기들은 '앙숙'이라고 놀려댔다.

야학을 함께하면서 어려움을 같이 헤쳐나가느라 시나브로 조금씩 친해졌고 그의 연애 상담 역할을 맡기도 했지만, 영화 <해리가 샐리를 만났을 때>의 주인공들처럼 우리 관계엔 늘 어정쩡한 긴장과 갈등이 존재했다. 그런 우리가 한발 가까워진 건 몇 달 전인 5월께였다. 정문에서 도서관으로 향하는 언덕길을 올라가는데 맞은편에서 그가 걸어내려왔다. 늘 심각하고 약간은 어두운 표정의 그가 그날따라 환하게 웃고 있었다.

"나, 장학금 탔는데 밥 사줄까?"

놀라운 제안이었다. 자기 돈으로 밥을 사기는커녕 시골 출신인 내게 라면 한 그릇 사달라, 버스표 꿔달라, 빈대 붙기 일쑤였던 그에게서는 상상하기 힘든 말이었다. 허구한 날 재봉틀로 엉덩이 부분을 기운 바지를 입고 다니고, 윗도리는 검정물 들인 군복을 교복처럼 입고 다니던 그였다.

무슨 장학금? 물었더니 하얀 이를 드러내고 그냥 씩 웃기만 했다. 순간, 그의 미소가 돌멩이 하나를 툭 던진 듯 내 마음에 동그란 파문을 일으켰다. 명숙아, 정신 차려! 이 남학생은 바이올린 켜는 긴 머리 소녀를 죽자사자 쫓아다니는 '철없는 남자'야.

나는 우리 엄마의 말에 따르자면, 독신으로서 세상에 족적을 남겨야 하는 역사적 사명을 띠고 이 땅에 태어난 '팔자 센' 여자 아닌가. 남자 '따위'를 사귀는 일에 내 소중한 시간을 바쳐서는 안 된다고 맘속으로 도리질을 쳤다.

그는 학교 주변에 딱 한 군데 있는 경양식집 '하얀집'에 날 데리고 가더니 큰맘 먹고 '함박스테이크'를 주문했다. 신문사에서 노상 짜장이나 짬뽕, 야학에서는 라면을 함께 먹던 사이치고는 퍽이나 고급지고 우아한 식사 자리였다. 데이트 남녀의 정석 코스 같아 어색했다.

어색함을 풀기 위해 다짜고짜 캐물었다. "영문이나 알고 먹어야겠다, 대체 무슨 장학금인데?" 그는 그제야 "우리 아버지가 광부거든. 그래서 석탄장학금 받았는데 기분이 드러워서 그냥 집으로 가기가 싫었어. 때마침 너를 만난 것도 하늘의 뜻이니 뭐든 좋아하는 건 다 시켜. 내가 다 사줄 테니까"라고 술술 털어놓았다.

그 말을 듣는 순간 가슴에 아린 통증이 느껴졌다. 그랬구나, 군출신 광부의 아들이었구나. 그런 집안에서 아들이 경제학과에 합격했으니 얼마나 큰 기대와 희망을 품었을까. 그러나 이념서클의 핵심 멤버이자 야학교사인 그는 이미 세속적인 출세와는 동떨어진 길을 걷고 있었고, 학과 교수의 특별지도 대상이자 형사들의 동태 감시 대상이었다. 부모의 꿈, 자식의 꿈이 영원한 평행선을 달리겠구나. 그 어긋남이 마치 내 일처럼 마음 아팠다.

식사를 마치고 나오는데 그가 불쑥 새로운 제안을 내놓았다. "제주도 출신인데 바다 보고 싶지 않아? 우리, 기차 타고 동해 가서 바다나 보고 오지 않을래? 나 오늘 돈 무지 많은데."

바다! 회색빛 빌딩숲과 군중, 자동차들 사이에서 늘 서귀포 푸른 바다를 그리워하던 내게는 참으로 유혹적인 제안이었다.

우리는 곧장 청량리역으로 달려가서 경춘선 열차에 몸을 실었다. 춘천에 무작정 내려 그곳 번화가인 명동 골목에서 난생처음으로 닭갈비를 먹었다. 둥그런 번철에 빨갛게 양념한 닭갈비와 얇게 썬 고구마, 양배추를 잔뜩 넣고서 지글지글 볶은 다음 좁쌀밥 위에 척 얹어서 먹는 맛이란! 닭갈비는 그날 이후 내가 가장 좋아하는 메뉴가 되었다.

밤이 되었고, 돌아갈 열차는 끊겼다. 우리는 함께 여관에 묵었고, 밤이 깊어가도록 끝없이 이야기를 나누었다. 어릴 적 이야기, 앞날에 대한 고민과 갈등, 부모들의 기대를 충족시키지 못하리라는 자괴감 등등.

못 마시는 주제에 무리해서 마신 소주 몇 잔 탓일까. 눈꺼풀이 무겁게 내려앉았다. 좁은 여관방에서 그와 나는 양쪽 끄트머리에 누워서 잠을 청했다. 그는 나보다 먼저 꿈나라로 간 듯 코를 골기 시작했다. '이 친구는 정말이지 믿을 만한 남자구나.' 평소에도 꽤

찮은 동료로 여겨졌지만 더욱 믿음이 갔다. 하지만 마음 한켠에는 서늘한 바람이 한줄기 지나갔다.

'손목조차 안 잡는 걸 보면 이 친구에게 나는 정말 여자가 아닌가보다.'


## "날 기다릴 수 있겠니?"


혜자언니가 잡혀간 지 한 달하고도 열흘째. 10월 23일 저녁, 수유리 자취방에 예고 없이 방문객이 들이닥쳤다. 문을 열고 내다보니 엄주웅이었다. 한 번도 우리집에 와본 적이 없는 그는 주소만 갖고 나를 찾아왔다. 한 손에는 고량주, 한 손에는 시몬 베유의 평전 『불꽃의 여자』를 들고 있었다. 내 생일을 축하해주고 싶어서 불쑥 와보았단다. 나는 풋 터져나오는 웃음을 참을 수 없었다. 내 생일은 음력 10월 23일이었다. 한 달이나 일찍 생일을 축하해주러 오다니!

들어오라고 하면서도 약간 의아했다. 엄주웅과 내가 서로 생일을 챙겨줄 만한 사이인가 아리송했다. 우리는 친구라기도, 애인이라기도 어정쩡한 사이였다. 꽤 오래 알고 지냈고, 세상을 보는 시선에 공통점이 많았다. 그러면서도 늘 소소한 일에는 부딪치는 경우가 많았다. 전형적인 경상도 기질에 아버지가 군 출신인 그는 남성 중심적 사고방식의 소유자였고, 존재감 없는 이북 출신 아버지와 자생적 페미니스트 기질이 농후한 엄마 사이에서 자란 나는 가라열의 세례 속에서 점점 전투적인 여권론자女權論者가 되어가고 있었다.

그런 그가 내 생일을 축하하기 위해 이 먼 수유리까지 찾아왔다는 게 아무래도 석연치 않았다. 영초언니도 이상한 낌새를 챘는지 그에게 "앞으로 어떻게 할 생각이냐"라고 단도직입적으로 물었다. 엄주웅이 '다음 차례'라는 소문이 파다하게 돌고 있었다. 그러나 그는 "서클 선후배들이 다 달려들어가서(구속을 의미하는 은어) 서클 내부가 엉망진창이다. 당분간 후배들과 세미나나 착실하게 하면서 서클을 재정비해야 할 것 같다"고 말했다.

우리는 독한 고량주를 마시면서 그보다 더 지독한 학내외 정세에 대해 이야기를 나누었다. 성북서의 악랄한 고문 때문에 혜자언니의 몸이 많이 상했다는 것, 이념서클 안에서 프락치 노릇을 하는 친구들이 점점 늘어나고 있어서 서로를 믿지 못한다는 것, 정권 차원에서 야학과 도시산업선교회를 좌익용공으로 몰고 가려 한다는 것……

그러던 중 영초언니가 이제는 마감 원고를 써야 한다며 너희들끼리 나가서 차라도 한잔하라고 우리를 내몰았다. 자취방은 화계사에서 엎어지면 코 닿을 만큼 가까운 곳에 있었다. 누가 먼저랄 것도 없이 우리는 화계사를 향해 발걸음을 옮겼다. 늦가을 정취가 완연한 화계사는 소슬하고 청량했다. 솔숲 오솔길에는 우리 둘뿐이었다. 천지는 고요하고 발밑에서 낙엽이 바스락거리는 소리만 들렸다. 올려다본 밤하늘에는 휘영청 달빛이 흘러넘쳤다.

"나 아주 먼 데 가는데…… 아주 오래 걸릴지도 모르는데……
기다려줄 수 있을까?"

쿵, 심장이 멎는 것 같았다. 올 것이 왔구나 싶었다. 내놓고 말한
적은 없었고, 심지어 영초언니가 대놓고 물었을 때까지도 딴전을
피웠지만, 9.14시위 이후 그에게서 느껴지는 분위기가 심상치 않
았다. 어딘가를 향해서 비장하게 걸어가는 자의 뒷모습, 주위 사람
들과의 인연을 모질게 끊어내려는 안간힘 같은 게 느껴졌다. 지난
주에 야학을 떠나겠다고 선언할 때도 그랬다.

"언제 할 건데?"

"곧……"

그가 무너지듯 내 가슴에 안겨왔다. 그리고 쥐어짜듯 내뱉었다.

"명숙아, 사랑한다…… 사랑한다!"

그가 꺼억꺼억 울기 시작했다. 나는 그의 등을 가만히 쓸어내렸
다. 쿵쾅거리는 그의 심장 소리가 고스란히 전해졌다. '우정과 사
랑' 사이의 경계선에서 늘 어정쩡하게 서성대던 우리는 그날 화계
사 솔숲에서 마음의 경계선을 훌쩍 뛰어넘었다. 연인이 됨과 동시
에 헤어져야 하는 운명을 나는 기꺼이 받아들이기로 했다. 전쟁터
에서 언제 죽을지 모른다는 절망감과 절박감이 연인들을 솔직하게
만들고 격렬한 사랑에 빠뜨리듯이, 그때 우리두 그러했다.

지금 돌이켜 생각해보면 그때 엄주웅이 사랑한 대상은 '서명숙'
이라는 특정한 여학생이 아니었는지도 모른다. 그 암울한 시대에
불의한 국가권력과 감히 맞장을 뜨려는 자가 끊어내야 하는, 포기

해야 하는, 남겨두고 떠나야만 하는, 그 모든 그리운 것들의 한 조
각이었는지도 모른다.

## 눈물의 잉크

엄주웅이 수유리 자취방을 찾은 뒤 일주일, 열흘이 흘러도 학교에
서는 별다른 기미가 보이지 않았다. 의욕만 앞서서 말부터 꺼낸 걸
까, 중간에 뭔가 일이 틀어졌나, 궁금하기 짝이 없었지만 그에게
물어볼 수도 없었다. 차라리 계획이 수포로 돌아가서 그를 계속 볼
수 있었으면 좋겠다는 생각과, 자괴감으로 괴로워할 그를 지켜보
느니 옥바라지 쪽이 속 편할 것 같다는 생각이 오락가락했다.

　교정에 낙엽이 하나둘 떨어지기 시작하던 11월의 어느 날, 학교
에서 만난 그가 내게 물었다. 저녁때 우리 자취방에서 유인물을 등
사할 수 있겠느냐고. 당시 우리집에는 야학 교재를 만들기 위해 사
둔 등사기가 있었다. 아, 디데이가 내일인가보구나, 속으로 짐작
했다.

　저녁 늦게 그가 늘 입던 물들인 검정 군복 차림으로 찾아왔다.
함께 거사를 치르기로 한 서클 선배가 다른 사건에 엮여서 '달려가
는' 바람에 일정도, 준비작업도 엉망진창으로 꼬이고 말았단다. 그
는 "5.16쿠데타로 정권을 탈취한 박정희 정권은 갖가지 기만과 술
책으로 3선개헌을 하고, 그것도 모자라 초법적인 유신헌법을 제

정한 데 이어, 긴급조치를 통해 한국 사회 전체를 하나의 감옥으로 만들고 말았다"는 요지의 선언문을 내밀었다. "아주 오래 걸릴지도 모른다"는 그의 말이 실감날 만큼 격렬한 논조였다. 내가 선언문을 다 읽기만 기다리던 그는 무거운 종이 뭉치를 턱 내려놓더니 내일 아침까지 인쇄해서 학교로 갖고 와달라고 한 뒤 바람처럼 횡하니 사라졌다.

나는 그가 가져온 원고를 철필로 한자 한자 정서했다. 나중에 엄주웅의 조서 글씨와 유인물 필체가 다르다고 형사들이 족치면 어떡하나 하는 걱정도 잠시, 목숨 걸고 데모를 벌이려는 남자친구도 있는데 뒷전에서 거드는 일에 몸을 사릴 수는 없었다. 이 일로 걸려들면 그 또한 나의 운명일 터.

다 긁은 원지를 등사판 뒷면에 붙여놓고 아래쪽에는 빈 종이를 올려놓고 힘껏 롤러기로 밀어대서 한장 한장 복사하는 일은 엄청난 힘을 필요로 했다. 힘을 딱 주면서 고르게 한 번에 쫙 밀어대지 않으면 종이가 얼룩덜룩해지거나 희미해져서 읽기가 힘들었다. 500여 장에 이르는 물량을 교대로 밀어내는 동안 추운 날 이마에 땀방울이 맺힐 정도였다. 우리의 손과 옷은 온통 잉크로 뒤범벅됐다. 머릿속은 분노, 슬픔, 열정으로 뒤범벅되고.

# 오래,
## 아주 먼 데

아침 일찍 학교 골목길에서 만나 약속한 유인물을 넘겨주었더니 그는 웃는지 우는지 분간이 안 가는 어정쩡한 미소를 애써 지어 보였다. 그러더니 그 큰 키를 구부려서 나를 한번 힘껏 안아주었다. 어찌나 힘을 주었던지 뼈가 으스러질 것 같았다. 가지 말라고, 말하고 싶었다. 이제야 그 오랜 '밀당'을 끝내고 비로소 서로 마음을 트기 시작했는데, 조금만 더 서로 알고 시간을 보낸 뒤에 떠나면 안 되느냐고. 그러나 입으로는 다른 말이 튀어나왔다.

"몇시에 어디서 하는데?"

그는 시간과 장소를 말해주면서 절대로 그곳엔 우연히라도 나타나지 말라고 신신당부했다. 형사들 눈에 띄면 너까지 위험해질 수도 있다고, 등사를 도와주었기에 절대 안 된다고.

그러나 그럴 수는 없었다. 그가 말한 시각보다 조금 일찍 거사 장소인 대강당 앞에서 서성거렸다. 다리가 후들거리고 가슴은 더 와들와들 떨려왔다. 기어이 그가 내 곁을 떠나는구나, 짧다면 짧고 길다면 긴 지난 세월이 낡은 흑백영화의 필름처럼 스쳐지나갔다. 수습기자 합격 뒤 홍보관 복도에서 처음 마주친 순간, 서로 물고 뜯기에 여념이 없었던 신문사 시절, 야학에서 울고 웃었던 시간들, 춘천으로 달리던 열차 안, 화계사 솔숲에 일던 바람 소리……

그러나 필름은 갑작스러운 외침에 뚝 끊기고 말았다. 엄주웅, 그의 목소리가 분명했다.

"독재정권 몰아내자! 유신정권 물러가라!"

대강당 입구 쪽 공터에서 그는 소리치고 있었다.

학생 몇몇이 그의 주변에 있었고 사복경찰인 듯한 중년 남성들도 눈에 띄었다. 지나가던 학생들도 무슨 일인가 싶어 발길을 멈추었다.

와들와들 떨렸지만 안간힘을 다해 현장 가까이 다가갔다. 그 순간 형사들이 엄주웅을 향해 달려들었다. 그는 연행을 거부하면서 땅바닥에 누워 발버둥쳤다. 무언가를 꼭 끌어안은 채 그는 소리질렀다.

"가까이 오지 마. 가까이 오지 말라구!"

안면 있는 서클 남학생이 보이길래 그에게 다가가서 물었다. 왜 저러는 거냐고, 엄주웅이 끌어안은 것이 대체 뭐냐고. 그가 일그러진 표정과 침통한 어조로 대답했다.

"휘발유통 같아요. 짭새들 가까이 오면 분신하겠다고 저러고 있네요. 잘못하다간 사람 죽겠어요."

그가 끌어안은 건 휘발유통이 분명했다. 몰려든 사람들을 올려다보는 엄주웅의 이글거리는 눈동자와 어찌할 바를 모르는 내 눈동자가 한순간 허공에서 쨍그랑, 부딪쳤다. 그러나 그는 곧 다른 곳으로 눈길을 돌리고 말았다.

분신, 이라니! 그렇다면 화계사에서 그가 꺼낸 '오래' '아주 먼데'라는 단어는 감옥이 아닌 죽음을 의미한 것이었을까. 사랑한다고 그토록 절절하게 고백해놓고 이건 또 무슨 개 같은 경우람? 방금 전까지 애틋했던 감정은 절망감과 배신감으로 바뀌었다. 전태일 열사의 분신에 대해 여러 번 말한 적은 있었지만, 그가 설마 분신을 계획할 줄은 상상조차 못했다.

어떻게 시간이 흘렀는지 모른다. 학생들의 탄식과 아우성 속에 그는 경찰에 사지가 들려서 연행되었다. 어찌나 힘이 센지 형사들만으로는 안 돼서 학생처 직원까지 동원됐다는 수군거림이 들려왔다. 지켜보던 이들도 하나둘 발길을 돌리고 문제의 현장은 아무 일도 없었던 듯 조용해졌다. 캠퍼스는 일상의 공간으로 되돌아갔다.

## '빵바라지'

성북서 형사들은 끈질긴 취조 끝에 엄주웅이 분신하려고 했던 게 아니라 9.14시위 뒤에 긴급 복구된 '짭새들의 아지트' 경비초소를 불지를 목적으로 휘발유를 구입했다는 걸 알아냈다. 그는 공중에 거꾸로 매달린 채 발바닥을 두들겨맞고 무릎 사이에 각목이 끼워진 상태로 바닥에 꿇어앉았다. 형사들이 지근지근 밟아대고 얼굴에 수건을 덮은 뒤 찬물을 들이붓는 갖가지 고문에 시달렸다. 힘께 연행되었다가 풀려난 그의 서클 선배가 들려주는 후일담에 나는 심장을 후벼파이는 듯한 극심한 통증을 느꼈다.

엄주웅의 삼촌이라는 이가 나를 찾아온 것은 그 무렵이었다. 그

109

분은 뜻밖의 소식에 놀라서 학생처를 찾아갔더니 학교측에서 "여자친구가 있는데 그 여자가 워낙 독종이라서 남자친구를 사주한 것 같다"고 했다면서 대체 어떤 여학생인지 만나보려고 과 사무실을 통해 나를 수소문한 것이었다. 기막힌 일이었다. 명색이 학생처 직원이라면서 경찰에 연행된 학생을 위해 구명운동에 힘을 보태지는 못할망정, 그따위 '가짜 뉴스'나 가족들에게 퍼뜨리다니. 학교를 향한 분노와 불신은 더욱 깊어졌고, 이런 해프닝을 겪으면서 나는 이념서클에 가입한 적도 활동한 적도 없는데 어느덧 '문제학생'이 되어가고 있었다.

엄주웅의 공범은 유구영이라는 동급생이었다. 두어 번 교정에서 부딪쳐 주웅의 소개로 인사를 나누었던 행정학과 동기였다. 기독학생회 소속의 그는 웃는 모습이 해맑은 소년 같았다. 그는 도서관에서 학생들을 규합하다가 형사들에게 잡히기 전에 날래게 도망을 쳐서 지명수배를 당했다. (나중에 엄주웅에게 들은 바로는 유구영이 도피하는 바람에 유인물은 유구영이 제작한 것으로 오리발을 내밀 수 있었고, 영초언니와 내 이름을 불지 않고도 무사히 넘어갈 수 있었단다.)

그러나 결국 유구영도 붙들려서 잡혀들어갔고, 얼마 후 유구영의 여자친구라면서 신윤복이라는 여대생이 나를 찾아왔다. 어릴 적부터 유구영을 '교회 오빠'로 따랐고 여자친구가 된 지 꽤 오래되었다고 했다. 세월의 힘, 사랑의 힘이었을까. 그녀는 소위 운동권과는 거리가 먼 순진무구한 여대생인데도, 감옥 뒷바라지를 야무지게 해내서 주위 사람들을 놀라게 만들었다. 삼촌이 찾아오고 학교에서 찍혔다는 이유로 교도소 근처는 얼씬도 하지 않는 나와는 달리 그녀는 구영의 가족들을 만나서 갖가지 뒷바라지 물품을 조달하고, 읽을 책을 영치하고, 재판정을 쫓아다녔다. 가혹한 시대가 순진한 여대생을 전투적인 '빵바라지'로 거듭나게 만들었던 것이다.

유구영은 출소 후 졸업한 뒤에도 내내 노동운동에 투신하다가 1996년 간암 말기로 세상을 떠났다. 겨우 서른여덟의 나이였다. 옥바라지를 열심히 했던 신윤복과의 사이에서 낳은 어린 두 딸을 남겨둔 채. 죽기 세 달 전쯤 나는 유구영이 입원했다는 부평의 한 병원을 찾았다. 40킬로그램이 채 안 되는 비쩍 마른 몸인데도 배는 복수로 가득차 임신부처럼 부풀어올라 있었다. 눈길을 어디에 둬야 할지 몰라서 쩔쩔매는 내게 그는 볼우물이 살짝 패는 환한 '살인미소'를 지으면서 말했다.

"나 절대 그렇게 빨리 안 죽으니 염려 마요. 곧 털고 일어날 테니 걱정 마요. 공기 좋은 시골에 가서 정양하면 곧 나을 거예요."

몇 년 전 그의 추모식에 오래간만에 참석했더니 두 아가씨가 내게 다기와 미소지으며 인사했다. 아빠의 장례식장에서 해맑게 웃고 떠들어서 하객들을 더 눈물짓게 만들었던 유구영의 두 딸이 내 눈앞에 서 있는 것임을, 아빠를 빼다박은 그 미소로 금세 알아차릴

111

수 있었다.


## 한국판 '백장미' 사건의 전말

엄주웅이 우리 곁을 떠나고 난 뒤, 영초언니가 심각한 얼굴로 나를 불러앉혔다. 혜자도 가고 주웅이도 그렇게 떠났는데, 우리도 그 뒤를 이어서 조그마한 일이라도 해야 하지 않겠느냐고 말했다. 단순한 학내 시위로는 안 되고 세종문화회관 때처럼 수많은 대중이 광화문 네거리에 모여들어야 외신에라도 보도될 수 있다는 게 언니의 판단이었다. 너랑 나랑 가진 재주가 글쓰는 것뿐이니 유인물을 제작해서 시내 곳곳에 뿌려 모월 모시에 사람들을 한곳에 결집시킨다면, 지난번처럼 시위는 주동자 없이도 자연스럽게 전개되지 않겠느냐는 것이었다. 그럴싸한 이야기였다. 그러면 누구랑? 둘이서 서울 시내 곳곳에 유인물을 살포한다고?

언니가 자신 있게 말했다. 한신대 대학원에서 알게 된 박종원이라는 대학원생과 이미 얘기를 끝냈단다. 아주 독실한 모태 기독교인이고 입도 무거운 친구라고 했다. 게다가 외모가 워낙 여성스럽고 예쁘장해서 유인물 살포에 적격이란다. 하기야 외모부터 투사처럼 보이면 여학생도 의심받을 수 있었다. 혜자언니가 데모를 주동한 이후 여학생들도 당국의 감시망에서 완전히 자유롭지는 않

112

았다.

언니는 내게 유인물 초안을 잡아보라고 했다. 나는 하룻밤을 꼬박 새워 유인물을 작성했다. 고대신문사 칼럼을 쓰면서 쌓은 노하우에 야학을 하면서 깨달은 우리 사회의 모순된 구조, 세종문화회관 시위와 두 차례 교내 시위를 지켜보면서 느낀 감정들이 봇물 터지듯 밀려나왔다. 언니가 내용을 다 읽어보더니 '정말 명문이다!' 치켜세워주었고, 두 군데쯤 손을 보았다. 등사까지 다 마친 뒤 우리는 박종원 언니를 기다렸다.

종원언니는 듣던 대로 예쁘장하고 귀여운 분위기를 풍겼다. 피아노를 전공했다니 부잣집 딸인가 싶었다. 아니나다를까 이리에서 가장 큰 병원 집 딸이란다. 그녀는 여성적인 외모와는 달리 목소리 톤이 굵었고, 성격도 시원시원하고 호방했다.

영초언니는 혼자서, 종원언니와 나는 짝을 지어서 다니기로 하고 두 팀이 대학을 나누어 맡았다. 우리는 이화여대, 서강대, 연세대 쪽을, 영초언니는 고려대, 경희대, 외대 쪽을 맡기로 했다. 거리가 먼 서울대는 언니가 잘 아는 서울대생에게 유인물을 통째로 맡기기로 했다.

우리는 각 대학의 여자화장실을 돌아다니면서 지켜보는 눈이 없을 때 얼른 세면대 위에 유인물을 두고 나왔다. 연세대에는 백양로를 지나가면서 곳곳에 놓인 벤치에 올려두기도 하고, 이화여대에서는 채플이 열리는 대강당에 들어갔다가 나오는 길에 슬쩍 떨어뜨리기도 했다. 그 어느 곳에도 CCTV가 없었기에 가능한 일이었다. 그러나 학교 곳곳에는 '짭새'라 불리는 형사들과 '망원'이라고 불리는 정보 끄나풀들, 그리고 정보기관으로부터 매수당한 '프락치'들이 감시의 눈길을 번뜩이면서 학생들 사이 오가는 대화에 귀를 쫑긋 세우고 있었다. 이런 인간 CCTV를 늘 의식해야 하는 초긴장 상태에서 온종일 유인물을 뿌리고 자취방으로 돌아오면 온몸이 쑤시고 결렸다. 『아무도 미워하지 않는 자의 죽음』의 주인공 한스 남매가 된 기분이었다.

유인물에 적시해놓은 그날이 점점 다가왔다. 학교 주변 운동권들 사이에서 '세종문화회관에서 지난번보다 더 큰 시위가 일어날 것'이라는 풍문이 은밀하게 나돌았다. 우리가 벌여놓은 일이지만, 어떻게 감당해야 할지 갈피를 잡을 수 없었다. 정작 당사자인 언니는 평소처럼 고요한 일상을 보냈다. 누룽지를 끓여먹고, 책을 읽고, 하루에 몇 장씩 알바 번역을 이어갔다.

그날 언니와 나는 세종문화회관 방향으로 가는 버스를 탔다. 예상했던 대로 정보기관에서도 시위 정보를 입수한 모양이었다. 종로3가부터 아예 버스가 서지 않더니 종로1가와 광화문, 심지어 서대문까지도 정차하지 않은 채 일사천리로 내달렸다. 차창 밖으로는 인노『連』를 빼곡히 메운 전경과 닭장차만 즐비했다.

우리는 독립문 근처에서 겨우 버스를 내려서 광화문으로 되짚어왔다. 골목마다 전경들이 철통같이 진을 치고 젊은이들은 무조건 불러세우고 가방을 뒤지고 신분증 제시를 요구했다. 영문도 모르고 이곳을 지나던 이들은 어안이 벙벙한 눈치였고, 여기저기서 항의가 빗발쳤지만 전경들은 '공무수행중'이라면서 요지부동이었다. 불심검문에 항의하다 애먼 시민들이 즉각 연행되는 사태마저 벌어졌다. 세종문화회관 쪽으로는 아예 보내주지도 않았다. 그 근처 가게에 볼일이 있다고 해도 오늘은 무조건 안 된다는 대답만 돌아왔다. 하릴없이 그 주위를 빙빙 돌면서 배회하던 학생들도 이윽고 포기한 채 삼삼오오 근처 술집으로 들어가거나 집으로 되돌아갔다. 그렇게 한국판 '백장미' 사건은 아무 일도 없이 지나가는 듯했다. 문제의 그 사건이 터지기 전까지는.

## 비둘기 '날으는'
## 교도소

긴급조치 사범은 일반 형사범이 아닌 일종의 '정치범'으로 간주되어서 직계가족 외에는 면회도 편지도 허락되지 않았다. 나 역시 감시의 눈길을 의식해 교도소 면회나 편지 발송은 엄두도 내지 않았다. 그런데 어느 날 엄경란이라는 여고생이 학교로 나를 찾아왔다. 엄주웅의 여동생이라고 자기를 소개했다. 오빠가 자기를 수취인으로 편지를 보내왔는데 아무래도 내용이 이상해서 자세히 뜯어보다가 교육학과 서명숙에게 이 편지를 전해달라는 메시지를 해독해냈다는 것이었다. 교도관의 검열을 피해서 편지 말미에 교묘하게 암시해놓은 것을 명민한 누이가 용케도 간파해낸 것이다.

그때부터 나는 그의 누이가 되어서 교도소로 속칭 '비둘기'를 날렸고, 그는 누이 이름 앞으로 내게 '비둘기'를 날렸다. 우리는 교도관이 알아차릴 수 없도록 편지 속에서 오빠와 동생 코스프레를 하면서도, 우리끼리만 통하는 사랑의 밀어를 주고받았다. 평범한 안부 편지, 집안 소식 속에 슬쩍 숨겨놓은 비밀 메시지를 발견해낼 때의 그 기쁨이란! 잦은 만남과 소통 속에 오가는 달콤한 구애만 사랑이 아니었다. 얼굴조차 못 보는 절대빈곤도 사랑을 키워나가는 또다른 자양분이 될 수 있음을 나는 그때 알았다.


## '비겁해져야겠다!'


겨울방학을 맞이했지만 야학 때문에 뒤늦게야 고향 제주로 내려갔다. 가보니 집안이 발칵 뒤집혀 있었다. 교육학과 지도교수님이 우리집을 방문한 사건 때문이었다. 학보사 일 때문에 방학 때 고향집에 늦게 내려오고 빨리 올라가는 걸로만 알고 있었던 부모님은 내가 대학측이 특별관리하는 '문제학생'으로 찍혀 있다는 걸 뒤늦게 알게 되있디. 학보사를 관두고 야학교사가 되었다는 것 또한.

그 당시 대부분의 지방도시나 촌마을에서는 다 그러했시민, 제주도 사람들은 정치에 관한 한 지독하게도 보수적이었다. 선거 때마다 집권 여당 후보가 압도적으로 지지받았고, 3선개헌이나 유신헌법 국민투표에서 100퍼센트 가까운 압도적인 찬성률을 과시한 지역이 바로 제주도였다. 변방이라서 중앙에서 벌어지는 일이 매우 늦게, 왜곡되고 통제된 방식으로 전달된 탓일지도 모른다. 그러나 더 깊고 본질적인 배경은 수많은 무고한 민간인들이 좌익으로 몰려서 군경과 토벌대에게 학살당한 '제주 4.3'에서 비롯된 엄청난 트라우마 때문이었다.

무고한 양민들이 좌익으로 몰려서 죽어간 4.3의 영향 탓에 대부분의 사람들이 극도로 친정부적인 정치의식을 갖고 있었다. 지금 돌이켜보면 억울하게 몰리지 않으려는 일종의 자기방어 기제였으리라. 시장통에서 식료품 가게를 하면서 바쁜 일상에 휘둘리던 우리 부모의 정치의식도 제주도민의 평균의식에서 크게 벗어나지 않았다. 아니, 더 정확하게 말하면 평균 이상의 '우파 보수층'이었다. 이북 출신인 아버지는 인민군으로 강제 징용당해서 참전했다가 포로로 잡혔지만 김일성 치하의 북한으로 되돌아가고 싶지 않아서 남한을 선택한 이른바 '반공청년단' 소속이었다. 게다가 엄마는 당시 같은 문중이던 현씨 집안이 배출한 현오봉 국회의원의 선거운동을 열심히 하던, 시장통의 공화당 조직책이었다.

그런 부모님에게 서울에서 교수가 가정방문을 내려올 만큼 딸이 '문제학생'으로 찍혔다는 건 청천벽력 같은 일이었다. 엄마는 눈물바람, 아버지는 한숨만 푹푹 내쉬는 나날이 계속되었다. 그러나 이제껏 나를 키워준 부모의 눈물과 한숨보다는 모진 고문 끝에 감옥에서 이 추운 겨울을 나고 있는 혜자언니와 주웅의 수감생활이 더 가슴 아프고 눈에 어른거렸다. 방학 내내 집안에는 팽팽한 한랭전선, 대치정국이 계속되었다.

방학이 거의 끝나가고 서울로 올라가야 하는 날이 다가왔다. 속옷을 사러 오랜만에 상설시장에 들른 김에 '서명숙상회' 쪽으로 걸어갔다. 먼발치에 엄마의 모습이 흘낏 보였다. 추위를 이기기 위해 털모자를 뒤집어쓴 그녀는 고무 다라이에 담긴 콩나물을 씻어서 건져올리고 있었다. 찬물에 오랫동안 들락거린 두 손은 벌겋게 부풀어올라 있었다.

흔히들 대한민국 최남단 서귀포는 사시사철 따뜻한 남쪽 나라일 거라 착각하는데 그건 제주를 잘 모르는 이들의 대단한 착각이다. 정월대보름 이전 양력 1, 2월경의 제주는 날카로운 북서풍으로 체감온도가 엄청나게 떨어져서 육지보다도 더 춥게 느껴지는 날들이 많다. 오죽하면 정월대보름이면 '영등할망'이 찬바람을 몰고서 제주를 빠져나간다고 이를 대대적으로 축하하는 영등굿을 다 벌일까.

무거운 쇠뭉치로 머리를 한 대 얻어맞은 듯했다. 야학교사 노릇을 하면서 그토록 가슴 아파하고 연민했던 노동자들의 삶보다 한 치도 더 나을 게 없는 우리 엄마의 신산한 삶을 난 오랫동안 외면하거나 애써 모른 척했던 건 아닐까. 마음고생, 몸고생 두루 다 하면서도 대학생 딸만은 자기와 달리 멋진 직업을 갖게 되리라는 희망으로 버티는 엄마. 그런 그녀에게 또다른 고통을 줄 만한 결연한 용기도, 강철 같은 신념도 내게는 없었다.

더군다나 내 바로 밑의 남동생은 고등학교 1학년 때부터 엄마의 표현을 빌리자면 '나쁜 친구들'과 어울려서 퇴학당할 뻔하다가 간신히 농고로 전학했지만, 그마저도 중퇴한 채 본격적으로 조폭의 길로 들어섰다. 천진난만한 개구쟁이였던 동철이는 이미 서귀포 일대에서 알 만한 사람은 다 아는 '땅벌파'라는 조직의 두목이 되어 있었다. 그 겨울엔 폭력사건으로 제주교도소에 수감되기까지 했다. 엎친 데 덮친 격으로 집안의 자랑거리였던 나마저도 시위로 경찰에 입건되거나 구속된다면? 엄마는 주변 사람들과 친척들로부터 그야말로 '실패한 인생'으로 조롱과 동정을 받게 될 게 불 보듯 뻔했다. 좁은 지역사회에서 소문은 늘 빛보다 빨랐고, 특히 나쁜 소문일수록 들불처럼 번져나가곤 했다. 그 자리에서 입술을 깨물고 결심했다. '비겁해져야겠다.'

서울로 떠나는 날, 아버지는 내 짐을 자전거에 싣고서 버스정류장까지 나를 데려다주었다. 워낙 과묵한 아버지는 그 흔한 훈계 한마디 하지 않은 채 묵묵히 버스 화물칸에 내 짐을 옮겨 실었다. 그 침묵이 잔소리보다 더 아프고 무겁게 다가왔다. 돌아서는 그의 어깨가 어찌나 축 처져 보이던지 나는 이를 악물고 '비겁'해지기로 다시 한번 맹세했다.

# 작별

서울로 올라오자마자 나의 귀환을 뛸듯이 반기는 영초언니에게 솔직하게 털어놓았다. 엄마의 불어터진 손이며, 평생 무거운 짐자전거를 끌어온 아버지의 굽은 등이며, 비겁해지기로 한 내 결심에 이르기까지. 동기인 신문방송학과 정홍자랑 같이 자취하기로 했다는 것도 알렸다. 언니는 그 모든 것을 다 이해한다는 듯 말없이 고개만 끄덕였다.

3월 개강을 며칠 앞둔 2월의 끝자락에, 마침내 수유리를 떠나게 되었다. 독문과에 다니는 친구 왕동자가 당시로는 보기 드물게 집에 자가용을 갖고 있어서 막냇삼촌에게 부탁해서 내 짐을 날라주기로 했다. 이미 내게 필요한 여러 가지 가재도구를 나눠줘놓고서도, 이사하는 그 순간까지 언니는 하나라도 더 얹어주지 못해 안달했다. "명숙아, 이것도 필요하지 않니?" "이것도 네가 되게 좋아했던 건데." 집 앞에 세워둔 포니차는 예상보다 훨씬 오래 기다려야만 했다. 처음 보는 동자 삼촌에게 참으로 미안했다.

짐을 다 싣고 나서 동자와 내가 마지막으로 차에 올라탔다. 우리가 시야에서 멀어지는 순간까지 언니는 대문 앞에 망부석처럼 서 있었다. 난 애써 그녀의 눈길을 피했다. 언니와 함께했던 수많은 순간들, 참으로 즐거웠고 풍성했고 때로는 심장이 터질 듯 긴장되었던 순간들, 거기서 만난 수많은 사람들…… 나의 수유리 시절은 이렇게 가는구나. 어쩌면 내 청춘이 이렇게 막을 내리는지도 모른

120

다고 생각했다. 비겁해지기로 결심한 이상 내 영혼은 더이상 청춘
이 아니므로.

<br>

### "개뿔 민족고대,<br>개나 주라지!"

홍자와 학교 앞에 둥지를 튼 나는 비겁해지기로 결심했지만, 잡혀
가지 않을 수준의 독서모임까지 포기할 수는 없다고 생각했다. 혜
자언니의 구속으로 뿔뿔이 흩어져서 사실상 유명무실해진 '가라
열' 대신 우리가 선배가 되어서 후배들을 끌어모아 모임을 하나 꾸
리기로 했다. 이름하여 '여연'. 여성 문제를 연구한다는 취지에서
붙인 이름이었다.

4학년으로 올라간 우리 76학번이 주축을 이루고, 각 서클에서
똑똑하고 여성주의에 대한 인식이 강한 후배들을 한두 명씩 추천
하기로 했다. 우리는 한 달에 한 번씩 이이효재 교수가 쓴『여성해
방의 이론과 현실』같은 책을 읽고 함께 토론하기로 했다. 사회 전
반을 고민했던 '가라열'과는 달리 '여연'은 여성 문제에 좀더 방점
을 찍은 모임이었다.

4월 초순 어느 날, 우리는 교양학부 여자휴게실에서 독서토론회
를 가진 뒤에 뒤풀이로 학교 근처의 '이모집'에 우르르 몰려갔다.
학보사에 근무할 때 동료 기자들과 이모집에 자주 들렀기에 나를

잘 알던 그 집 주인은 정말 친이모처럼 반겨주었다. 그 사달이 벌어지기 전까지는.

일고여덟 명의 우리 일행이 테이블 두 개를 차지하고 앉았고, 남은 한 테이블에는 운동서클 남학생 서넛이 앉아서 술잔을 기울이고 있었다. 서로 소 닭 쳐다보듯이 각자의 술자리에 집중하는 분위기였다. 저쪽 남학생들은 죄다, 우리 쪽은 나를 비롯해 두어 명이 담배를 피우고 있었다.

그날의 주제는 일제강점기의 친일 문제였다. 서로 돌아가면서 자기 의견들을 말하는 차례였는데, 갑자기 순자의 목소리가 한 옥타브 올라갔다. 그러더니 돌발 발언을 쏟아냈다.

"김성수, 민족고대의 설립자라구? 웃기는 소리 하지도 말라고 해! 민족고대는 개뿔! 제국주의 전쟁의 승리를 기원하고 내선일체 어쩌고저쩌고를 외친 인물이 무슨? 친일파의 거두였다는 걸 인정해야 한다고! 그래야 고대가 거듭날 수 있어!"

순자는 평소 너무 조용해서 별다른 존재감이 없던 불교학생회 출신의 동기였다. 자주 말을 섞는 사이가 아니라 그 친구에 대해서는 아는 게 별로 없었다. 다들 놀라 그녀를 쳐다보는 순간, 갑자기 "야" 하는 고함소리와 함께 저쪽 테이블에서 누군가 우리 자리를 향해 무언가를 확 끼얹었다. 빠른 속도로 날아든 누런 액체는 일어서서 발언중인 순자의 머리카락을 적신 뒤 어깨로 흘러내렸다. 막걸리 냄새가 주변에 진동했다. 술잔을 던진 남학생은 말을 이어나갔다.

"니들이 뭔데 감히 김성수 선생을 씹고 지랄이야? 여자들끼리 모여서 술 먹고 담배나 피우는 주제에!"

좌중이 술렁였다. 정작 가장 침착한 태도를 보인 건 당사자인 순자였다. 그녀는 자기 앞에 놓인 술잔에 막걸리를 따르더니, 옆 테이블로 조용히 다가가서 술잔을 던진 남학생 앞에 섰다. 남학생은 순자의 행동이 무엇을 의미하는지 몰라서 당황한 눈치였다. 나도 짐작이 가지 않았다.

순자는 그의 머리 위로 천천히 막걸리를 들이부었다. 마치 거룩한 세례의식 같았다. 잠시 무거운 정적이 흐르는가 싶더니, 곧이어 일대 활극이 벌어졌다. 불시에 습격을 당한 남학생은 씩씩거리면서 테이블을 둘러엎고 우리 자리로 튕기듯 뛰어들어와서 순자를 거칠게 밀쳤다. 여연 멤버들은 소리를 지르고, 울고, 남학생의 허리춤을 붙들고…… 난리도 그런 난리가 없었다. 그 와중에 이모가 "남의 영업장에서 왜들 이러냐"고 호통을 치면서 사태 진압에 나섰다. 거기까지는 이해할 만했다. 이모가 막판에 필살기로 보탠 한마디가 우리 여연 멤버들을 경악하고 좌절하게 만들었다. "여학생들이 좀 참아야지. 같이 덤비면 어떡해!" 폭력의 피해자에게 오히려 참으라고 하는 그녀가 내가 알던 그 정겨운 이모가 맞나 싶었다.

어찌어찌해서 술집을 빠져나오는데 입구에서 누군가기 확 밀치는 바람에 길바닥에 나뒹굴 뻔했다. 엉덩이가 시큰거렸다. 동자와 펑펑 울면서 자취방으로 돌아가는 어두컴컴한 골목 안. 다시 갑자기 누군가 튀어나와서 우리 둘의 머리통을 쥐어잡는가 싶더니 꽝

소리가 나게 맞부딪치고는 잽싸게 도망갔다. 우리는 잇따른 폭력에 분노 게이지가 급상승했다. 남자들이 대체 우리에게, 무슨 권리로, 무슨 자격으로 이런단 말인가.

동자와 나는 집으로 돌아와서 여자들끼리 '노란 구월단'을 조직해야 한다, 그래서 남성들의 말도 안 되는 폭력에 맞서 싸워야 한다면서 열변을 토했다. 1972년 9월 뮌헨 올림픽에서 이스라엘 선수단을 상대로 테러를 감행한 이슬람 조직 '검은 구월단'처럼 말이다. 남자들도 억울하게 테러를 당해봐야 이 억울한 마음을 알 거라고, 이에는 이 눈에는 눈으로 되갚아야 한다면서.

우리는 제법 구체적인 행동강령도 구상했다. 아무도 없는 골목길에서 여자들끼리 무리 지어 잠복해 있다가 노란 복면을 뒤집어쓰고 튀어나와서 평소 반여성적인 언행을 한 '나쁜 놈'을 골라서 아무 말 없이 패고 도망간다, 그러면 남자 체면에 쪽팔려서라도 신고를 못 할 게다…… 창밖이 부옇게 밝아올 때까지 우리는 '노란 구월단' 문제를 놓고 수다를 떨었다. 그런 수다라도 떨어야만 분노를 조금이라도 삭일 수 있었기에. 이 지독한 남성 위주 사회에서 숨쉴 수가 있었기에.


그 사건 이후 불과 일주일 만에 나는 교생실습을 위해 제주로 내려가야만 했다. 교육학과 학생은 교직 과목을 필수로 이수해야 했고, 교생실습을 의무적으로 나가야 했다. '노란 구월단'도 자연스럽게 구상 단계에서 흐지부지될 수밖에 없었다.

비겁하게 살기로 결심한 나는 학기 초에 이미 모교인 제주도의 신성여고로 교생실습을 나가겠다고 신청했다. 화약고 같은 서울에서 4.19기념행사에 축제까지 몰려 있는 4월은 특히 위험한 시즌이었다. 무슨 일로 불똥이 튈지 모르는 서울에서 멀찌감치 떨어져 있겠다는 판단도 있었고, 내 위태로웠던 사춘기를 무사히 넘기게 해준 모교 선생님들에게 고마운 마음도 있었다. 나를 짓누르는 이 무거운 시대와 역사의 중압감을 훌훌 벗어던지고 낙엽만 굴러가도 까르르 웃곤 했던 그 시절, 그 교정으로 되돌아가고 싶었는지도 모른다.

1979년 4월 14일 제주공항에 도착한 나는 곧바로 제주 시내에 있는 모교 신성여고로 직행했다. 오래된 녹나무가 초록 잎새를 피워내고 있는 교정은 여전히 평화로웠고, 단발머리를 나풀거리며 재잘대는 교복 차림의 소녀들은 싱그러웠다. 내게도 저런 시절이 있었는데…… 마치 기력이 쇠할 대로 쇠해져서 고향으로 내려온 파파할머니가 된 기분이었다. 저들은 서울에서 무슨 일이 벌어지는지 알기나 할까, 아니 모르는 게 약인지도 모르지. 운동장을 가로질러 교무실로 들어갔더니 선생님들이 화들짝 놀라면서 반가워했다.

"신성의 샛별 명숙이가 교생이 돼서 돌아왔네. 세월 참 빠르다!"

나를 아껴주던 김동인 수녀님의 말이었다.

토요일 오전 수업만 있는 날이었다. 조회시간에 교장 신부님이 나를 조례대로 불러올렸다. 수백 개의 초롱초롱한 눈동자가 나를 향했다. 눈이 부셨다. 교장 신부님은 "공부 잘하고 글도 잘 쓰는 우리 학교의 자랑이었던 여러분의 선배가 교생선생님으로 오셨으니 열심히 잘 배우라"고 격려를 아끼지 않았다. 나는 후배들에게 고개 숙여 인사했다. 월요일부터 여러분과 함께 즐겁게 지내도록 노력하겠다는 인사말과 함께. 그 말이 끝내 지켜지지 못할 약속이 될 줄 내 어찌 알았으랴.

부푼 가슴을 안고 교문을 나설 때만 해도 다시 이곳에 들어서지 못할 줄은 꿈에도 몰랐다. 가까운 곳에서 저벅저벅 다가오고 있는 운명의 발소리는 내 귀에 전혀 들리지 않았다.

## 5장

지옥에서 보낸
한철

# "잠깐
# 서울 다녀오겠습니다"

1979년 4월 15일 일요일, 우리집 강아지 두 마리는 적당히 따뜻한 서귀포의 봄햇살이 좋은지 마당에 축 늘어져 낮잠을 자고 있었고, 우리 가족은 오랜만에 모여 점심식사를 하고 있었다. 늘 시장통에서 번갯불에 콩 구워먹듯 식사를 해치우는 부모님이건만 서울에서 딸이 내려왔다고 큰맘 먹고 가게를 점원에게 맡긴 채 집안에서 돼지고기 잔치를 열었다. 엄마는 딸이 마치 모교에서 정식 교사라도 된 것처럼 싱글벙글 웃음을 감추지 못한 채, 애들 가르치려면 기운이 좋아야 한다며 연신 고기를 구워서 내 밥그릇 위에 올려놓았다. 몇 달 전 지도교수님의 방문으로 충격을 받았다가 딸의 교생실습으로 한시름 놓은 게 분명했다. 아버지는 흐뭇한 미소로 말없이 소주잔을 기울였고, 엄마도 아버지의 낮술을 모처럼 말리지 않고 놔두었다. 오랜만에 '서명숙상회'네 집에 평화로운 기운이 흘러 넘쳤다.

바로 그때였다. 대문 밖에서 "명숙이 어멍 계시꽈?" 하는 소리가 들렸다. 마루에서 고개만 쑥 내밀고 내다보니 방학 때 '문제학생' 동태 파악차 우리집에 몇 번 드나들었던 형사 아저씨였다. 그 옆에는 또다른 남자가 서 있었다. 순간, 가슴이 철렁 내려앉았다. 방학 때도 아닌데 왜 왔지? 그리고 내가 내려온 건 또 어떻게 알았을까? 서울에서 무슨 일이 생긴 걸까? 날아갈 듯 기분이 좋았던 엄마는 "아이고, 형사님 아니우꽈? 혼저 들어옵서!" 하면서 그들을 반겼다. 그 말을 기다렸다는 듯 두 남자는 성큼 대문 안으로 들어섰다.

"아이구, 어떻행 옵디강? 우리 맹숙이 온 줄 알앙 와수광?"

"별일은 아니우다마는……"

"점심 전이민 올라왕 혼디 먹게마씸."

"아니우다. 우린 막 먹어수다."

"기꽈. 경허민 들어왕 차라도 마셩 갑써."

두 사람은 난처한 표정으로 쳐다보더니, 안면 있는 형사가 하는 수 없다는 듯 입을 열었다.

"저, 맹숙이 말인디예, 서울에 홋썰 우리영 갔다와사쿠다!"

"아니, 낼부터 신성여고에서 학생들 가르쳐얄 건디, 무사 서울은?"

엄마의 얼굴은 대번에 사색이 되었다. 엄마는 상황 파악이 매우 빠른 분이라서 형사들의 제안이 예사롭지 않다는 걸 단박에 알아차린 것이었다.

형사들은 엄마를 안심시켰다. 서울에서 명숙이와 잘 아는 선배가 큰 사건에 연루됐는데, 명숙이가 직접 관련된 건 아니지만 참고인으로 물어볼 게 있어서 데려가야 한다고, 오늘 오후 비행기로 갔다가 밤에 참고인 조사 받고 내일 첫 비행기 타면 교생실습에는 전혀 지장이 없을 거라고, 만일 조금이라도 늦어지면 신성여고 쪽에 잘 얘기해놓을 테니 아무 걱정 하지 말라고. 엄마는 반신반의하는 표정이면서도 말없이 고개를 끄덕였다.

형사들은 내게 짐을 챙겨갖고 나오라고 했다. 머릿속으로 오만 가지 생각이 순식간에 스쳐지나갔다. 혜자언니에게 준 메모 때문일까? 아니면 대학가에 돌린 유인물 때문에? 엄주웅이나 영초언니가 엮인 걸까?

엄마는 형사들과 마당 뒤편으로 가더니 한동안 숙덕숙덕 이야기를 주고받다가 나왔다. 엄마와 얘기를 끝낸 형사들은 내게 이제는 그만 가자고 재촉했다. 엄마와 두 형사가 나눈 이야기는 긴 세월이 흐른 뒤에야 비로소 알게 되었다.

당시 형사들은 시간이 빠듯해서 배를 타고 갈 수도 없고 출장비는 쥐꼬리만한데 어쩐다, 하면서 엄마에게 비행기 삯 협찬을 요구했다. 당시 서귀포시에서 가장 큰 식료품 도소매 가게 '서명숙상회' 안주인에게 현금 동원력이 있다는 건 알 만한 사람은 다 아는 정보였다. 비행기를 타고 가야 딸이 차질 없이 교생으로 복귀할 수 있으리라고 생각한 엄마는 세 사람의 왕복 비행기 삯을 딸 몰래 형사들에게 건네준 것이었다.

훗날 그 이야기를 듣고 얼마나 분개했는지 모른다. 남의 집 귀한 딸을 영장도 제시하지 않고 임의동행해가면서 공무를 집행하는 비용마저 떠넘긴 것이다. 똑똑하기로 소문난 엄마가 왜 그런 바보짓을 했느냐고 방방 뛰는 딸에게 엄마는 이렇게 말했다. 딸이 서울로 잡혀가는데 제정신일 부모가 어디 있겠느냐고. 엄마는 딸을 끌고 가는 비행기 삯을 제 손으로 갖다 바친 멍청한 에미가 되었다고 두고두고 가슴을 쳤다.


## 국회의원 이름과 나란히 칠판에 쓰인
## 내 이름 석 자

그들의 차를 타고 5.16도로를 넘어갔다. 차는 제주시 관덕정 근처에 있는 도 경찰청 건물 앞에 멈췄다. 두 형사는 그 건물 안의 어떤 방으로 나를 데리고 가더니 서류에 지장을 찍도록 했다. 무슨 서류인지 기억도 안 날 만큼 처음 가보는 경찰청은 공포스러웠다.

경찰청에서 나온 뒤 차는 다시 공항 방향으로 이동했다. 정말 서울로 데려가나보다, 와들와들 떨리면서 내가 처한 상황이 비로소 실감나기 시작했다. '떨지 마라, 명숙아! 형사들 말대로 참고인 조

사인지도 모르니까. 너무 떨면 오히려 없던 의심도 생길지 모르니 침착하자구.'

그러나 실낱같은 기대감마저 차례로 툭툭 끊어지기 시작했다. 비행기 탑승 전에 형사들은 103호실(공항의 보안 상황을 체크하고 문제 승객이나 VIP 승객을 관리하는 정보기관의 분실)로 나를 데리고 들어갔다. 그곳 요원과 형사들이 이야기를 주고받는 사이에 나는 무심코 사방을 둘러보았다. 벽에 걸린 칠판을 보는 순간, 내 두 눈을 의심했다. 칠판에는 백묵으로 '국회의원 현오봉, 고려대생 서명숙'이라는 글씨가 쓰여 있었다. 일개 평범한 대학생인 내 이름이 지역구 국회의원 이름과 나란히 올라가 있다니, 단순 참고인만은 아닐지도 모른다는 불길한 예감에 사로잡혔다.

형사들의 태도는 그 예감을 부채질했다. 103호실에서 나와서 비행기에 탑승하는 순간부터 그들의 태도는 백팔십도 돌변했다. '잘 아는 동네 아저씨'에서 '피의자를 압송해가는 공권력 집행자'로 바뀌었다. 그들은 주위 사람들이 눈치채지 않도록, 나를 중간에 두고 양쪽에서 딱풀처럼 붙어 밀착 마크를 했다. 너무 초조한 나머지 두어 차례 화장실을 들락거릴 때마다 내 동선을 집요하게 뒤쫓는 그들의 눈길을 느낄 수 있었다.

# "머리 처박아,
이 쌍년아!"

"우리 비행기는 방금 김포공항에 도착했습니다. 안전한 기내에서 기다려주시면……"

내 인생에서 가장 긴 한 시간이었으리라. 우리 일행을 태운 비행기는 마침내 김포공항에 도착했다. 서울에 도착했다는 안내방송이 그토록 살벌하고 공포스럽게 들릴 줄이야.

제주도 형사들은 김포공항 103호실에 들러서 서울 형사 두 명에게 나를 인계했다. 마치 물건처럼 인수인계 대장에 도장을 찍은 뒤, 그들은 시한폭탄을 무사히 떠넘긴 후련함과 동네 여대생을 사지로 넘기고 가는 미안함이 교차하는 묘한 표정으로 그곳을 떠났다. 반면 나를 인계받은 서울 형사들은 그 어떤 감정도 느껴지지 않는 인조인간 같은 표정을 짓고 있었다. 제주도 형사들에게 끝까지 같이 가달라고, 나를 다시 신성여고로 데려다준다고 하지 않았느냐고 소리치고 싶었다. 그러나 그 외침은 입안에서만 빙빙 돌았다.

공항 게이트를 나서자마자 새까만 승용차가 기다렸다는 듯 미끄러져들어왔다. 한 형사가 뒷문을 열고 먼저 타는가 싶더니, 다른 형사가 나를 짐짝처럼 밀쳐넣고는 옆자리에 바싹 붙어 앉았다. 두 형사는 양옆에서 내 팔을 하나씩 붙들더니 뒤로 홱 꺾었다.

"머리 처박아, 이 쌍년아!"

내가 머리를 처박기도 전에 누군가 내 머리를 차바닥으로 처박왔다. 피가 머리로 확 몰리는 느낌이었다.

그와 동시에 나는 더이상 참고인이 아니구나 하는 확신이 덮쳐왔다.


차는 한없이 달리고, 또 달렸다. 차바닥에 처박힌 머릿속으로 별의별 망상이 다 들어왔다 나갔다. '대체 어디로 가는 걸까? 경찰서도 아니고, 말로만 듣던 남산도, 남영동 대공분실도 아닌 것 같은데. 그 건물들은 다 시내 가까이에 있어서 한 시간이면 가고도 남을 텐데.'

마침내 차가 멈추었다. 그들은 내 머리칼을 그러쥐고 머리통을 쳐들더니 눈앞에 가리개를 씌웠다. 두 눈이 보이지 않는 상태에서 나는 차 밖으로 끌려나왔다. 두 사람은 내 양쪽에서 팔짱을 단단히 긴 채 걷기 시작했다. 철문이 열리는 소리가 들리는가 싶더니 한참을 걸어 계단을 오르기 시작했다. 한 발자국, 또 한 발자국…… 다시 몸을 틀어서 한 발자국, 또 한 발자국…… 또다시 몸을 틀어서 한 발자국 또 한 발자국…… 나는 계단의 숫자와 몸을 튼 횟수로 얼추 몇 층인가를 어림짐작했다.

3층쯤에서 갑자기 두 사람이 발걸음을 멈췄다. 달칵 문 여는 소리가 들리더니 그들이 나를 그 안으로 밀어넣었다. 장님이나 다름없던 나는 방바닥에 나뒹굴었다. 누군가가 나를 일으켜세우더니 눈가리개를 휙 벗겨냈다. 갑자기 쏟아지는 빛에 눈부셔서 나도 모르게 양손으로 눈을 가렸다가 다시 떴다. 두 남자와 한 여자가 나를 쳐다보고 있었다.

"이년이 서명숙이야? 덩치도 쬐끄만 년이 간땡이는 크네."

한 남자가 낮고 음산한 어조로 말했다. 옆에 서 있던 통통한 중년 여자가 동의하듯 까르르 웃었다.

"쟤 가방이나 샅샅이 뒤져봐! 브라자도 벗기고! 아, 팬티 고무줄도 빼야 하는 거 알지?"

여자에게 명령을 남기고 남자는 방에서 나갔다.

웃음을 멈춘 중년 여자가 마치 내게 분풀이라도 하듯 배낭을 거칠게 벗겨낸 뒤 바닥에 확 둘러엎었다. 배낭 속 물건들이 생선 내장처럼 한꺼번에 쏟아져내렸다. 책 몇 권, 갈아입을 속옷 두어 장, 티셔츠 두 벌, 샘플 화장품, 그리고 담뱃갑과 라이터.

"갈보 같은 년들 아냐! 죄다 담배나 피우고 말이야!"

방에 남아 있던 남자가 냅다 따귀를 올려붙였다. 얼마나 아프던지 절로 눈물이 찔끔 났다. 그러나 얼얼한 뺨보다 더 아팠던 건 그 남자가 내지른 쌍욕이었다. '갈보'라니. 여자가 옆에서 거들었다.

"그러게요. 시골의 부모들이 고생고생해서 딸들을 서울에 있는 대학까지 보냈는데, 데모나 하고 담배나 피우고. 알면 기함할 노릇이지."

남자들만 있었더라면 그 악명 높은 남산 중앙정보부나 치안본부의 알려지지 않은 분실이라고 여겼겠지만, 사복 차림의 여자가 있었기에 판단이 제대로 서지 않았다. '여기는 대체 어떤 곳일까. 그리고 나는 대체 무슨 일로, 어떤 혐의로 끌려온 걸까?' 모든 게 의문투성이였고 오리무중이었다. 다만 그들의 태도로 미루어 결코 소소한 참고인 조사가 아니며, 내일 아침 무사히 고향으로 가는 비행기를 탈 수 없으리라는 것만은 확실했다.


## 사흘 밤낮을 뜬눈으로 작성한 '내 인생 이력서'


그들은 나의 혼란스러움과 공포심을 짐짓 즐기는 기색이 역력했다. 자신들이 어디 소속의 누구인지 그 어떤 설명도 하지 않았다. 그들은 나에 대해 이미 모든 정보를 꿰고 있는 듯했지만, 자신들에 대해서는 아무것도 알려주지 않았다. 나는 두 눈을 가리고 시합에 임하는 권투선수처럼 비틀거릴 수밖에 없었다.

담배와 라이터를 압수한 중년 여자가 나를 어디론가 끌고 갔다. 세면대와 양변기에 욕조까지 딸린 제법 너른 욕실이었다. 그녀는 겉옷을 벗으라고 명령했다. 속옷 차림으로 그녀 앞에 엉거주춤 섰다. 그녀는 브래지어를 낚아챈 뒤 나를 돌려세우고는 팬티의 고무줄을 주욱 잡아뺐다. 그녀는 싱긋 웃으면서 덧붙였다.

"브라자 끈이나 팬티 고무줄로 자살하는 걸 방지하는 차원이니 그리 알아."

최소한의 '안전조치'가 끝났음을 확인한 두 남녀는 나를 방안에 놓인 자그마한 포마이카 밥상 앞에 꿇어앉혔다. 16절지 뭉치와 볼

펜이 밥상 위에 달랑 놓여 있었다.

"자, 써!"

뭘요, 라는 표정으로 조심스럽게 쳐다봤더니 또 주먹이 한 대 날아왔다.

"이년아, 몰라서 물어? 태어나서 지금까지 살아온 거, 너의 이력서를 하나도 빠짐없이 낱낱이 다 쓰라구. 행여 하나라도 빠뜨리거나 거짓말한 게 들통나면 쥐도 새도 모르게 골로 갈 줄 알어. 아, 신문기자했던 년한테는 유식하게 말해야지. 자서전 쓰신다고 생각하라구."

그 순간부터 잠깐 식사하는 시간을 제외하고는 내내 쓰고 지적받고, 또 쓰고 지적받는 시간이 계속되었다. 남자 둘 여자 한 명으로 구성된 3인 1조가 24시간 나를 감시하고 닦달했는데, 다음날이면 그 얼굴이 싹 바뀌었다. 그러나 나는 눈 한번 붙이지 못한 채 '태어나면서 지금까지의 일'을 시시콜콜 적어내려갔다. 대학생활 중 일어난 소소한 일, 고대신문사나 야학생활에 대해선 장황할 정도로 자세히 적어내려갔지만 유인물을 제작하고 살포한 일이나 혜자언니와 영초언니, 엄주웅과 관련된 일은 철저하게 숨겼다. 그들이 어디서부터 어디까지 알고 있는지를 몰랐기에 죄다 감추는 수밖에 달리 도리가 없었다.

창문이 밀폐된 밀실이었고 방문을 열고 드나들 수 있는 건 그들 감시자뿐이었다. 방안에는 시계도 없었다. 천장 중앙에 늘 전등이 켜져 있어서 아침인지 밤인지도 알 수 없었다. 다만 그들 감시조가 바뀌는 걸로 보아 하루, 이틀, 사흘째라고 짐작할 뿐.

사흘째 되는 날이었다. 한 남자가 음흉한 미소를 흘리면서 내게 최종 선고하듯 말했다.

"끝났어, 서명숙! 좋은 머리로 아무리 잔대가리 굴려봐야 끝이라구! 그러게, 왜 증거물은 이렇게 줄줄이 남기고 이러시나?"

그가 내미는 사진에는 수유리 영초언니네 다락방에 모셔둔 등사기와 우리가 철필로 긁었던 '세종문화회관 시위'를 촉구하는 유인물 원지가 찍혀 있었다. '모든 게 끝났구나! 교생실습도, 대학생활도……'

다 포기하고 구속을 각오하니 눈뜨고도 악몽에 시달리던 지난 사흘보다 한결 마음이 가벼워졌다. 사실 혜자언니가 구속된 직후 나는 친구 홍자에게 황당한 제안을 한 적이 있었다. 마지막 가라열 모임이 끝난 뒤였다.

"너는 서관에서, 나는 동관 꼭대기에서 로프에 매달려 내려오면서 유인물을 뿌리는 건 어떨까? 여학생들이 높은 건물에 매달려 시위하면 그래도 신문에서 내주지 않겠니?"

그토록 엄청난 시위였는데도 혜자언니가 주도한 9.14시위는 국내의 어떤 언론에도 다뤄지지 않았다. 너무 답답한 나머지 홍자에게 그런 제안까지 했던 것이다. 물론 이 제안은 신문에 보도되기도 전에 우리만 사고사로 죽을지도 모른다는 홍자의 만류로 없던 일이 되고 말았지만.

이것도 팔자요, 운명이다 싶었다. '한때는 이 나라의 민주화와 독재 청산을 위해서라면 순정하게 죽을 마음까지도 먹었더랬는데 구속쯤이야. 기껏해야 유인물 제작과 살포 혐의니 징역을 살아봐야 얼마나 살겠냐구.' 서둘러 모교의 교생으로 복귀하고 싶다는 소망을 포기하고 나니 오히려 마음이 홀가분해졌다. 이미 구속된 혜자언니와 엄주웅에 대한 부채감도 덜어지는 기분이었다.

순순히 내가 초안을 작성하고 가리방을 긁고 등사한 뒤에 대학가를 돌아다니면서 유인물을 뿌린 사실을 인정했다. 하지만 그들이 상정한 각본은 이렇듯 소소한 것이 아니었다. 그들은 훨씬 더 큰 그림을 그려놓고 있었다.


## 듣기만 해도 살 떨리는 '산천초목' 사건

그들은 조금씩 자기네들의 신분과 나를 이곳에 데리고 온 배경을 들려주기 시작했다. 놀랍게도 나를 수사하는 형사들은 고대 관할인 성북경찰서가 아닌 북부경찰서 소속이었다. 한신대를 관할하는 북부서는 오래전부터 영초언니에 대한 첩보를 입수하고 오랫동안 감시와 미행을 해오던 중 그녀가 4.19를 기하여 전국 규모의 시위를 도모하고 있다는 걸 알고 사건의 연루자들을 한꺼번에 일망타진했단다. 이 사건의 첫 실마리를 제공한 것은 내가 9.14시위 때 혜자언니에게 건넨 쪽지였다. 이 쪽지를 천영초가 보냈다는 걸 알아 챈 성북서는 한신대 관할인 북부서에 정보를 넘겨주었고, 북부서 는 이 쪽지를 입수한 직후부터 천영초를 미행하다가 대어급 사건 을 건지게 되었다는 것이다.

북부서가 인지한 사건은 '전국 24개 대학 연합시위 사전모의'였 다. 북부서가 치안본부에 올린 당시 보고서에 따르면 "천영초는 1978년 고려대 9.14시위 직후부터 전국 규모의 연합시위를 주도해 서 국가와 정권에 심대한 타격을 줄 목적으로 전국의 운동권 핵심 과 외부의 노동, 종교 세력과 꾸준히 접촉해왔다. 그러던 중 이듬해 인 1979년 4월 19일을 기해 24개 대학에서 한날한시에 일제히 대 규모 시위를 벌이기로 모의하고 조직 동원과 현장 준비를 하던 중, 북부서에 의해 연합시위 하루 전날인 4월 18일 새벽까지 그 일당이 일망타진된 것'이었다. 그날 새벽 서울 곳곳에서 연행된 용의자는 20여 명에 이르렀다. 다만 그중 전남대 출신 조봉훈은 미리 그 낌새 를 눈치채고 도피하는 바람에 수배령이 떨어졌고, 나는 15일 새벽 일찌감치 하숙집을 덮쳤다가 제주로 교생실습차 내려갔다는 걸 알고 체포 작전에 나서 서울로 압송하는 데 성공한 것이다. 북부서 의 보고를 받은 치안본부에서는 치안본부장이 직접 청와대로 들 어가서 박정희 대통령에게 대면보고를 했고, 수사를 맡은 경찰관 두 명은 일계급 특진을 하기에 이르렀다.

몇 달에 걸친 내사 과정은 철저히 비밀에 부쳐졌고, 이 사건의 암호명은 '산천초목'이었다고 형사는 내게 자랑스럽게 털어놓았다. 그들이 내민 두꺼운 스크랩북에는 꽤나 많은 사진과 자료들이 첨부되어 있었다. 영초언니의 자취방에서 압수한 일기장과 등사 원본, 전화번호부 수첩, 가라열이 모금한 구속 학생 영치금 모금과 차입 기록 등이었다.

심지어는 우리 자취방에 가끔 화장품을 팔러 오는 '아모레 아줌마'가 쓰레기통에서 주워온 걸 다시 일일이 붙여놓았다는 찢어진 메모지, 잠복 형사가 고물장수로 변장해서 획득해낸 물건도 있을 만큼 오랜 시간을 들여서 다양한 경로를 통해 수집한 정보들이 총망라되어 있었다. 그중에서 가장 어처구니없는 건 두 장의 내 사진에 대한 그들의 해석이었다. 그들은 생머리로 동네 미장원으로 들어가는 내 사진에는 '변장 전'을, 파마를 하고 나오는 내 사진에는 '변장 후'라는 설명을 붙여놓았다. 요즘식으로 말하면 '비포 애프터' 인증샷을 몰래 찍은 뒤에 간첩 용의자에게나 적용함직한 '변장'이라는 프레임을 씌운 것이다.

전체 사건 개요도에서 내가 차지한 역할도 황당 그 자체였다. 연합시위 사건의 수괴는 영초언니, 총책은 전남대 학생 조봉훈이었다. 나는 조직책으로, 나랑 친했던 동자는 자금책으로 올려져 있었다. 동자가 자금책이 된 이유도 웃기기 짝이 없었다. 구속된 학생들을 위한 영치금과 내복 기금 장부를 정리하는 일을 맡았고, 이사 당일 내 짐을 자동차로 옮겨주었다는 게 배경이었다.

나는 여러 번 만나서 안면이 익숙해진 그 중년 여경에게 슬쩍 물었다. "혹시 다른 방에 왕동자라는 이름의 여대생도 와 있나요?"

그녀는 "잡혀온 주제에 어디서 탐문질이야, 탐문질은! 그런 건 보안사항이라서 알아도 말 못해줘"라면서 통박을 주었다. 그래놓고서도 제 입이 근질거렸는지 이야기를 술술 풀어놓았다. "지금 여기 연행된 학생만 스무 명이 넘는다니까. 원래 긴조 사건에는 여자들이 드문데 이번 사건은 두목이 여자라서 그런지 여자들이 대부분이야. 그래서 서울 시내 경찰서 여경들 죄다 동원하고도 모자라서 치안본부 여경들까지도 차출했잖니. 니네들 때문에 결혼한 여경들도 24시간 맞교대해야 하니 죽을 맛이야, 죽을 맛!"

나와 동자의 역할에 이런 식의 어거지가 동원되었다면, 이 사건 전체도 과장되거나 잘못된 프레임을 뒤집어씌운 것일 수 있다는 생각이 들었다. 영초언니가 한신대 재학중인데다 교회를 오래 다닌 모태 신앙인이라서 종교인들을 많이 알고 조화순 목사를 비롯한 노동운동가들과 교분이 있는 건 사실이지만, 당시 여건에 비추어 연합시위를 도모했다는 건 상상하기 힘든 일이었다. 게다가 24개 대학이라니! 1년 넘게 함께 자취한 내 눈에 비친 언니는 그렇게까지 발이 넓은 축은 아니었다.

아니나다를까. 형사들은 내놓고 말은 안 하지만 자기들끼리 한숨을 푹푹 내쉬었다. '체면이 영······' 그런 분위기랄까. 수사가 생각만큼 잘 풀리지 않는 눈치였다. 시간이 흐르면서 그 구겨진 체면을 조금이라도 만회하려는 형사들의 눈에는 핏발이 서기 시작했다.

# 독 묻은
## 말화살

그들은 유인물 제작과 배포를 순순히 시인한 나를 더 압박하기 시작했다. 영초언니의 연합시위에 가담하고 조직화하는 데 역할을 하지 않았는지, 수배중인 조봉훈이 어디로 도피했는지를 집요하게 묻고 또 물었다. 때리기도 하고, 어르기도 하고, 달래기도 했다. 가장 견디기 힘든 건 여경들이 연출하는 '신파극'이었다. 그들은 자신들이 가진 정보를 최대한 활용하면서, 같은 여성이라는 처지를 이용해 내 약한 고리를 파고들었다. 나도 애 키우는 엄마지만 니네 엄마가 너무 불쌍하다, 니네 아버지는 이북에서 혼자 내려와서 친척도 없다는데 딸이 이렇게 됐으니 얼마나 낙담하겠느냐, 남동생도 말썽을 피운다는데 너라도 제대로 졸업해서 선생님이 되어야지 등등. 그들의 호소와 설득은 내 마음을 뒤흔들고, 후벼파고, 들쑤셔놓았다.

그러나 내게는 새로이 털어놓을 것도, 제보할 것도 없었다. 끝내 내가 묵묵부답 고개를 푹 숙이고 있노라니, "역시 독한 년들은 에미 애비도 다 모른 척하지"라며 독 묻은 말화살을 내게 날렸다. 잠시 마음이 흔들렸던, 그래서 알고 있는 게 뭐라도 있다면 뭐든지 털어놓고 싶었던 나 자신이 한심하게 느껴졌다.

나와 형사들의 피곤한 신경전이 지루하게 계속되던 어느 날, 한밤중에 침대에 잔뜩 웅크린 채 얼핏 풋잠이 든 순간이었다. 갑자기

어떤 물체가 내 침대 위로 덮쳐드는가 싶더니 내 몸뚱이를 지근지근 밟기 시작했다. 누군가 고래고래 소리를 질렀다.

"이 쌍년, 순진해 보여서 믿거라 했더니 사람 뒤통수를 아주 제대로 때려? 그 집에 있긴 누가 있다고 그래? 텅텅 빈 집이더구만!"

짚이는 데가 있었다. 몇 날 며칠 조봉훈의 은신처를 대라는 요구가 계속되면서 나는 넌더리 나는 집요한 추궁을 잠시라도 모면할 작정으로 고대 앞의 어느 선배 집을 대고 말았다. 얼씨구나 하고 출동했던 형사들은 외국으로 유학 간 그 선배의 빈집에 들이닥쳤다가 허탕치고 돌아온 모양이었다. 잠깐 잔머리를 굴린 대가는 혹독하게 이자가 붙어 되돌아왔다.


## "나, 미국 CIA에서 훈련받은 고문기술자라고!"

다음날 처음 보는 인물이 나타났다. 40여 년이 흐른 지금도 프로필을 잊을 수 없는 그 남자!

펜싱선수처럼 호리호리한 체격, 쭉 찢어진 날카로운 눈매, 얇은 입술, 높이 솟은 광대뼈, 갸름하고 하관이 날렵한 얼굴 윤곽. 그의 몸에는 단 1그램의 군살도 없는 듯했고, 말 또한 군더더기가 없었다. 모든 것이 효율 그 자체인 터미네이터 같은 인간이었다. 게다가 그는 매우 지능적이고 고단수였다. 아는 게 없어서 입을 꾹 다

문 내게 주먹다짐을 하려는 동료 형사를 불러서는 "숙녀에게 그러면 쓰나. 그리고 저런 확신범들은 맞았다고 술술 부는 게 아니지" 하면서 점잖게 말렸다. 그는 내게 엄주웅 이야기를 꺼냈다. 엄주웅과 애인 사이라는 걸 잘 알고 있다면서 수감중인 그를 보고 싶지 않느냐고, 자기가 만나게 해주겠다고 했다.

"아무리 시절이 하수상해도 보고픈 사람들끼리는 만나고 살아야지, 견우직녀도 아니고 이 얼마나 안타까운 일이야. 워커힐 호텔 같은 근사한 곳에서 하룻밤 회포를 풀게 해줄 테니. 자, 이제 조봉훈 있는 데를 좀 말하지그래!"

그제야 나는 왜 그가 엄주웅이라는 이름을 내게 들이밀었는지 그 이유를 눈치챘다. 그는 사랑을 명분 삼아 내게 '더러운 거래'를 제안한 것이었다. 조봉훈이라는 학생과는 영초언니의 자취방에서 딱 한 번 인사한 인연밖에 없었다. 아는 것도 없었지만, 이런 식의 더러운 거래에는 알더라도 응할 수가 없었다. 나는 고개를 절레절레 저으면서 고개를 푹 숙였다. 우리의 만남을, 우리의 사랑을 흥정거리로 모독하는 그를 쳐다보기가 역겨웠다. 난 떨리는 목소리로 대답했다.

"엄주웅, 안 만나도 돼요."

내가 꽉 다문 조개처럼 입을 열지 않자 그는 그동안의 자비롭고 지성적인 가면을 벗어던지고 본색을 드러내기 시작했다.

"이 씨발년! 하긴 공산당 년들은 사랑보다는 조직이 우선이지. 애인을 굳이 안 만나겠다는 것만 봐도 니 년은 공산당이 분명해!"

146

그는 급기야 당시 나로서는 처음 듣는 '전기고문'을 입에 올렸다.

"어이, 서명숙! 대학신문 기자질을 해봤다니까 잘 알 텐데, 미국 CIA라고 알지? 나 이래 봬도 거기에서 6개월간 간첩 식별 교육을 받은 사람이야. 엘리트 중의 엘리트 교육이지. 니네가 아무리 지능적으로 대가리 굴리고 거짓말해봐야 나 같은 사람에게는 부처님 손바닥 안이야. 좋은 말로 할 때 순순히 다 부는 게 좋다고. 그러면 너만은 어떻게 선처해줄 수도 있어. 대신 협조하지 않으면 내게도 방법이 있지. 거기에서 배운 전기고문 기술을 쓰는 수밖에."

전기고문이라니! 손톱 찌르기, 코에 물 들이붓기, 잠 안 재우기, 허벅지에 각목 끼우고 지근지근 밟아대기 등등 여러 고문을 숱하게 들어왔다. 그러나 전기고문은 금시초문이었다. 그는 친절하게 보충 설명을 해주었다.

"전기고문이 뭐냐 하면 간단해. 전기를 몸에 흘려보내면 머리끝부터 발끝까지 찌르르르, 쭈뼛쭈뼛 서는 거야. 그 고문을 일이 분만 받아도 남자는 애를 못 만들고 여자는 아예 애를 못 낳지. 너, 아직 20대면 결혼도 하고 애도 낳아야 할 텐데. 나도 사람이고 딸애 키우는 아빠인데, 그런 거 정말 쓰고 싶진 않지만 어떡하냐. 나라를 위한 일인데."

나는 어릴 적부터 겁이 많고 신체적인 고통에 유난히 민감한 아이였다. 몸이 사시나무처럼 와들와들 떨려왔다. 그는 한참 뜸을 들이더니 말을 이어갔다.

"얼마 전 CIA에서 고문기계를 최신형으로 들여왔거든. 이 건물

지하에 고문실이 있어. 지난번에 서울대에서 독종 중에 독종으로 소문난 놈이 잡혀들어왔는데, 그 고문기계에 올라간 지 일 분이나 지났을까. 사지를 버둥거리면서 거품을 물더니 쫙 뻗는 거야. 한참 만에 깨어나더니 제발 살려달라고, 뭐든지 다 불겠으니 제발 살려만 달라고 내 바짓가랑이를 붙들고 바닥을 막 기어다니더라구. 고춧가루 물을 퍼부어도, 거꾸로 매달고 족쳐도 꿈쩍도 안 하던 독종이 말이야. 역시 최첨단 과학이 좋기는 좋아. 때리느라고 헛힘 뺄 필요도 없고 아무 증거도 안 남으니까 말야. 이래서 난 미국이 좋다니까."

그의 이야기를 듣는 것만으로도 내게는 고문이었다. 상상만으로도 이마에 땀이 절로 송골송골 맺히고 사지가 떨려왔다. 독사처럼 차가운 표정으로 내 얼굴을 살피던 그가 야비한 웃음을 날리면서 마지막 멘트를 날렸다.

"하기야 때로는 여자들이 남자들보다 더 독종이지. 천영초는 남산에 가서도 독하게 버틴다니 역시 거물급답다니까. 너도 천영초에게 배운 후배니까 일 분은 더 버틸 거야. 아니, 내가 너무 과소평가했나. 이삼 분은 버티겠지."

말을 다 끝낸 뒤에도 내가 아무런 응답이 없자 그는 갑자기 자리에서 일어났다. 옆에서 대기중이던 형사들에게 눈을 가리라고 소리를 질렀다. 그들은 이곳에 처음 들어올 때처럼 내 두 눈을 가리고 양옆에서 팔짱을 꼈다.

밀실에 들어온 이후 처음으로 방문을 나서는 순간이었다. 이곳에 들어올 때 밟았던 그 계단을 하나씩, 하나씩 역순으로 밟아내려 갔다. 꺾어지고, 또 꺾어졌다. 지하에 있다는 고문실에 점점 가까이 간다는 생각에 다리가 후들거리고, 이를 악물고 참았는데도 어느 순간엔가 오줌을 싸고 말았다. 바지가 축축해졌다. 비참하다는 생각에 혀를 깨물고 죽고 싶었다.

한순간 형사들의 발걸음이 딱 멈추었다. 소름 돋는 그의 목소리가 다시 들려왔다.

"자, 지하실 앞이다. 이제 이 문만 열면 내가 말했던 전기고문실이다. 전기고문을 받다가 가끔은 쇼크로 죽는 사람도 생기지. 그래서 미리 물어보는 건데 죽기 전에 마지막 소원은 없냐?"

없다고 고개를 가로저었다. 실제로 공포감에 압도된 나는 머리가 텅 비어버린 것 같았다. 무언가 입에 쑥 들어왔다. 불붙인 담배였다. 그가 또다시 말했다.

"사형장에서도 마지막 담배는 한 대 한다잖아. 우리 형사들도 그 정도의 휴머니즘은 있다구."

피우고 싶다는 생각이 든 건 아니었지만 거부했다가는 또 맞을 것 같았다. 눈물을 줄줄 흘리면서 담배를 빨았다. 필터가 젖은 탓에 담뱃불은 곧 꺼지고 말았다. 그 순간 나는 육체적으로나 정신적으로나 이미 죽은 목숨이었다. 완전히 그들에게 육체적으로 통제당했고 공포심에 압도당했으므로. "독한 년이네. 저런 년들이 공산당이라니까" 하는 소리가 어렴풋이 들렸다.

눈을 떠보니 방안이었다. 그 앞에서 기절한 모양이었다. 그가 겨우 의식을 되찾은 내 눈을 쳐다보면서 예의 그 씹어뱉는 말투로 협박했다.

"고문실 앞에서 니가 쓰러지길래 다시 데리고 올라왔어. 우리는 의식이 없는 피의자는 전기고문대에 올려놓지 않아. 워낙 비싼 기계라서 말이야. 효과가 극대화되려면 의식이 있어야잖아. 고통을 제대로 느껴야지, 안 그래?"

아, 이 지옥은 언제나 끝나는 걸까. 지옥의 끝은 어딜까. 스스로 '저승사자'라고 자처하는 이 끔찍한 인간에게 온종일 시달린 그날, 나는 죽음을 결심했다. 이 지옥 같은 고통이 언제 끝날지 기약이 없다는 절망감에, 그 어떤 사후세계도 이보다는 훨씬 나으리라는 기대감에서.

그러나 경찰 세 명이 같은 방안에서 24시간 붙어 있다시피 하는 환경에서 자살은 불가능한 일이었다. 가끔 심심해서 죽을 지경인 형사가 눈을 붙이거나 여경이 꾸벅꾸벅 졸 때가 있긴 했다. 그럴 때면 슬며시 벽 쪽을 쳐다봤지만 창문이 있었던 자리는 그저 흔적만 있을 뿐, 모든 게 밀폐된 상태라서 투신 자체가 불가능했다.

유일하게 자살 시도가 가능한 장소는 목욕탕뿐이었다. 여경들은 처음에는 화장실 안에까지 들어왔다. 타인 앞에서 용변을 봐야만 하는 일은 20대 초반의 여대생에게 그 자체로 고문이었다. 그러나 그도 오래 계속되니 그러려니 싶었고, 그녀들도 시간이 흐르다 보니 화장실까지는 쫓아오지 않게 되었다.

150

나는 한 여경에게 오랜만에 욕조에 물을 받아서 제대로 목욕 한 번만 하고 싶다고 통사정을 했다. 교대 여경 중 그나마 나이가 지긋한 아줌마였다. 그녀는 잠깐 망설이더니 "그래, 갑갑하기는 하겠다. 그러게 엄마 말 잘 듣고 학교 공부나 열심히 하지 그랬니? 쯧쯧!" 혀를 차면서 너그럽게 허락해주었다.

물이 3분의 2쯤 찰랑거리는 욕조에 몸을 담갔다. 그러고는 여기에 처음 들어왔을 때 자서전을 거짓말로 썼다면서 형사가 세면대에 물을 가득 채우고 내 얼굴을 밀어넣었던 일을 떠올렸다. 숨이 꼴딱 넘어갈 지경이 된 내가, 팔을 허우적대면서 버둥거리자 형사는 낄낄 웃으면서 나를 끄집어냈다. 오늘은 내가 스스로를 처박을 차례네, 생각했다.

몸을 욕조 안으로 깊이 밀어넣었다. 코를 수면 아래로 깊이 처박았다. 뽀글뽀글 물방울이 올라가는 게 보였다. 숨을 쉬지 말아야 해, 그래야 죽을 수 있어! 숨을 참고 또 참았다. 곧 편안해질 거야…… 이 모든 고통에서 벗어나게 될 거야, 명숙아.


얼마나 시간이 흘렀을까. 아주 짧은 시간 같기도 하고, 긴 시간이 흐른 것도 같았다. 누군가 문을 밀치고 들어오는 것 같더니 "악, 이년이 대체 뭔 짓을 하는 거야?" 하는 새된 비명이 들렸다. 남자 형사와 여경은 혼비백산한 얼굴로 나를 욕조에서 끄집어올렸다. 그날 피의자 감시를 소홀히 한 죄로 자칫 옷을 벗을 뻔했다고, 십년감수했다며 가슴을 쓸어내리는 두 남녀에게 나는 밤새도록 닦달을 당했다. 감시당하는 상황에서는 죽기도 어려운 일이었다.


## 형사 '삼촌'


형사들끼리 수군수군 주고받는 말을 귀동냥한 바에 따르면, 영초
언니를 남산까지 끌고 가서 탈탈 털었는데도 아무것도 나오지 않
았고, 조봉훈은 여전히 행방이 오리무중이었다. 우리와 함께 한날
한시에 연행된 스무 명 남짓한 피의자들은 그 오래고 질긴 구금과
신문 과정에서도 영초언니와 그저 사적으로 친하다는 것, 구속 학
생들을 위한 모금 활동에 돈과 마음을 보탠 것 이외에는 아무것도
인정하지 않은 모양이었다. 한 형사가 보름쯤 지나자 연행자 대부
분이 풀려났다고 귀띔했다. 일부는 그동안 이곳에서 있었던 일은
일체 비밀로 부치고 오로지 학업에만 매진하겠다는 서약서를 쓰
고 풀려났고, 일부는 경찰서로 넘겨져 훈방 조치됐다.

영초언니는 남산에서 어떤 일을 당한 것일까. 여기서도 이토록
고통스러운데 남산에서는 대체 어떤 일이 벌어졌을까. 나는 잠들
면 영초언니가 고문당하는 악몽을 꾸다가 비명을 지르면서 깨어
나곤 했다.


오랜 세월이 흐른 뒤, 영초언니에게 물었다. 대체 남산에서는 어
떻게 조사를 받았으며, 무슨 일이 벌어졌느냐고. 언니는 희미한 기

억을 살려가면서 띄엄띄엄 대답했다.

"첨엔 남산 중앙정보부인 줄 알았는데 나중에 보니 치안본부 대공분실이더라고. 잠 안 재우는 건 그나마 견딜 만해. 근데 온종일 머리 위에 백열전구를 새하얗게 켜놓으니까 정말이지 힘들더라. 너도 알지만 내가 본디 불빛이나 소음에 되게 민감한 체질이잖니? 그러다가 어떤 날에는 빛이 완전히 차단된 사방이 어두컴컴한 방에 온종일 가둬두기도 했어. 냉탕 온탕 왔다갔다한 셈이지 뭐.

한번은 책상에 앉아서 조서를 작성하는데 죽은 쥐가 책상 위로 툭 떨어지는 거야. 한 마리도 아니고 너덧 마리나. 얼마나 기겁했는지 완전히 까무러치고 말았지. 너도 알잖아. 내가 징그러운 동물이나 벌레를 얼마나 무서워하는지. 지금 생각해보면 그 사람들이 내 성향을 다 파악해서 그런 걸 일부러 풀어놓았던 것 같아."


그 지옥 같은 곳에서도 시간이 흐를수록 변화가 일어나기 시작했다. 처음에는 무섭기만 했던 형사들이 조금씩 인간의 얼굴로 다가오기 시작했다. 오가는 이야기를 종합하자면 그들도 다 한 가정의 가장이고, 걱정 많은 아버지이자 부인에게 절절매는 남편이었다. 심지어 나를 전기고문하겠다던 그 악질 형사가 실은 소문난 효자에 장기간 투병중인 부인을 지극정성으로 돌보는 애절한 사부곡思婦曲의 주인공이라는 것도 알게 되었다.

미국의 정치철학자 한나 아렌트는 나치 독일의 군인으로 수많은 유대인들을 학살한 전범 아이히만을 취재한 후 '악의 평범성'이

153

라는 개념을 제시했다. 아이히만이 악의 화신이거나 유대인에 대한 특별한 반감이 있어서가 아니라 자기에게 맡겨진 직무에 충실한 보통의 모범시민이었기에, 가장 성실한 '악'의 수행자가 되었다는 것이다.

그때 내 곁엔 아들애가 공부에 영 취미가 없어서 걱정이라며 내게 조언을 구하는 형사도, 입을 삐죽거리면서 시댁 흉을 보는 여경도 있었다. 그들은 내가 평범한 여대생으로 살아가던 때 마주쳤던 평범한 이웃들과 너무도 닮아 있었다. 공포와 고문의 시간이 끝난 후 그들과 아무렇지 않게 일상적인 대화를 나누고 나면, 그들이 내 이웃과 비슷한 보통 사람들이라는 사실이 과연 다행인지 불행인지 자문하곤 했다. 어쨌거나 우리는 점점 '가까워져갔다'.

특히 하루 세끼 식사시간은 기다려지는 시간이었다. 형사와 여경과 나는 조그마한 소반 앞에 둘러앉아서 배달음식을 함께 나누어 먹었다. 대학생 용돈으로는 언감생심 꿈도 꿀 수 없는 북어 백반, 갈비탕, 순두부 백반, 제육 백반 등을 얼마든지 주문할 수 있었다. 식탐이 유난히 많았던 나는 날마다 돌아가면서 다른 메뉴를 시켰다. 한 형사가 이런 나에게 펀치를 날렸다.

"야, 여학생이 좀 작작 먹어라. 글구 너 이렇게 먹다가 교도소 가면 어쩔라 그래? 거긴 콩밥에 김치 쪼가리밖에 안 줄 텐데……"

"그러니까 있을 때 조금이라도 더 먹어둬야죠."

내 엉뚱한 대답에 형사와 여경은 웃으면서 내 등짝을 때렸다. 마치 '가족들끼리의 정겨운 식사 장면'으로 보이기에 충분한 정경이었다.

그중에서도 나에게 가장 큰 위안을 준 다정한 '삼촌' 같은 존재가 있었으니 북부서의 박진웅 형사였다. 엄주웅처럼 흔치 않은 웅 자 돌림이라서 더 친근하게 느껴졌다. 뱀처럼 차갑기 그지없던 악질 형사, 침대 위로 난입해 몸뚱어리를 지근지근 밟았던 덩치 큰 형사, 제비족 같은 용모에 호리호리한 체격으로 늘 깐족거리던 형사와는 결이 다른 사람이었다. 그는 용모부터 수더분한 동네 문방구 아저씨 같았고, 어조나 말투가 한없이 구수했으며, 무엇보다도 내 이야기에 귀를 귀울여주었다. 심지어 나는 박진웅 형사에게 생리대를 사다달라고 부탁하기도 했다. 훈계나 늘어놓는 여경들보다는 삼촌 같은 그가 훨씬 가깝고 편하게 여겨졌기 때문이었다.

### "후배 애인까지도 따먹는…"

신체 고문은 재개되지 않았지만 정신적 고문은 끈질기게 계속되었다. 그 부분만은 형사들과 친해질수록 오히려 더 심해지는 것 같았다. 그들은 입만 열면 천영초가 얼마나 나쁜 년이고 악질인지, 순진한 시골뜨기인 나를 얼마나 나쁜 구렁텅이로 몰아넣었는지를 열거하기에 바빴다. 내가 듣기 싫어서 도리질 치면 그들은 "네가 이러는 거야말로 천영초에게 세뇌됐기 때문"이라면서 내 순진함을 비웃고 조롱했다.

그중에서도 가장 악질적인 마타도어는 남녀 문제였다. 그들은 영초언니가 빨갱이 혁명을 위해 남자들을 의도적으로 꼬셨고 심지어는 몸을 주는 일마저 마다하지 않았다고 내 귀에 대고 나직하게 속삭였다. 언니가 몸을 준 대상으로 거론된 명단에는 내가 잘 아는 선후배가 여럿 있었다. 내가 겪은 바로는 모태 신앙인인 영초언니는 그 어떤 여대생보다도 육체적 접촉에 대한 결벽증이 심한 여자였다. 강박에 가까울 정도였다. 내가 함께 자취하면서 지켜본 그녀의 이런 점을 강변하고 설명할라치면 그들은 웃어넘겼다.

"정말 순진하다니까. 하긴 쟤는 엄주웅밖에 모르니까 그럴 만도 하지."

열흘, 보름, 3주가 넘도록 귓전에 속삭이는, 너만 알고 있으라는, 속고 있는 네가 너무 불쌍해서 이야기해준다는 그들의 반복되는 말을 듣고 있노라니 어느 때부터인가 마음 한구석에 의구심이 스멀스멀 고개를 들기 시작했다. 머릿속으로 영초언니와 남자 선후배들이 만나던 장면을 하나하나 거꾸로 돌려보면서 의심을 조금씩 키워나가기 시작했다. 듣고 보니, 돌이켜보니 그럴듯하다는 생각이 들었다. 밀폐된, 그 누구와도 만날 수 없는 공간에서 '가짜 뉴스'를 지속적, 반복적으로 접했으니 판단력이 흐려질 수밖에 없었다.

그 '가짜 뉴스'의 홍수 속에서, 불신과 의심이 불타오르는 지옥에서 나를 건져낸 것은 아이러니하게도 그들의 지나친 욕심이었다. 하루는 어느 형사가 마구 흔들리는 내게 진짜 비밀을 알려주겠다면서 속삭였다.

"천영초가 니 애인 엄주웅하고도 잤대. 데모하라고 꼬시려고. 놀랐지? 영초가 그런 여자야. 후배 애인까지도 따먹는!"

그 순간 그들이 끊임없이 내 귀에 대고 속삭였던 영초언니에 관한 그 모든 남자 문제가 다 철저하게 계산된 '가짜 뉴스'라는 것을 확신하게 되었다. 내가 흔들리는 걸 알고 이참에 쐐기를 박으려던 그들의 의도와는 정반대의 효과였다. 그들의 어설픈 거짓말을 믿기에는 엄주웅이 학내 시위를 결심하기까지의 과정을 나는 너무나도 잘 알고 있었다. 그들이 조작한 가짜 뉴스는 너무나도 유치했고 그들다운 프레임에 갇힌 뉴스였다.

무정한 4월은 지나가고 어느새 5월 중순에 접어들었다. 갑자기 형사들이 분주하게 드나들더니 뭔가 서운한 표정을 지었다. 배달 음식도 이젠 마지막이니 맛있는 걸 맘껏 시켜먹으라 했다. 다 시켜먹어도 되냐니까 그러란다. 평소 좋아하던 북어찜에 김치찌개까지 2인분을 주문했다. 내일 이곳을 나가 경찰서 유치장에서 하룻밤 보낸 뒤 구속 품신이 떨어지면 성동구치소로 수감될 거라고 형사는 귀띔했다. 마지막 만찬인 셈이었다.

마지막 식사를 시원섭섭한 마음으로 함께하다가 나는 그들에게 물었다. "이제 마지막이니까 얘기해주세요. 대체 여기가 어디예요?" 그들 중 하나가 조심스럽게 대답했다. "여기 남산도 대공분실도 안전가옥도 아니야. 북부서 근처 주택가의 3층짜리 모텔을 통째로 빌렸지. 전혀 짐작 못했지?"

난 그때까지 목욕탕 딸린 모텔에 가본 적이 없었던데다가 눈까지 가리고 들어온 터라 그런 상황은 전혀 상상하지 못했다. 갖가지 망상에 시달린 그 끔찍하고 지옥 같은 장소가 기껏 서울 시내 변두리의 평범한 모텔이었다니. 그러니 내가 입구에서 오줌까지 지렸던 그 지하고문실도 있을 리 만무했다. 허탈하기 그지없었다.


## 우리 어멍
### 영자씨

우리가 '지옥에서의 한철'을 보내는 동안, 부모와 가족들은 또다른 지옥에서 지내고 있었다. 눈앞에서 딸이 형사들에게 끌려가는 걸 지켜본 우리 부모는 더했다. 임무를 완수하고 돌아온 동네 형사들은 우리집에 발길을 딱 끊었다. 엄마는 내 모교인 신성여고를 찾아갔지만, 월요일에 다시 오겠다는 말을 남기고 떠난 뒤 오지 않아서 학교에서도 궁금해하던 터라는 대답만 들었다.

신문 방송에 혹 나쁜 사고 소식이라도 들릴세라 눈과 귀를 쫑긋 세웠지만 그 어떤 소식도 없었다. 대학 과사무실, 고대신문사, 자취방 등에 닥치는 대로 전화를 걸어봤지만 그 어디에서도 소식을 들을 수 없었다.

딸이 사라지고 한 달이 다 되어가자 급기야 '서명숙상회' 안주인 현영자씨는 생전 처음으로 가게를 남편에게 맡기고 딸을 찾아내기 위해 상경했다. 죽지 않았기만을 바라는 마음으로, 살아만 있다면 어떻게든 찾아내서 서귀포 집으로 데리고 내려가겠다는 각오 아래.

비행기에서 내린 영자씨는 택시정류장에 마침 빈 차가 기다리고 있길래 급한 마음에 대뜸 올라탔다. "고려대학교 앞으로 가주세요"라고 행선지를 일러주고는 창밖으로 흘러가는 도시 풍경을 무겁고도 비참한 마음으로 쳐다보고 있던 중 택시기사의 이상한 행동에 가슴이 철렁 내려앉았다. 택시기사가 무전기에 대고 "손님을 김포공항에서 모시고 고려대 쪽으로 가고 있습니다"라고 어딘가에 보고하는 게 아닌가! 택시에 올라탈 때 기억을 되짚어보니 여느 택시와는 달리 까만색 세단이었다. 택시가 아닐지도 모른다는 생각이 퍼뜩 스쳐지나갔다. 딸을 잡아가더니 이제는 엄마인 내 차례인가, 대체 우리 딸 명숙이가 얼마나 큰 죄를 지었길래!

차가 고려대 정문 맞은편 대로변에 멈춘 뒤 운전사가 뒤로 돌아와서 차문을 열어주던 순간에도 영자씨는 겁에 질려서 자리에 못 박힌 듯 앉아 있었다. "손님, 칠만이천 원 나왔습니다!"

당시 비행기 삯 삼만천 원보다 두 배도 더 비싼 택시비였다. 그래도 그 순간, 영자씨는 잡혀가는 걸 모면한 기쁨에 잔돈도 그냥 놔두라고, 수고했다면서 내렸다.

이 사달이 벌어진 건 그 당시 도입된 지 얼마 되지 않은 '콜택시'

시스템 때문이었다. 제주에는 없는 콜택시를 처음 타본 영자씨 눈에는 무전기로 교신하는 검정 세단이 영락없이 무시무시한 정보기관에서 나온 차량으로 보였던 것이다.

영자씨는 이날 오후 너른 대학 캠퍼스와 안암동 하숙집 일대를 미친 여자처럼 돌아다니면서 오후 내내 '우리 딸 맹숙이'를 본 사람을 뒤지고 다녔지만 아무런 단서도 얻지 못했다. 다음날 그녀는 실의에 빠져서 비행기로 고향에 내려갔다.

### 1979년 5월 16일
### 아침

북부서는 윗선에서 보강수사 지시가 계속 내려오는 바람에 한 달이 다 되도록 우리를 불법구금한 채 수사에 열을 올렸지만, 끝내 뾰족한 소득을 올리지 못했다. 사전에 거창하게 짜놓은 조직도와 사건 개요는 시간이 흐를수록 무너져내렸고, 영초언니의 연합시위 구상에 동조한 유일한 인물인 조봉훈은 종적이 묘연했다. 도중에 풀려난 연행 학생들에게 '절대로 이곳에 끌려온 사실도, 이곳에서 있었던 일도 발설하면 안 된다'고 했지만 세상에 비밀은 없는 법. 여러 여학생이 '실종'되거나 모처로 '연행'되었다는 소문이 암암리에 퍼져나갔다. 물론 재갈이 물린 제도권 신문 방송은 침묵을 지키고 있었다. 그러나 유일하게 정부의 눈치를 보지 않고 인권 문제를 제기해온 한국기독교교회협의회KNCC가 드디어 '천영초, 박종원, 서명숙 등 사라진 여학생들의 소재를 밝히라'는 성명을 내놓았다. 여대생 실종 사건이 처음으로 공식 거론된 것이다. 이로써 북부서도 우리를 더 가둬놓을 수 없게 되었다.

4.19 전에 스무 명 넘는 학생들을 긴급 연행하면서 시작됐던 '산천초목' 사건의 결말은 다음과 같았다.

'천영초는 연합시위 예비음모와 불법 유인물 제작 및 살포 혐의로, 박종원과 서명숙은 유인물 제작 및 살포 혐의로 검찰에 구속 품신하고, 도피한 공범 조봉훈은 현상 수배령을 내린다.'

'태산명동서일필泰山鳴動鼠一匹'이라고 태산이 요동치더니 생쥐 한 마리만 뛰어나오더라는 말이 있지만, 산천초목 사건이 딱 그 짝이었다. 청와대까지 보고되고 수사진이 특진까지 했던 대형 사건치고는 참으로 시시한 결말이었다.

제주도에서 압송되어 밀실에 내동댕이쳐진 지 31일 만인 1979년 5월 16일 아침, 나는 처음 들어올 때처럼 눈가리개를 한 채 건물을 한층 한층 내려온 뒤, 차에 올랐다. 어딘가에서 차가 멈추었고 형사들이 비로소 눈가리개를 풀어주었다. 북부경찰서였다. '아, 드디어 바깥세상이로구나.' 평소에는 근처에 가기도 꺼렸던 경찰서지만 바깥세상이라는 이유로 그렇게 반가울 수가 없었다.

모든 소지품을 맡기고 경찰서 유치장으로 들어갔다. 유치장은 마치 영화에서 보던 콜로세움 경기장 같은 희한한 구조로 되어 있었다. 쇠창살이 둘러쳐진 유치실이 중앙을 향해 방사형으로 배치돼 있었다. 그 원형경기장 한가운데에 당직자가 앉아서 빙 둘러보면 한눈에 유치장 안에 갇힌 사람들을 일별할 수 있는 구조였다.

모텔에서 조서에 도장 찍는 일은 다 끝냈기에 경찰서는 구속영장이 떨어지는 동안 우리를 하룻밤 가두어놓는 그야말로 '유치 장소'에 지나지 않았다(요즘처럼 영장실질심사 따위의 절차는 아예 존재하지도 않았고 이때까지도 변호인과의 접촉은 일절 허용되지 않았다). 영초언니와 종원언니는 다른 방에 있는 듯했다. 내가 들어간 방에는 여러 명의 여자들이 있었지만, 그들도 나도 서로에게 말을 걸지 않았다.

밤이 깊어가고, 하나둘 잠을 청하는 듯했다. 구속영장이 밤중에 떨어지면 다음날 성동구치소로 정식 입감된다고 하니 만감이 교차했다. 세상으로 나온 지 하루 만에 더 부자유한 곳으로 수감된다니. 이제 제주에 있는 부모님은 그토록 찾아헤매던 내 소식을 알게 되겠지만, 그 소식에 또 얼마나 비통해할까. 구속된다면 머잖아 학교에서도 제적될 게 불 보듯 뻔했다. 변방의 읍내를 벗어나 문명, 문화의 도시로 간다는 부푼 꿈을 안고 서울에 올라온 지 4년 만에 대학을 졸업하기는커녕 교도소로 가게 된 것이다. 한때 동관, 서관에 매달려 죽을 결심을 했던 호기는 간데없고 나오느니 한숨뿐이었다. 잠이 올 리가 없었다. 천장에 매달린 알전구의 흐릿한 불빛 때문에 눈이 부셔서 잠을 청할 수도 없었다.

그러던 중 중앙 복도에서 울려퍼지는 고함소리에 소스라치게 놀랐다.

"야, 이년아. 쌍라이트 좀 꺼. 한밤중에 번쩍번쩍, 무슨 고양이도 아니고."

처음엔 무슨 말인가 했다. 라이트? 고양이라니?

고함소리의 주인공은 당직 경찰관이었다.

"야, 여대생인가 뭔가 하는 년! 넌 눈깔에 잠도 없냐? 잠 좀 자라고! 정 잠 안 오면 눈알이라도 내리깔든지. 씨발, 무섭잖아."

옆자리의 여자가 몸을 뒤치면서 구시렁거렸다.

"하여간 저것들은 입만 열면 욕이야, 씨부럴!"

이렇게 쌍욕이 난무하는 가운데 북부경찰서에서의 하룻밤이 흘러갔다.

## 재회

첫새벽이 다 되어서야 까무룩 잠이 들었다가 '천영초'를 호명하는 소리에 깨어났다. 뒤이어 '박종원' '서명숙'도 호명되었다. 방을 나온 우리는 유치장 복도에서 재회했다. 2월 말 이삿짐을 나르던 날 내가 시야에서 멀어질 때까지 대문에 못박힌 듯 서 있던 영초언니를 본 이후로 처음이었다. 언니는 애써 미소를 지으면서 말했다.

"고생 많았지. 미안해, 나 때문에⋯⋯"

종원언니는 생글생글 웃었다.

"오랜만이야. 명숙!"

병원 원장님의 딸로 귀하게 자라 이런 상황을 못 견뎌할 줄 알았
는데 참으로 뜻밖이었다. 그러나 이내 '쓸데없이 나불거리지 말라'
면서 경찰이 끼어드는 바람에 우리의 대화는 끊겼다.

호송차에 올라탔다. 다행히도 이번에는 두 눈을 가리지 않았다.
북부서에서 가락동에 있는 성동구치소까지는 제법 먼 거리였다.
호송차 창문에 얼굴을 바짝 붙이고 바깥 풍경을 내다보았다. 가로
수의 새잎들이 연녹색으로 간질간질 움트는 5월의 거리 풍경은 눈
물겹도록 사랑스러웠다. 지나는 이들의 얼굴도 다들 행복해 보였
다. 난 언제나 저 거리, 저 풍경 속으로 돌아갈 수 있을까. 나중에
돌아가게 된다고 해도 예전처럼 지낼 수 있을까. 창문 하나를 사이
에 둔 세상은 피안의 세계처럼 아득했다.


마침내 호송차는 구척 담장이라는 표현이 딱 어울릴 만큼 높고
도 거대한 콘크리트 담장으로 둘러싸인 철문 앞에서 멈추었다. 철
문의 육중함과 거대함은 그 공간 안에서의 삶을 상징적으로 암시
하는 듯했다. 너희들은 이 안에서 완전히 자유를 박탈당할 것이며
너희 의지로는 절대로 나갈 수 없으리라는.

철문이 열리자 제복 차림의 남자들이 우리를 맞았다. 그들과 함
께 걸어들어갔다. 다시 문이 나타났다. 그 문으로 들어가니 또 문
이 나타났다. 그런 뒤에야 비로소 건물이 나왔다.

우리를 데려온 제복 차림의 남자들은 건물 입구에 나란히 도열한 여자 교도관들에게 우리를 인계했다. 이름을 확인하는 절차를 거친 뒤, 우리는 그녀들의 인솔하에 또하나의 문을 넘었다. 사방舍房(교도소 내 죄수들의 거처)이 시작되는 곳이었다. 그곳 입구 대기실에 단아한 제복 차림의 여자가 우리를 기다리고 있었다. 여사女舍의 교도소장이라고 자신을 소개했다. 제복만 아니었더라면 이웃에서 흔히 마주칠 법한 인상 좋은 중년 여성이었다.

정치범이 성동구치소 여사에 처음으로 입감되는 날이라서 소장님이 직접 나오셨다고 직원이 옆에서 거들었다. 소장은 "앞으로 수감생활 기간에 다른 재소자들에게 영향을 미치는 언행을 하거나 포섭 행위 등을 해서 추가 기소를 당하는 일이 없도록 각별히 주의해달라"고 신신당부했다.

소장이 나가자 직원이 우리의 방 배정에 대해 장황하게 설명했다. 미결수들이 수용되는 성동구치소 여사에는 독방이 딱 두 개밖에 없다, 한 방에는 이미 살인죄로 들어온 죄수가 수용중이므로 남은 독방은 하나다, 본디 정치범은 다 독방에 수감해야 하지만 방이 없으니 주범인 천영초만 독방에 수용하고 박종원과 서명숙은 일반 죄수들과 합방을 시킨다는 것이었다.

설명을 끝내고 그녀는 우리 셋에게 들고 온 소지품은 물론 입고 있던 사복을 몽땅 벗어서 옆에 있는 바구니에 집어넣으라고 지시했다. 그 바구니에 각자 이름을 붙여서 보관했다가 출소하는 날 되돌려주겠단다. 과연 그런 날이 오기는 할까.

사방이 열린 공간에서 옷을 죄다 벗으라는 말에 당황했지만, 뭐라고 항의하거나 물어볼 수 없는 분위기였다. 주섬주섬 옷을 벗자 새 옷을 던져주었다. 말로만 듣고 영화로나 봤던 수의였다. 본디 푸른색이었지만 하도 세탁을 많이 해서 회색으로 빛바랜 죄수복이었다.

수의로 갈아입은 우리는 한 명씩 차례차례 앞으로 나가 수인번호와 이름, 입감 날짜가 쓰인 명패를 가슴께에 올려놓고 포즈를 취했다(이것이 최근 박근혜 구속 때 회자된 이른바 '머그샷' 촬영이다). 법무부에 등록할 사진이니 웃어서도, 찡그려서도 안 된다고 못박았다. 그런 뒤에 열 손가락의 지문을 채취했다.

모든 절차를 끝내자 죄수복을 입은 '소지(고참 수감자들 중 교도관을 도와 잡무를 하는 사람)'가 뭔가를 쟁반에 받쳐들고 들어왔다.

"자, 배식시간이 이미 끝났으니 여기서 얼른 저녁을 먹고 각자 자기 방으로 들어가도록!"

얼핏 접시를 봤더니 오므라이스 같았다. '와우, 교도소에서 오므라이스를 다 주다니. 모텔에서 조사받을 때보다 나은걸!' 그러나 내 식탐과 교도 행정에 대한 무지가 빚은 엄청난 착각이었다. 그건 '가다밥'이었다. 당시 구치소에서는 보리쌀과 콩의 비율이 60퍼센트가 넘는 잡곡밥을 대형솥에서 쪄냈고, 재소자들은 이를 가다밥이라고 불렀다. 내가 착각한 이유는 흐릿한 조명 아래 비친 잡곡밥 색깔이 워낙 누르스름한데다 엎어놓은 모양새가 오므라이스와 비슷했기 때문이었다. 입안에서 대굴대굴 구르는 가다밥을 목구멍으로 넘기는 순간, 왈칵 눈물이 쏟아질 것 같았다. 그러나 옆에 영초언니와 종원언니가 있었다. 겨우 눈물을 집어삼켰다. 목구멍이 따끔거려서 더이상 밥알을 넘길 수가 없었다.

교도관들은 우리를 데리고 긴 복도를 걸어가더니 발을 멈추었다.

"천영초, 독방 2방!"

영초언니가 손을 흔들더니 눈앞에서 사라졌다.

다시 방향을 꺾으니 더 기다란 복도가 나타났다.

"박종원, 절도·소년수방!"

종원언니도 사라졌다.

"서명숙, 사기·간통방!"

서명숙이 아닌 수인번호 '4141'로서의 생활이 시작되는 순간이었다.

6장

수인번호
4141

## "스물두 살,
## 참 좋을 때다!"

교도관이 허리춤에 매달린 열쇠 꾸러미에서 하나를 집어들어 구
멍에 넣고 돌리니 철문이 덜컹 열렸다. 갑자기 수많은 눈동자가 나
를 향해 내리꽂혔다. 나는 어찌할 바를 몰라서 교도관에게서 받은
담요와 수저를 든 채 입구에 엉거주춤 서 있었다.

"아, 뭐야? 이렇게 늦게 들어오는 년은?"

"그러게, 잠이 다 달아났네!"

다행히도 맨 위쪽에서 구원의 목소리가 들렸다.

"자, 빨리 신입신고나 받고, 다시 자자고."

"무슨 죄로 들어왔어? 이름, 나이는?"

"서명숙, 스물두 살입니다. 긴급조치 9호 위반이고요."

자다 일어나서 호기심 가득한 얼굴로 나를 바라보던 여자들이 술렁거렸다.

"긴급조치가 뭐꼬?"

"스물두 살, 아이구야, 참 좋을 땐데."

"데모한 거구만그래!"

"그럼 대학생이네!"

"세상에나, 대학생이 감옥에 다 오고. 뭔 일이여?"

"저그 부모가 얼마나 속이 터질까나."

"그라믄 빨갱이 아녀? 시방."

"아, 데모했다고 다 빨갱이간디?"

팔도 사투리가 뒤섞인 촌평을 다들 한마디씩 내놓는데 시끌시끌한 장마당 같았다. 복도에서 근무하던 교도관이 창문 너머로 소리쳤다.

"다들 뒤비져 자지 못해?"

처음 시끌벅적한 분위기를 평정했던, 첫눈에도 교양 있어 뵈는 은발 할머니가 다시 좌중을 제압했다.

"대학생이고 뭐고 신참은 신참이니 저쪽 끝에서 자, 옥주 옆에. 마침 나이도 얼추 비슷하니 잘됐네. 옥주가 신입에게 이것저것 잘 가르쳐주고. 이제 그만들 자."

그녀가 손가락으로 가리킨 맨 끝자리에 담요를 깔고 잠을 청했다. 재소자들은 2열 횡대로 나란히 누워서 잠을 청했다. 그 밤이 가기도 전에 나는 왜 그 자리가 신참의 자리인지를 절실하게 깨닫게

되었다. 당시 사방에는 푸세식 화장실이 방구석에 있었고, 내 자리
는 그 화장실 입구였다. 밤새 화장실 들락거리는 사람들의 발소리
가 소음에 민감한 내 귀를 괴롭혔고, 심지어는 내 발등을 밟고 지
나가는 이도 있었다. 사람들이 한 번 들고 날 때마다 화장실 입구
의 두꺼운 비닐이 들춰지면서 고약한 냄새를 풍겼다. 어릴 적 고향
집에서 요강을 방안에 들여놓고 산 적은 있었지만, 아예 화장실이
방안에 있을 줄이야.

## 동갑내기 과외선생,
## 옥주

유치장에서처럼 밤새 뒤척이다가 새벽에야 풋잠이 들락 말락한
데 어디선가 나팔 소리가 들렸다. 옆자리의 여자들이 일제히 후다
닥 일어나서 담요를 개키더니 벽장 안에 각을 맞춰 차곡차곡 집어
넣었다. 나도 어제 잠들기 전 눈인사를 한 옆자리의 옥주를 따라서
허겁지겁 담요를 개켜 옥주에게 넘겨주었다. 침구 정리가 끝나자
복도를 향해 두 줄로 나란히 정좌했다. 옥주가 옆에서 속삭였다.
　"점호시간이야. 재소자 머릿수를 세는 거지. 아침 저녁 두 번!"
　나이들어 뵈는 여자 교도관이 젊은 교도관과 함께 우리 방 앞에
발을 멈췄다.
　"6사! 총 인원 17명! 어젯밤 신입 4141이 들어왔습니다."

173

그녀는 복도 쪽 창문으로 방안을 죽 훑어보더니 맨 끝에 앉은 나에게 눈길을 고정했다.

"저 친구가 4141이야?"

"네. 맞습니다. 긴급조치 9호 위반 사범입니다."

"어린 게 뭘 안다고 데모야. 더군다나 여학생이. 쟤네 부모만 불쌍하네."

방안 여자들이 그녀의 말에 전적으로 공감한다는 듯 고개를 끄덕이고 나를 흘깃거렸다. 교도관이건 재소자건 나를 한심하게 여기는 데에는 의견 일치인 듯했다. 그녀들 모두에게 나는 '뼈빠지게 일해서 공부시킨 부모에게 불효한 한심한 딸'이었다.

점호시간이 지나고 얼마 뒤부터 바깥이 다시 소란스러워졌다. 발소리, 말소리, 그릇 부딪치는 소리가 뒤섞여 들려왔다. 이번에도 옥주가 미리 설명해주었다.

"아침 배식시간이야! 여기 음식은 쓰레기야. 그래도 여기에서 살아 나가려면 꾸역꾸역 먹어둬야 해."

알고 보니 옥주는 나와 동갑내기였다. 키가 크고 체격도 크고 이목구비도 또렷했다. 성격도 외모 못지않게 시원시원했다. 이 친구야말로 왜 이 젊은 나이에 감옥에 들어온 걸까. 궁금했지만 차마 물어볼 수는 없었다.

어젯밤 담요와 함께 지급받은 수저를 들고서 자리에 앉았다. 배식차가 방문 앞에 멈추더니 방 아래쪽으로 뚫린 네모난 구멍으로 밥과 반찬, 그리고 국이 차례로 들어왔다. 신기한 광경이었다. 옥주가 또 소곤소곤 일러주었다.

"저 구멍이 배식구야. 우린 그냥 식구통이라고 하지."

커다란 철문을 놔두고 개구멍 같은 배식구로 이 많은 사람들이 먹는 음식을 들이밀다니. 마치 개장 속의 개에게 밥그릇을 들이미는 것 같았다.

모든 음식의 배식 순서는 철저하게 자리순, 그러니까 감옥에 들어온 순서를 따랐다. 봉사반장이라고 불리는 맨 윗자리 은발 할머니가 맨 처음이었고, 신입인 내 차례는 마지막이었다. 앞사람들이 건더기를 다 건지고 나면, 맨 끝인 내 차례에는 맹탕인 멀건 국물만 돌아오기 일쑤였다. 군대식으로 말하자면 '도강탕渡江湯'인 셈이었다.

김치를 한 조각 집어 먹어보니 내가 이제껏 알던 김치가 아니었다. 고춧가루도 거의 없이 희멀건 김치에는 젓갈도 안 들어간 듯했다. 그저 짜디짠 배추 소금 절임이었다. 가뜩이나 야학교사를 하면서 대여섯 시간씩 소변을 참은 탓에 신장과 방광의 염증에 시달리던 내게 짠 음식은 독약이나 다름없었다.

아침식사가 끝난 뒤 철문이 열리더니 여자들이 우르르 몰려나갔다. 옥주의 설명에 따르면 2층에 있는 공장으로 사역을 나가는 재소자들이란다. 공장에서 온종일 일하면 쥐꼬리만큼이나마 일당도 생기고, 가끔 라면 같은 특식도 맛볼 수 있으며, 사방 안에 있는 것보다는 맘껏 돌아다닐 수 있어서 훨씬 자유롭다고 했다. 그래서 거동이 불편하거나 일을 전혀 못하는 귀부인과科가 아니고서는 대

175

개 공장으로 출역을 나갔다. 옥주는 평소에는 자기도 공장에 나가는데 오늘은 나를 챙겨주기 위해 결근했다고 덧붙였다.

나는 옥주에게 '빵'생활의 ABC에 대해 속성 과외를 받았다. 내가 입소한 6사는 교도관의 말대로 사기, 간통죄를 저지른 여성들을 주로 수용하는 방이었다. 사기는 주로 곗돈 사기가 대부분이지만, 공장에 출역 나간 어느 할머니처럼 아들과 '네다바이(남을 교묘하게 속여 금품을 빼앗는 짓)' 사기로 들어온 경우도 있었다. 계사기로 들어온 재소자들 중에는 군 고위 장성의 부인이나 일제강점기 때 고녀高女를 졸업했다는 봉사반장 할머니 등 여유 있는 계층이 많았다. 옥주 자신은 지인에게 돈을 빌렸다가 못 갚아서 들어왔단다. 옥주의 얘기를 엿들은 한 여자가 대뜸 옥주에게 큰소리로 면박을 주었다.

"사기친 년들치고 지가 사기꾼이라고 인정하는 년은 없다니까. 저년 말 믿지 말어. 다 똑같은 년들이니까."

그러나 옥주가 사기꾼인지 아닌지는 내 알 바 아니었고 내게는 참으로 영양가 높은 개인 과외선생이었다. 옆자리 아줌마의 비아냥에도 불구하고 옥주는 꿋꿋이 수업을 진행했다. 그녀의 설명에 따르면 사기간통방의 면적은 5.5평, 수용인원은 들쭉날쭉하지만 현재 17명이라고 했다.

문제는 그 좁은 면적조차도 공평하게 나누어 쓰지 못하는 데 있었다. 맨 윗자리의 고참 두어 명은 사제담요를 들여와서 몇 겹씩 깔아 문턱을 높임으로써 너른 자리를 확보하고 제 영역을 공고히

굳혔다. 그런 식으로 자리들을 차지하다보면, 나나 옥주 같은 신입들은 모로 몸을 세우고 '칼잠'을 청해야만 했다.

입감 순서가 권력의 한 요소라면, 또다른 요소는 재력이었다. 같은 재소자라 해도 형편이 넉넉하고 가족들이 영치금을 두둑이 넣어주는 경우에는 사방 안에서 제법 특권을 누렸다. 그네들은 구치소에서 제공되는 가다밥이 너무 맛이 없다면서 돈을 내면 살 수 있는 마가린과 간장과 날달걀을 구매해서 밥을 비벼먹곤 했다. 한 달에 두어 번 특식을 신청할 수 있는 날에는 짜장면 따위를 시켜먹기도 했다. 좁은 방안에서 남들이 다 지켜보는 가운데 어찌 혼자 그걸 먹을 수 있을까 싶지만, 그들은 등을 지고 돌아앉아 남김없이 짜장면을 먹어치우곤 했다. 돈만 내면 언제나 구매 가능한 보름달 빵이나 건빵 같은 간식은 그나마 동료들과 나누어 먹기도 했지만, 정해진 날에만 신청 가능한 짜장면은 양보하기 힘든 모양이었다.

심지어는 구매한 날달걀로 얼굴 마사지를 하는 여자도 있었다. 재소자 중에 유난히 피부가 팽팽하고 멋을 부리는, 강남에서 낙찰계를 하다가 들어온 중년 여자였다. 그녀는 날달걀 서너 개를 노른자만 분리해서 오랫동안 공들여 저은 뒤에 얼굴에 꼼꼼히 발랐다. 옥주가 내 귓전에 대고 속삭였다.

"저게 바로 달걀팩이라는 거야. 누군 먹지도 못하는 황금알을 얼굴에 처바른다니까."

나는 그녀가 한심해 보이기는 했지만 밉지는 않았다. 내가 미워한 여자는 '네다바이'로 아들과 함께 들어온 할머니였다. 70대 초반인 그녀가 재판정에 나가는 날이면 동료 재소자들은 그녀의 '뒷담화'에 열을 올렸다. 그년이야말로 정말 사기꾼이라고.

그녀는 형편이 넉넉한지 늘 영치금과 영치품이 넉넉했다. 이른바 '범털'이었던 것이다. 하지만 그녀는 방안의 동료들과는 건빵한 조각조차 나누는 법이 없었다. 그러고는 교도관들이 복도를 지나가면 콧소리를 내며 불러세워서 발걸음을 멈추게 한 뒤에 갖가지 먹거리를 내밀곤 했다. 갓 스물, 나보다 더 어린 교도관에게도 '선생님, 선생님' 하면서 어찌나 깍듯하게 존댓말을 해바치는지 옥주는 그 모습을 볼 때마다 '구역질이 난다'면서 역겨워했다. 다른 재소자들 보기가 민망해 그녀가 내미는 진상품을 끝까지 사양하는 교도관도 있었지만, 대개 그녀의 끈질김에 굴복하고 말았다.

반면 옥주는 가족이 면회 오는 법도 없고, 영치금도 거의 없는 '개털'이었다. 나도 직계가족 외에는 면회가 허락되지 않아 외롭기는 마찬가지였다. 그러나 집에서 보내오는 영치금, 그리고 한국기독교교회협의회나 공덕귀 여사(윤보선 전 대통령의 부인이자 사회운동가), '여연' 친구들과 야학교사들이 보내준 영치금과 책 등으로 물질적으로는 제법 풍요로운 편이었다. 나는 그런 나를 부러워하는 옥주와 감방 안에서 뭐든지 나누어 쓰는 '경제공동체'를 구축했다. 그 대신 옥주는 일상생활에 어리숙한 나의 길라잡이가 되어주었다. 동년배 친구가 있으니 구치소 생활도 나름 견딜 만했다.

178

# 개털 중의 개털,
## 소녀 장발장들

시간이 흐르면서 옥주보다 더한 개털들도 있음을 알게 되었다. '절도방'의 소년수들이었다. 운동시간에 운동장으로 나가려면 그 방 앞을 지나쳐야만 했다. 아직 솜털이 채 가시지 않은 복숭아 같은 뺨의 소녀들이 창가에 주렁주렁 매달려 있는 게 보였다. 공장에서 그녀들과 접촉하는 옥주가 소녀들에 대해 말해주었다. 부모의 이혼이나 죽음으로 조부모와 살거나 엄마 아빠가 재혼하는 바람에 계부 계모와 사는 아이들이 대부분이란다. 제대로 된 가족들이 없거나 있더라도 하루살이로 근근이 지내는 경우가 많아서 면회 올 처지가 못 된다고 했다.

대체 저 아이들이 무슨 죄를 지어 들어왔느냐는 물음에 옥주가 픽 웃었다.

"뭐 별것도 아닌 거…… 배고파서 가게에서 소시지나 빵 같은 거 훔친 애도 있고, 화장실에 떨구고 간 지갑, 주인한테 안 돌려줘서 잡혀온 애도 있고. 한마디로 돈 없고 빽 없고 가족들도 쌩까니까 구속까지 된 거지 뭐."

소녀들은 내가 야학에서 가르쳤던 구로공단 여공들과 엇비슷한 나이의 또래였다. 그래도 공장에 다니는 아이들에게는 그리운 고향이나 그네들을 기다리는 따뜻한 가족들이 있었다. 하지만 이곳의 소년수들은 세상과 가족으로부터 완전히 버림받은 존재였다.

179

운동시간 전에 마가린 한 통과 건빵 두 봉지를 수의 안에 미리 숨겨두었다. 소녀들이 여느 때처럼 창가에 매달려 있었다. 그녀들에게 눈을 찡긋한 뒤에 교도관의 눈을 피해서 먹을 것을 식구통 안으로 얼른 밀어넣었다. 며칠 뒤 운동하러 그 방 앞을 지나는데 한 소녀가 내게 말했다.

"대학생 언니! 고마워요! 우리 모두 잘 먹었어요."

눈물이 핑 돌았다. '잘 먹었다니 내가 고맙구나. 동생들아!'

그뒤로도 나는 틈틈이 소년수들에게 마가린과 건빵을 투척했고, 그네들은 소지를 통해 내게 답례품을 보내왔다. 비닐봉지를 꼬아서 만든 인형이나 수건의 실을 한올 한올 뽑아 만든 '조랭이(잡동사니 물건을 넣어두는 주머니를 감방에서는 이렇게 불렀다)' 따위를.

## 밤에만 보이는
## 편지

친구가 된 옥주, 그래도 어린 여대생이라고 나를 딸이나 손녀처럼 여기는 할머니들, 그리고 '대학생 언니'라고 부르며 나를 잘 따르는 소년수들 사이에서 나는 조금씩 감방생활에 익숙해져갔다. 그럴수록 영초언니에 대한 걱정은 커져갔다. 미결수인 우리 셋은 구치소 안에서도 '공범 분리의 원칙'에 따라 분리 수용되었을 뿐만 아니라, 오후 운동시간과 일주일에 한 번뿐인 목욕시간마저도 마주치는 일이 없도록 철저하게 관리되었다.

영초언니는 사건의 주범이라는 이유로 누구보다도 가혹한 조사를 받았고, 막판에는 모처에서 '특수수사'까지 받았다. 그런 끝에 감옥에 와서도 교도관과 소지 외에는 그 누구와도 소통할 수 없는 독방에 갇혀 있다니 못내 걱정스러웠다. 사기간통방에서는 코 골고 이 갈고 서로 싸우고 화장실 오가는 소리에 잠을 제대로 잘 수 없었지만, 그나마 사람 구경하고 수다도 떨 수 있었기에 모텔에서의 감금생활 때보다는 훨씬 지내기가 나았다. 한데 누구와도 말 한마디 섞을 기회도 없이 온종일 독방에서 어떻게 지내고 있을까, 영초언니는.


그러나 역시 천영초였다. 어느 날 소지 일을 하는 한 퉁퉁한 여자가 운동시간에 내게 다가와 무언가를 손에 꼭 쥐여주었다.

"천영초가 보낸 편지야. 낮에는 아무것도 안 보이겠지만 밤에 불빛에 비추면 글씨가 보일 거야."

얼른 소맷부리에 감추고 방으로 돌아왔다. 도무지 궁금해서 밤까지 기다릴 수가 없었다. 펼쳐보니 그냥 비닐종이였다.

유난히도 시간이 더디게 흐른 날이었다. 드디어 기다리던 밤이 찾아왔다. 다들 잠든 걸 확인한 뒤에 흐릿한(감방에서도 유치장처럼 자살 방지를 위해 전등불을 밤새 켜두었다) 불빛에 비춰보니 비닐종이 위에 글씨가 또렷하게 떠올랐다.

"그리운 명숙아, 고생이 많지? 미안해. 기왕 이리됐으니 역사의

181

소명, 하늘의 뜻이라 생각하고 꿋꿋이 잘 버텨나가자. 세상으로 나가는 그날까지 부디 잘 먹고 잘 자고 건강해야 해."

누가 들을세라 마음 놓고 울 수도 없었다. 눈가에 고인 눈물로 불빛이 흐려졌다.


미안해, 라고 말한 그녀의 마음을 충분히 이해할 수 있었다. 자신이 겪은 극한의 고통보다 후배인 내가 겪는 고통이 더 아프게 느껴졌으리라. 더군다나 내가 겨울방학 이후 이제는 언니나 언니 주변의 일들로부터 벗어나고 싶다고 밝혔기에 언니의 죄책감이나 미안함은 더 컸으리라.

언니는 스스로에게 지나치게 엄격했지만 후배들에게는 한없이 따뜻하고 자상한 선배였다. 역사의식과 대의명분만으로 후배의 선택을 강제하고 희생을 요구하는 선배가 아니었다. 그녀가 내게 가졌을 부채의식이 여실히 느껴졌다. '가짜 뉴스' 때문에 잠시나마 언니에 대한 의심을 품었던 내가 너무나도 부끄러웠다. 입술을 깨물면서 다짐했다. 흔들리지 않으리라, 담대하리라. 내가 잠들지 못하는 걸 눈치챘는지 옆자리의 옥주가 몸을 뒤척이면서 구시렁거렸다. "잠 좀 자라, 잠!"


그 비닐편지는 알고 보니 구치소에 반입되는 피부연고제 뚜껑의 뾰족한 끝으로 쓴 것이었다. 희한하게도 불빛에 비추면 보이고 대낮에는 아무 글씨도 보이지 않으니 만에 하나 검방(방안에 수상한 물건이 없는지 불시에 들이닥쳐서 소지품을 검사하는 것)에서 걸리더라도 빠져나갈 수 있었다. 그날 이후 언니는 종종 소지들을 통해 '비둘기'를 날렸다. 나도 똑같은 방식으로 언니에게 답장을 보냈다. 조사 과정에서 모든 것을 다 시인했으므로 언니와 내가 나눈 이야기는 별반 비밀스러운 게 없었다. 그즈음 읽은 책에 대한 독후감, 면회 온 바깥 사람들 소식, 세상 돌아가는 이야기가 고작이었다. 그러나 언니와의 비둘기 날리기는 지루하고 답답한 감방에 불어오는 한줄기 청량한 바람이었고, 숨통을 틔워주는 숨구멍이었다. 면회가 거의 없는 내게는 세상을 향해 열린 유일한 창문이기도 했다.

## 너를 보듯
## 꽃을 본다

세상을 향해 열린 창문이 하나 더 있기는 했다. 일주일에 두세 번 꼴로 날아드는 엄마의 편지였다. 그러나 그 편지는 내게는 기쁨보다는 고통을 안겨주었다. 아니, 심하게 말하면 고문에 가까웠다.

엄마는 고향 표선읍에서 국민학교 재학 시절 '수수리까다(일본어 작문)' 시간에 늘 일등으로 뽑혔노라고 내게 자랑하곤 했다. 매일 시장에서 눈코 뜰 새 없이 바쁘게 식료품 가게를 운영하면서도 잠시라도 틈만 나면 일간지나 월간 <신동아> 등을 읽던 소문난 독서가이기도 했다. 그러나 나는 엄마가 직접 글을 쓰는 것은 본 적이 없었다.

교도소에 들어온 지 열흘쯤 지났을까. 교도관이 내게 편지를 전해주면서 딱하다는 듯이 혀를 찼다.

"이렇게 고생을 많이 하시는 어머니 두고서 왜 그랬어? 읽다가 내가 다 울 뻔했다니까!"

구구절절, 구절양장九折羊腸의 사연이 편지지 석 장에 빼곡하게 쓰여 있었다. 소학교에서 일본어만 배우고 한글은 야학에서 깨우친 엄마가 쓴 편지는 군데군데 한글맞춤법이 틀리고 필체도 난필이었지만 내용만은 가슴이 찢어지도록 절절했다.

네가 그날 그렇게 눈앞에서 끌려간 뒤로 깜깜한 날들이 계속되었다. 너의 소재를 알 길이 없어서 애간장을 태우다가 서울로 올라가서 너의 학교와 하숙집을 찾아다니고 네 친구들을 두루 만났지만, 아무런 성과도 없이 빈손으로 제주로 내려오고 말았다. 그때 내심정은 필설로 형용할 수가 없으니 누가 내 마음을 알아줄 것인가. 그런데 내가 도로 내려온 다음날 학교에서 연락이 와서 네가 구속되었다고 하니 그야말로 하늘이 꺼지고 땅이 갈라지는 게 이런 것인가 싶었다……

그뒤로도 엄마의 편지 행렬은 이어졌다.

너희 모교 신성여고에 다니는 아이가 오늘 가게에 와서 말하기를 선생님들이 신성여고의 별이 떨어졌다고 했다는구나. 학교에서는 그냥 별인지 몰라도 내게는 하늘이고 태양이었다.

아버지는 여전히 술로 세월을 보내고 있구나. 나마저 정신줄을 놓으면 안 되겠기에 오늘도 이를 악물고 가게를 지켜냈다. 니 막냇동생은 이제 고3이니 이 사실을 알면 대학입시고 뭐고 자포자기할 것 같아서 내가 갖은 거짓말로 네가 구속된 사실을 숨기고 있지만 언제까지 이 비밀이 지켜질지 마음이 늘 조마조마하다.

**내 마음을 가장 두드린 편지는 다음과 같은 내용이었다.**

오늘도 아버지는 배달을 나갔다가 오토바이를 거래처에 세워두고 술을 마시러 갔구나. 동성이가 마침 집에 다니러 왔다가 그 얘기를 듣고는 거래처에 가서 오토바이를 끌고 오고 가게문도 함께 닫아줘서 얼마나 다행이었는지 모른다. 집으로 돌아오는 길에 시장 입구에서 어떤 할망이 남은 꽃을 떨이로 팔길래 한 다발 사갖고 왔다. 빈 병에 꽂아 마루에 놓으니 집안이 다 환하구나. 모처럼 예쁜 꽃을 보니 너를 본 듯 내 마음이 다 환하다.

편지를 읽어내려가다가 참았던 눈물을 쏟으면서 대성통곡을 했다. 옥주가 내 옆에서 가만히 등을 쓸어주었다. 슬퍼서 흘린 눈물만은 아니었다. 이런 상황에서도 꽃을 사고, 그 꽃으로 위로받을 줄 아는 엄마의 강한 생명력과 풍부한 감성이 감사했다.

대학 2학년 겨울방학 때였던가. 그해 마지막날 가게는 명절 차례상을 차리기 위해 찾아드는 손님들로 온종일 붐볐고, 엄마는 밤 늦어서야 겨우 가게문을 닫고 이제부터 우리집 차례상을 차리기 위해 당면, 생선, 채소 등 온갖 제수용품을 이고 지고 나와 함께 집으로 가던 길이었다. 서귀포에서 좀체 보기 드문 눈발이 펄펄 날리고 있었다. 갑자기 발길을 멈춘 엄마가 내게 말했다.

"명숙아. 저 눈 좀 봐라. 참 아름답다, 그지? 이런 날에는 어디론가 멀리멀리 떠나고 싶구나."

돌이켜보면 엄마는 그때 그 고된 노동과 에미와 아내로서의 무거운 짐을 부려놓고 어디론가 떠나고 싶었던 게 아닐까.

'그래요, 엄마 절대로 무너지면 안 돼요. 우리 모두 꿋꿋해져야 해요.'


## 교복 입고 면회 온 막냇동생


무더위가 막 시작된 6월의 어느 날 오후, 갑자기 교도관이 덜커덩 철문을 열었다.

"4141! 면회다!"

면회? 4141에게? 설마 엄마가? 의아해하면서 사방을 나섰다. 교도관은 긴 복도를 지나 처음으로 면회실이라는 곳으로 나를 데려 갔다. 반가움과 두려움이 마구 뒤엉켰다. 이내 내 수번과 함께 면회실 번호가 불렸다.

그곳 면회실로 가서 의자에 앉아 있는데 유리벽 너머로 누군가 들어서는 모습이 보였다. 검은색 교복 차림의 막냇동생 동성이였다. 동성이는 한 가지만 잘하는 누나, 형과는 전혀 다른 애였다. 우리 두 사람의 장점만 모은 듯, 그애는 공부와 운동 그리고 리더십에서 모두 '올 A'인 팔방미인이었다. 큰아들이 엉뚱하게도 조직폭력배의 길로 들어서는 바람에 엄마의 기대는 제주도의 명문 제주일고에 입학한 동성이에게 향해 있었다. 그래서 적어도 대학입시를 무사히 치를 때까지는 누나의 수감 사실을 어떻게든 비밀로 부치겠다고 편지에서도 말하지 않았던가.

동성이는 침통한 표정으로 내 앞에 선 채 아무 말도 하지 않았다. 나 역시 그 어떤 말도 할 수가 없었다. 막내에게 부끄럽지는 않았지만 미안하기 그지없었다. 입시 공부에 촌각을 다투는 고등학교 3학년이 혼자 상경해서 서울에서도 맨 끝 변두리의 가락동까지 두어 번이나 버스를 갈아타고 허허벌판에 자리잡은 이 구치소까지 오면서 어떤 심정이었을까. 게다가 지난 겨울방학 때는 제주구치소 수감중인 형에게 두어 차례 면회를 다녀왔다는 이야기를 엄마에게 들었던 터였다. 한 집안 네 자녀 중 둘이 하필 같은 시기에 감옥에 수감되어, 막내가 형과 누나를 잇따라 면회해야 하다니. 그것도 한창 예민한 사춘기의 고3 남학생이.

한동안 침묵만 지키던 동성이가 엄마가 보내준 영치금을 넣었다면서 영치물품으로는 무얼 넣어주면 좋겠느냐고 물었다. 됐다고 했더니 벌컥 화를 냈다. 얼핏 그애의 눈에 핏발이 어린 걸 보았다. 슬픔인지 분노인지 분간하기 힘든.

면회를 마치고 돌아서는 그애의 구부정한 어깨가 노인네처럼 스산하고 쓸쓸해 보였다. 방으로 돌아온 내게 옥주는 바짝 다가와서 수다스럽게 질문공세를 폈다.

"엄마지? 맞지? 뭐라 그러셔? 뭘 넣고 가신대?"

난 고개를 무릎에 파묻고 한참을 울었다. 독재정권을 비판하는 유인물을 만들어 대학가에 뿌린 죄가 이렇게 온 가족을 눈물의 강에 익사시키고 고통의 늪에 빠뜨리고 여드름투성이 고등학생을 인생 다 살아버린 늙은이로 만들어버릴 만큼 큰 것일까. 나는 결코 우리를 감옥에 보낸 이들을 용서하지 않겠노라고, 동성이의 그 시린 어깨를 잊지 않겠노라고 입술을 깨물었다.

## 목욕탕의 일급비밀

내가 징역살이를 하고 있다는 것을 가장 실감하는 순간은 일주일에 한 번 있는 목욕시간이었다. 목욕탕이 따로 없고 온수가 부족한

지라 일주일에 딱 한 번, 그것도 한 사람당 고무 '바께쓰'에 담긴 물 한 통을 지급하는 것이 전부였다.

이러다보니 목욕날에는 진풍경이 벌어졌다. 각 방마다 차례로 목욕을 하러 가는데, 방안에서 훌훌 다 벗고선 수건으로 가운데만 가린 채 복도를 가로질러 복도 끝의 목욕탕으로 냅다 뛰어가야만 했다. 여자들이 떼를 지어 알몸으로 달리는 광경은 돈 주고도 못 볼 구경거리였다. 문제는 우리가 그 알몸쇼의 주인공이라는 점이었지만.

달려가봤자 목욕탕에는 욕조나 샤워기도 없었다. 그곳은 여자들이 쭈그려앉아 머리 감고 때를 밀 수 있는 배수가 되는 공간일 뿐이었다. 수감자들은 저마다 고무 물통 하나씩을 받아들고서 허겁지겁 머리를 감고는 몸에 비누칠을 하고 헹구었다. 신참들은 물 한 통으로 모든 걸 해결하는 요령에 익숙지 않아서 쩔쩔매기 마련이었다. 머리만 겨우 감았는데 물이 동났다면서 발을 동동 구르고, 비누칠한 몸을 헹구지 못해서 수건으로 대충 닦아냈다.

나는 모두가 다 벌거벗은 채 똑같이 물 한 통을 써야만 했기에, 적어도 목욕시간에는 범털이나 개털이나 공평한 줄로만 알았다. 그런 내게 옥주는 '역시 순진하다'면서 비웃었다. 평소 '네다바이' 할머니처럼 교도관이나 소지에게 물건을 자주 상납한 재소자들에게는 우리처럼 미지근한 물이 아니라 그야말로 따끈따끈한 물이 배급된단다. 목욕하면서 유심히 살펴보았더니 과연 사실이었다. 그녀들은 그 뜨거운 물을 수도꼭지에서 나오는 찬물과 적당히 섞어가면서 목욕 내내 따뜻한 물로 씻는 것이었다.

고작 목욕물을 놓고도 이런 식으로 장난치는 것에 대해 내가 분 개했더니 옥주는 더한 비밀도 있는데 절대로 아는 척해서는 안 된 다면서 '일급비밀'을 들려주었다. 교도관들이 재소자들에게 지급 해야 할 뜨거운 물을 빼돌려 소지들을 시켜서 자기네 집에서 들고 온 밍크 담요나 이불 따위를 빠는 데 쓴다는 것이었다. 내 귀를 의 심할 수밖에 없었다. 아니, 자기 집 빨래를 직장에서, 재소자에게 지급해야 하는 뜨거운 물로, 그것도 재소자를 시켜서 빤다는 게 있 을 수 있는 일인가. 그러나 가끔 운동장에서 목격했던 울긋불긋하 고 화려한 이불과 담요들을 보면서 '저건 대체 누구의 물건인고?' 의아해했던 기억이 떠올랐다. 소 내에 차입되는 담요는 오직 파란 색 담요만 가능했기 때문이다.

급식 부정은 재소자들 사이에서는 '공공연한 비밀'이었다. 교도 관들에게는 어떤 부식이든 간에 가장 좋은 게 우선적으로 가고, 그 다음은 소지들에게, 맨 마지막 꽁다리가 재소자들에게 돌아온다 는 건 상식이나 다름없었다. 그러나 가장 공평한 시간인 줄 알았던 목욕시간마저도 범털, 개털이 유별하다는 사실을 알고 나니 가뜩 이나 비참한 목욕시간이 더 비참하게 느껴졌다.

## "안 믿으시겠지만
## 간통이에요!"

어느 날 저녁, 철문 열리는 소리가 나더니 한 여자가 담요를 들고 어정쩡한 포즈로 들어섰다. 퉁퉁한 체격에 얼굴은 넙데데한 중년 여성이었다. 입소한 이후 처음 받은 후임이었다. 내가 그랬듯이 그녀도 수십 개의 눈동자가 지켜보는 가운데 신고식을 치렀다.

"죄명이 뭔데?"

봉사반장 할머니가 물었다. 여자가 덩치에 맞지 않게 기어들어가는 목소리로 대답했다.

"간통이요."

"내가 잘못 들었나? 다시 말해봐!"

"저, 안 믿으시겠지만, 간통이에요."

갑자기 방안에 웃음이 터졌다. 예쁘고 날씬한 여자였더라면 첫날부터 호되게 곤욕을 치렀을 터였다. 실제로 우리 방에서는 계 사기로 들어온 재소자들이 간통으로 들어온 재소자 두 명을 걸핏하면 트집 잡아 욕하거나 구박했다.

"저런 것들은 광화문통에서 행인들 다 보는 가운데 엎어놓고 조리를 돌려야 한다니까!"

"저 반반한 얼굴로 돈 많은 남자를 호린 거지. 아이구, 그 집 마누라는 얼마나 열불이 날까!"

계 사기꾼들은 대부분 중년 여자인데다, 바깥에 남편을 두고 온

191

처지라서 자기가 갇혀 있는 동안 남편이 바람을 피울까봐 전전긍긍했다. 남편의 면회가 뜸해지면 거의 밥을 먹지도, 잠을 자지도 못한 채 끙끙거렸다. 이런 그네들에게 상간녀는 불길한 상상을 증폭시키는 '공공의 적'이었던 것이다.

그러나 질투하기에는 신입이 너무 안 생겼다고 생각했는지, 그녀의 겸손함 덕분인지 뜻밖에도 신고식은 웃음 속에서 싱겁게 끝이 났다. 나는 화장실 앞자리에서 한 단계 '승진'했고, 그녀는 내 자리를 물려받았다.


다음날 오후, 대부분의 재소자들이 공장으로 출역을 나간 틈에 그녀가 내게 조심스럽게 다가오더니 귀엣말을 건넸다. 대학생이라기에 믿고 의논한다면서 이야기를 시작했다. 실은 자기가 경찰에서 조사받을 때 면회 온 지인에게서 담배 한 갑을 건네받았는데 그만 다 피우지 못한 상태에서 구속영장이 발부되고 말았단다. 버리기가 너무 아까워서 생리대를 뜯어 그 속에 남은 담배 몇 개비와 라이터를 숨겼는데, 입소 전 소지품 검사에서 용케 무사히 통과했다는 것이다. 하지만 막상 감방 안에 들어와보니 경찰서처럼 화장실이 따로 있는 것도 아니어서 처치 곤란인데 이를 어찌하면 좋겠느냐는 것이었다.

와우, 담배라니, 그것도 라이터까지! 오랜만에 들어보는 복음 같은 뉴스였다. 담배와 라이터를 배낭 속에 넣은 채 서울로 연행됐다가 모텔에 들어서자마자 따귀 세례와 함께 다 뺏긴 나였다. 고문실(로 생각했던 곳) 앞에서 '그'가 강제로 물려준 담배 한 개비를 제외하면 한동안 구경조차 못한 귀한 물건이었다. 당시 남자 감방에서는 웃돈을 얹어 음성적으로 거래한다는 풍문도 나돌았지만, 여사에서는 어림 반푼어치도 없는 일이었다.

나도 흡연자라고 고백한 뒤에 일단 비밀은 지켜줄 테니 염려 말라고 그녀를 안심시켰다. 근심으로 일그러져 있던 그녀의 얼굴이 금세 환하게 펴졌다.

그녀가 숨겨 들어온 담배는 여섯 개비. 그녀에게 내가 제안했다. 나랑 반반 나누자, 그리고 화장실에서 상대방이 피우는 동안 서로 망을 봐주기로 하자, 선임인 내가 먼저 피워보겠다. 그녀가 선선히 고개를 끄덕이면서 아무도 안 보는 틈을 타서 내게 담배 세 개비와 라이터를 건넸다.

'고해성사와 비밀유지비'로 담배를 건네받은 나는 갑자기 큰 부자가 된 기분이었다. 거사를 감행할 틈만 엿보다가 며칠 뒤 오후 운동시간에 배가 아프다는 핑계를 대고 혼자 방에 남았다.

화장실로 들어가서 쭈그려앉았다. 조심조심 담배에 불을 붙여보았다. 담배 연기가 위로 올라오지 않게 하려면 최대한 똥통과 가까운 자세로 엎드리다시피 해서 피울 수밖에 없었다.

그 얼마나 그리운 담배 연기였던가. 그러나 두어 모금이나 빨았을까. 휘잉, 머리가 아득해지는 듯하더니 골이 흔들리기 시작했다. 하마터면 변기통 안으로 굴러떨어질 뻔했다. 담배 피우다 골로 갈 뻔했다는 생각이 들었다. 안타깝지만 포기할 수밖에 없었다. 운동을 마치고 돌아온 그녀에게 거사가 실패했음을 밝히고 역시 감옥은 담배 피울 곳은 못 되더라 말했더니, 그녀는 풀죽은 표정으로 고개를 주억거렸다. 우리는 그날로 담배와 라이터를 푸세식 똥통 안에 버렸다. 이로써 불법 반입된 물품은 완벽하게 증거 인멸되었다.

## '국립대학' 최고의 지압사

비록 담배 작전은 수포로 돌아갔지만, 특급비밀을 공유한 그녀와 나의 우정은 단짝인 옥주가 시샘할 정도로 갈수록 돈독해졌다. 그녀는 몇 분에 한 번씩 화장실을 들락거리고 젊은 나이답지 않게 얼굴이 푸석푸석한 내 건강을 염려했다. 사실 이 문제로 교도관들에게 여러 번 호소했지만, 항생제 몇 알 건네주는 것으로 끝이었다. 영초언니의 어머니가 내 건강 문제를 전해듣고는 병원으로 내보내 정밀진단을 받게 해달라고 한국기독교교회협의회 등을 쫓아다니면서 호소한 덕분에 종교단체까지 나섰는데도, 병원행은 성사될 기미가 보이지 않았다. 교도소측은 그저 기다려보라는 말만 되풀이했다.

내 몸이 왜 이렇게 망가졌는지, 지금 상태가 어떤지, 그동안 교도소측에 얼마나 끈질기게 탄원했는지를 듣고 그녀가 도움을 주겠다면서 팔을 걷어붙이고 나섰다. 자신은 감옥에 오기 전 동네에서 알아주는 지압사였단다. 나 같은 경우도 지속적으로 마사지를 받으면 얼마든지 나아질 수 있다고 그녀는 호언장담했다.

반신반의했지만, 그녀에게 몸을 맡겨 손해 볼 일은 없지 싶었다. 밑져야 본전 아닌가. 그날 밤부터 그녀는 날마다 취침시간이 시작되면 내 엉덩이 위에 올라탔다. 옥주는 옆에서 삐죽거렸다. 작은 토끼 위에 덩치 큰 코끼리가 올라앉은 것 같다면서. 여대생인 나로서는 난생처음 받아보는 전문적인 지압이었다.

'아얏' 소리가 절로 날 만큼, 그녀의 손길이 스치는 모든 곳이 으스러지듯 아팠다. 그러나 그 손길이 지나가고 나면 신기하게도 시원한 느낌이 들었다. 그녀의 손은 솥뚜껑처럼 두툼하고 투박했지만 손길은 정확하고 섬세했다. 그녀는 한 시간이고 두 시간이고 정성을 다해 내 몸의 구석구석을 만지면서 뭉친 곳은 풀고 막힌 곳은 뚫어주었다.

그녀는 치료사인 동시에 교사였다. 그녀를 통해 나는 내 몸에 대해 조금씩 알아갔다. 그녀와의 '몸 공부'를 통해서 나랏일, 세상일에는 그토록 열을 올리면서도 정작 가장 소중하게 여겨야 할 자신의 몸에 대해서는 관심도 없고 무지하며, 심지어는 학대까지 일삼았던 지난날을 돌이켜보게 되었다.

흔히 감옥을 일컬어 학교에서 배우지 못한 걸 배우게 된다고 해서 '국립대학'이라고 한다. 내게 그 지압사 아주머니는 그 국립대학에서도 가장 특별한 '몸' 스승이었다.

# 그날
## 영초언니의 외침

구치소 생활에 점점 익숙해질 무렵 특별면회가 있다면서 교도관이 나를 데리고 갔다. 일반 면회실이 아니었다. 그곳에는 면담 내용을 받아적는 교도관도, 창살도 없었다. 나를 찾아온 사람은 기독교교회협의회 요청으로 우리 사건의 변론을 맡았다는 하경철 변호사였다. 후리후리한 키에 선한 인상의 중년 남자였다. 그는 곧 공판이 시작될 터이니 마음의 준비를 단단히 하라고 일렀다.

그는 북부서가 가족들에게 행방도 알리지 않은 채 우리들을 모처에 한 달 넘게 불법 구금한 사실을 기독교교회협의회를 통해 들어 잘 알고 있었다. 그런 그도 그곳에서 벌어진 구체적인 상황은 알 도리가 없었다. 우리가 그곳에서 당한 일을 다 들은 그는 내게 조언했다.

"정말로 나쁜 놈들이네요. 나어린 여대생들에게 폭행 폭언도 모자라서 고문에 협박에 마타도어까지. 제발 겁먹지 말고 법정에서 그 모든 걸 소상하게 이야기해야 해요."

영초언니가 내 걱정을 무척 많이 하고 있다고도 전해주었다. 대학 졸업반인데다 위험한 일을 멀리하겠다고 이미 결심했던 후배이고 신장 방광까지 안 좋아서 정말로 가슴이 아프다면서, 자신은 얼마든지 더 중한 형을 받아도 좋으니 명숙이만은 1심에서 집행유예로 풀려날 수 있도록 해달라고 간절히 부탁하더란다. 유인물 작성은 본인이 다 한 것으로, 대학가를 돌면서 배포한 것은 선배의 부탁으로 어쩔 수 없이 한 것으로 진술을 맞추면 명숙이는 선처를 받을 수 있지 않겠느냐면서.

말을 다 끝낸 그는 내 대답을 기다렸다. 영초언니야말로 나에 대한 부담감으로 '곱징역'을 살고 있었구나, 마음이 아려왔다. 어떻게 해야 할 것인가. 하루빨리 자유의 몸이 되고 싶고, 부모님의 근심걱정을 덜어주고 싶은 마음도 물론 있었다. 그러나 타는 목마름으로, 뜨거운 마음으로 유인물을 작성하던 나, 두려움에 덜덜 떨면서도 유인물을 끝까지 뿌렸던 나 역시 진실이었다. 언니의 권유도 있었지만 순전히 자유의지에 의해, 거부할 수 없는 양심에 따라 행동했다. 두려움 때문에, 부모님 때문에 내 최소한의 양심마저 부정할 수는 없었다.

"유인물은 제가 쓴 게 맞습니다. 배포도 자발적으로 했고요. 조사받을 때는 죽고 싶을 만큼 힘들었지만 감옥생활은 견딜 만합니다. 영초언니에게 너무 고맙지만 저 때문에 부담 갖지는 말아달라고 해주세요."

하변호사는 말없이 고개만 끄덕였다.

드디어 첫 공판날이었다. 피고인인 우리 셋은 교도관들에게 이끌려 처음 이곳에 들어올 때처럼 몇 겹의 문을 다시 통과해서 호송버스가 대기중인 구치소 정문으로 갔다. 여자들인데 설마 수갑을 채우거나 포승줄로 묶지는 않겠지 생각했는데 천만의 말씀이었다. 교도관들은 우리에게 수갑을 채우고 포승줄로 허리를 묶은 뒤에 그 줄로 우리 셋을 쭉 연결했다. 우리는 굴비 두름처럼 서로 엮인 채 버스에 올랐다. 영초언니는 물 빠진 푸른색 죄수복을 입고도 단아해 보였고, 종원언니는 몸에 비해 죄수복이 너무 헐렁해서 가냘파 보였다.

구치소가 서울의 동쪽 끄트머리에 위치해 있어서 서울중앙지방법원이 있는 서소문까지 한참을 달렸다. 철망이 가로세로 얼기설기 쳐진 차창 너머로 서울 시내 풍경이 모자이크처럼 조각난 채 펼쳐졌다. 횡단보도에서 신호를 기다리는 대학생인 듯한 젊은이들을 지켜보니 '나도 불과 넉 달 전까지는 저 풍경 안의 평범한 여대생이었는데' 싶어 지금의 이 상황이 비현실적으로 느껴졌다. 퉁퉁부은 얼굴로 실눈을 가늘게 뜨고 그 풍경을 바라보는 내가 마치 세상을 다 살아버린 노인네처럼 느껴졌다. 내 청춘은 산산조각나버린 것이다.


재판정 마당에는 이미 많은 사람들이 웅성대고 있었다. 우리 식구들은 가게와 학교 때문에 아무도 못 올라왔을 테고 고대신문이나 '가라열' '여연' 선후배들 중 누가 왔을까 싶어 고개를 뽑았다. 버스에서 내리는데 어디선가 귀에 익은 목소리가 나를 붙들어세웠다.

"맹숙아, 나여! 어멍이여!"

아니 명절도 아닌데 '서명숙상회'는 누구에게 맡기고 엄마가 올라왔을까. 엄마의 외침 때문인지 여기저기서 훌쩍훌쩍 울음소리가 들려왔다. 그때 영초언니가 내리면서 큰 소리로 외쳤다.

"독재정권 물러가라! 민주주의 쟁취하자!"

교도관이 영초언니의 입을 틀어막았고, 언니는 거세게 발버둥
쳤다. 우리에게 다가오려던 가족들은 교도관과 법원 경비들에게
차단당했고, 가족들은 격렬하게 항의하고 소리치며 몸부림쳤다.
아비규환, 아수라장이었다.

간신히 장내를 정리한 뒤에야 재판은 시작되었다. 간단한 신원
확인 절차가 끝난 뒤 검사가 긴 논고문을 읽어내려갔다. 유인물 건
으로만 재판에 회부된 나와 종원언니는 간단하게 끝났지만, 영초
언니는 '시위 예비음모'라는 거창한 혐의인지라 꽤나 긴 논고가 이
어졌다. 법정 안에는 술렁거림과 긴 한숨이 떠돌아다녔다.

판사는 다음 재판 기일을 통보하고 첫 재판을 끝냈다. 오래 긴장
하고 마음의 각오를 다진 것에 비해 너무나도 시시한 첫 재판이 그
렇게 막을 내렸다.


# 지옥 속의 천국


누군가 이런 말을 했었다. "감옥에는 사계가 존재하지 않는다. 오
로지 여름과 겨울이 있을 뿐이다." 과장이려니 생각했다. 그러나
겪어보니 사실이었다.

내가 입소한 5월 중순만 해도 난방시스템이 전혀 가동되지 않는 사방 안에는 냉기가 감돌았다. 잠을 청하는 동안 나는 그 얇은 담요 안을 두더지처럼 파고들었다. 그런데 어느 때부터인가 더위가 슬슬 느껴지기 시작하더니 살인적인 찜통더위가 덮쳐왔다. 가만히 앉아 있는데도 온몸에 땀이 흘렀다. 수건으로 닦아내도 그뿐, 이내 다시 온몸이 축축해졌다. 뚱뚱한 재소자 아주머니들 중에는 교도관의 제지에도 불구하고 아예 웃통을 훌러덩 벗고 젖무덤을 드러낸 채 생활하는 이도 있었다. 결국은 교도관들도 못 본 체 고개를 돌리고 말았지만.

더위도 더위려니와 냄새 때문에 더 고통스러웠다. 재소자 중에는 암내를 심하게 풍기는 이들이 두엇 있었다. 평소에도 곁에 다가가기 힘들 정도로 풍기던 지독한 암내는 더위에 흘린 땀 때문에 더더욱 고약해졌다. 그뿐 아니었다. 나와 옥주를 비롯해서 젊은 여자가 열 명이 넘었다. 생리 날짜가 조금씩 달랐기 때문에 좁은 사방 안은 늘 암내와 땀내, 생리혈 냄새가 뒤범벅되어 머리가 지끈지끈 아파올 정도였다.

불쾌지수가 높아져서일까. 한여름의 사방 안에서는 늘 크고 작은 싸움이 그치지 않았다. 초저녁 잠자리 깔 때부터 시비가 붙기 시작했다. 겨울에도 자리 욕심이야 늘 있었지만 사제 담요를 여러 장 덮는 범털 재소자가 아닌 한, 추위 속에서 옆 사람과 꼭 붙어 자는 맛도 괜찮았다. 하지만 본격적인 열대야가 시작되자 저마다 상대방에게서 최대한 멀리 떨어져 자기를 원했다. 방은 좁고 사람 수는 많고. 마룻바닥에 금을 그어놓은 것도 아니라서 취침 신호가 떨어지기 무섭게 영토를 조금이라도 더 확보하려는 신경전 끝에 언성이 높아지기 일쑤였다. 반나체 상태로 으르렁거리는 재소자들의 모습은 우리에 갇혀 울부짖는 짐승들을 연상케 했다.

심지어는 머리끄덩이를 붙들고 싸우다가 복도에서 근무중이던 당직 교도관에게 적발돼서 복도에서 무릎 꿇고 손드는 벌을 서기도 했다. 그럴 때마다 은발의 봉사반장과 고참 두엇은 "쟤들은 맨날 왜 그래?" 하면서 경멸하거나 짜증을 부렸다. 그러면서도 그들은 자신들이 차지한 면적은 한 뼘도 내놓지 않았다. 이른바 기득권을 움켜쥐고 남들만 교양 없다 나무라는 그네들의 행태가 가증스럽고 진저리가 났다. 하지만 데모꾼 티를 낸다고 할까봐 침묵을 택했다. 저녁마다 나는 끔찍한 소음을 견뎌내며 역사와 동료, 선배들에게 비겁해지지 않기 위해 또다른 비겁함을 견뎌야 하는 현실에 진저리를 쳤다. 소소한 비겁함도 비겁하기는 마찬가지여서 내 자존감은 기온과 반비례해서 뚝뚝 떨어져갔다.

그러나 여름 감옥에도 한 가지 즐거움은 있었다. 구치소에서는 7, 8월 두 달간 일주일에 두 차례 운동장에 있는 대형 콘크리트 물통─평소에는 이불 빨래를 하는 곳─에서 냉수욕을 하도록 허용했다. 야외 풀장을 연상케 하는 그곳에서 재소자들은 오래간만에 동심으로 돌아가서 깔깔거리며 물장구를 쳤다. 우리가 언제 서로 으르렁거리면서 삿대질을 하고 머리끄덩이를 잡던 사이냐는 듯, 자신에게도 이렇게 해맑게 웃던 시절이 있었음을 증명이라도 하

201

듯 그녀들의 미소는 천진난만했다. 사방이 철조망 쳐진 구척 담장으로 에워싸이고 망루에서 감시병이 내려다보고 있었지만, 푸른 하늘과 따가운 햇살 아래서의 물놀이는 여름 감옥이 선사하는 최고의 선물이었다. '지옥 속의 천국'이었다.

## "진짜 빨갱이가 온다!"

여름 구치소가 찜통을 넘어서서 한증막 불가마처럼 후끈 달궈질 무렵, 구치소 전체를 발칵 뒤집어놓은 초특급 뉴스가 전해졌다. 나라를 뒤흔든 'YH무역 노조 신민당사 농성 사건'의 주역 세 여자가 이곳 성동구치소로 수감된다는 것이었다. 소지가 이방 저방 입소문으로 퍼뜨린 이 뉴스는 순식간에 여사 전체로 퍼져나갔다. 엊그제 들어온 재소자들이 'YH무역 노조'에 대해 브리핑한 바로는 여공들이 빨갱이들에게 포섭되어 야당 당사에 쳐들어가서 데모하다가 구속되었다는 것이었다(훗날 이 사건은 김영삼 총재 의원직 제명, 부마항쟁으로 이어지면서 박정희 독재정권을 무너뜨리는 도화선 역할을 했다). 이번에는 학생 빨갱이가 아니라 노조 빨갱이들이 들어온다, 노조 빨갱이들은 순진한 학생들과는 차원이 다른 진짜 빨갱이라는 말들이 오갔다.

재소자들의 수군거림을 들으면서 가슴이 답답해졌다. YH무역

202

노조에 대해서는 영초언니를 통해 오래전부터 알고 있었다. 조화순 목사가 이끄는 도시산업선교회에서 노조 교육을 받으면서 자신들의 권리에 대해 깨달은 이 회사의 여공들이 지난 1975년에 스스로의 힘으로 노동조합을 결성했다는 것을.

YH 노조가 장기농성에 돌입한 것은 우리가 느닷없이 체포되기 직전인 4월 13일부터였다. 본디 YH무역은 박정희 정권의 비호 아래 1970년대 대한민국 기업 수출액 순위 15위를 기록할 만큼 성장한 전국 최대 규모의 가발업체였다. 그러나 1970년대 중반부터 수출이 둔화되기 시작한데다 기업주가 회사 자금을 유용하고 무리하게 사업 확장을 시도하다가 실패하는 바람에 심각한 경영난에 빠져들었다. 사측은 1979년 3월 돌연 폐업을 일방적으로 공고했고 기업주는 해외로 도피했다. 막대한 회사 자금은 이미 해외로 빼돌려진 뒤였다. 노조측은 회사를 되살리기 위해 사측과 정부 당국에 다각도로 호소했지만 어느 쪽에서도 성의를 보이지 않자 장기농성에 돌입했던 것이다. 장기농성 끝에 무슨 일이 있었기에 이렇게 잡혀들어온 걸까, 신민당사 농성은 대체 무엇이란 말인가. 바깥소식을 제대로 접할 수 없는 나는 도통 짐작이 가지 않았다. 재소자들이 수군거리듯 YH 노조가 빨갱이는 아니라는 확신만 있었을 뿐.

공교롭게도 구속되었다는 YH 여공도 우리처럼 세 명이었다. 나이도 엇비슷하단다. 구치소 안에서 그들을 만날 생각을 하니 한편으로는 설렜고 다른 한편으로는 마음이 무거웠다. 바깥 사회에서도 대학생과는 다른 대접을 받고 살아온 그네들이 구치소 안에서도 차별을 받으면 어떡하나 싶었다.

　얼마 뒤 운동장에서 이 사건의 핵심인물이라는 최순영 노조지부장을 먼발치에서 보게 되었다. 만삭이라는 소문대로 그녀의 배는 꽤 불러 있었다. 하지만 가까이 스쳐지나가면서 흘낏 훔쳐본 그녀의 얼굴은 애잔할 정도로 가녀려서 소녀 같았다. 반면 노조사무장 박태연은 첫눈에도 매우 당차 보이는 이지적인 인상이었다. 누구는 비록 '금수저'는 아니더라도 제법 큰 가게를 꾸리는 부모를 만난 덕에 돈 많이 드는 4년제 사립대에 다니는데, 누구는 저리 똑똑해 뵈는데도 공장에서 죽어라 일만 하다가 급기야는 감옥까지 왔구나 싶었다. 부지부장 이순주는 체구가 작고 웃는 모습이 아주 귀여운 아가씨였다. 나이도 나랑 동갑인지라 더 애틋했다. 여사 안에는 금세 새로운 여론이 형성되었다. 여공들이 빨갱이는 아닌 듯하고, 공순이치고는 얼굴도 예쁘고 참하다고. 그나마 다행이었다.
　영초언니는 그녀들의 입감으로 최대 수혜자가 되었다. 구치소 측으로서는 '진짜 빨갱이'라서 다른 재소자들과 철저히 격리해야 할 최지부장을 독방에 수감하기 위해 영초언니를 다른 죄수들과 합방시킬 수밖에 없었다. 드디어 언니는 3개월여 만에 고립된 혼자만의 공간에서 사람들의 세계로 불려나왔다. 그녀는 같은 방 식구들과 운동을 나갈 때마다 내 방 앞에서 발길을 멈추고 교도관이 강제로 떠밀 때까지 나와 통방通房(감옥에서 수감자들끼리 암호로 의사소통을 하는 것)을 했다.

평소 교양과 품위를 지키려고 애쓰는 봉사반장이 내게 말했다.

"아이고 어쩜 저리도 고울까. 얼굴과 자태에 지성인의 품격이 절로 흘러내리네그려!"

내게는 단 한 번도 그런 찬사를 보내지 않은 그녀지만 서운하지 않았다. 대신 한마디 슬쩍 보탰다.

"정말 책도 많이 읽고 성격도 신중한 선배예요. 그런 사람이 얼마나 이건 아니다 싶었으면 데모를 결심했겠어요!"

박정희 대통령을 존경하는 봉사반장은 물론 아무 말도 하지 않았다.


## 사법부가 역사의 죄인이다

질기디 질긴 여름이 물러가는가 싶더니 이내 한기가 스며들었다. 9월이 찾아왔다. 우리의 결심 공판일은 9월 16일이었다. 긴조 사범은 무죄나 집행유예 판결이 내려지는 경우가 거의 없었기에, 그리고 주범이 아닌 종범이었기에 공판 결과에 대한 기대도 두려움도 없었다. 그보다는 이제 한동안 바깥나들이는 못하겠구나 하는 서운함이 더 진하게 밀려왔다.

결심 공판인지라 이전보다 훨씬 많은 방청객들이 모여서 웅성거리고 있었다. 우리 엄마가 영초언니의 어머니와 손을 꼭 붙잡은 채 호송버스를 올려다보고 있었다. 독실한 교회 권사님인 영초언니의 어머니는 딸의 구속에 처음에는 엄청난 충격을 받았다고 했다. 남편이 경찰 고위 간부 출신이니 오죽했으랴. 그러나 하변호사의 말에 따르면 그런 권사님이 종로5가 기독교단체에서 주관하는 수요기도회에 매주 참가하면서부터 이 나라의 인권 현실에 대해 서서히 눈뜨기 시작했고, 지금은 오히려 딸보다도 더 열렬한 민주투사로 거듭났다고 했다.

실제로 영초언니의 어머니는 내게 영치하려고 했던 방광염 약을 받아주지 않는다면서 구치소를 홀라당 뒤집어놓기도 했다. 반면 엄청난 독서가이고 스스로 똑똑하다 자부하는 우리 엄마는 정치의식 면에서는 여전히 '지리적 변방이자 정치적 변방'인 제주 사람들이 그러하듯 무조건 정부 여당 지지 성향에 머무르고 있었다. 영초언니 어머니랑 저렇게 어울리다보면 생각이 바뀌겠지 싶었다.

마침내 오랫동안 벼르고 별렀던 최후진술 차례가 왔다. 영초언니는 특유의 차분하고 낮은 어조로 박정희 정권은 영구집권을 노리는 철저한 1인 독재정권이다, 유신헌법은 그런 목적을 위해 꼼수로 만들어진 초법적인 법이다, 그러므로 그런 법에 의거해서 우리를 가둔 것이야말로 불법이라고 주장했다. 언니의 진술이 끝나자마자 방청석에서 누군가 큰 소리로 외쳤다.

"아이고, 우리 영초 참 잘한다. 만세다!"

재판장이 조용히 하라고 제지했지만 그녀는 두세 번이나 더 외쳤다. 방청석과 등을 돌린 채 앉아 있었기에 얼굴을 볼 수는 없었지만 언니의 어머니라는 걸 알 수 있었다.

종원언니가 뒤를 이었고, 마지막으로 내 차례가 왔다. 내가 박정희 대통령은 독재자라고 입을 떼는 순간, 방청석에서 갑자기 큰 소리가 들렸다.

"맹숙아, 경 곧지 말라게. 빨리 판사님한티 잘못했댄, 다시는 경 허지 않으켄 싹싹 빌라게!"

아, 우리 엄마였다. 영초언니의 어머니와는 달라도 너무나 다른 엄마의 반응에 창피하기도 하고, 가슴 아프기도 했다. 그러나 이미 빼어든 칼이었고, 선후배들이 지켜보고 있었다. 물론 나의 양심도 함께. 내가 준비해둔 최후진술을 계속 이어가자 엄마의 비명소리와 사람들의 아우성이 뒤범벅됐다.

판결은 예상대로 '전원 유죄'였다. 천영초 징역 2년 6개월에 자격정지 2년 6개월, 서명숙, 박종원은 각각 징역 1년에 자격정지 1년. 독재정권을 향해 독재정권이라고 말한 죄, 그 독재정권에 반대하는 시위를 계획한 죄였다. 수배중인 조봉훈을 제외하면 연루자가 모두 여대생들이어서 실낱같은 기대를 품었던 방청객들 사이에서 탄식이 흘러나왔다. 누군가가 큰 소리로 외쳤다.

"사법부가 역사의 죄인이다!"


돌아오는 호송버스 안에서 바라본 차창 밖 초가을 거리 풍경은 무심할 정도로 평화로웠다. 엄마는 고향으로 내려가는 비행기 안에서 대체 어떤 심정일까. 억장이 무너진다는 게 이럴 때 쓰는 표현일까. 스물두 살 가을에 내 신세도, 엄마의 신세도 똑같이 서글퍼서 억장이 무너져내렸다.


<br>

## 구치소의
## 비밀 우체부

간간이 들려오는 풍문은 점점 종잡을 수가 없었다. 김영삼 야당 총재가 국회에서 제명됐다, 김총재가 가택연금을 당했다 등등. 1심이 끝나자 하변호사의 접견도 뜸해져서 바깥소식을 제대로 접할 수가 없었다. 고향의 엄마는 바깥소식은 담겨 있지 않은 눈물의 편지만 보내오고 있었다.

그런 내게 '지옥 속의 천사' 같은 존재가 있었으니, 나보다 세 살이나 어린 신참 교도관 최효정이었다. 고등학교 졸업 후 곧바로 교정직 공무원 시험에 합격한 그녀는 아직도 소녀티가 역력해서 제복이 겉도는 느낌이었다. 다른 교도관들은 할머니나 엄마뻘 재소자들에게도 군기를 잡는다고 "야"라고 부르면서 반말지거리를 하기 일쑤였다. '네다바이' 할머니 같은 재소자는 깍듯한 극존칭으로 응대하며 교도관들의 기를 살려주었다.

그러나 최교도관은 달랐다. 수번 대신 재소자의 이름 석 자를 불러주면서 존댓말을 했다. 선배 교도관이 "그래선 저 사람들 못 잡는다"고 그녀에게 면박을 주는 모습도 목격됐다. 그녀가 영초언니를 무척이나 따른다는 소문이 자자했다.

어느 날 저녁, 그녀가 창문가에 서서 나를 불렀다. 내게 영치된 책이라고 전해주면서 눈을 찡끗거렸다. 한 손으로는 책장을 넘기라는 시늉을 했다. 취침시간을 기다렸다가 희미한 전등 아래 책을 펼쳐보았다. 그녀가 시킨 대로 책갈피를 주르르 넘겨보니 오려진 신문지 조각이 끼워져 있었다. '부산 마산 대규모 시위'라는 제하의 기사였다. 거리를 가득 메운 데모 행렬 사진이 기사와 함께 크게 실려 있었다. 가슴이 쿵쾅거렸다. 아, 동토의 왕국에서, 서울도 아닌 부산과 마산에서 어떻게 이런 시위가 일어났을까. 우리가 갇혀 있는 사이에 세상은 많이 달라졌고, 그 강고하던 독재정권에도 서서히 균열이 생기고 있구나, 생각했다. 앞으로 이 나라는 어디로 가는 걸까.

며칠 뒤 구치소가 발칵 뒤집어졌다. 사달의 주인공은 영초언니였다. 언니는 불시에 들이닥치는 '검방'에서 검열 도장이 찍히지 않은 편지를 갖고 있다가 적발당했다. 구치소측은 언니가 소지한 편지가 어떤 경로로 유입된 것인지를 조사했고, 그 과정에서 언니에게 편지를 전달한 소 내 협조자를 찾아냈다. 최효정이 영초언니에게 편지를 받아서 휴일이나 퇴근 이후에 서울의 언니 지인들에게 전달하고, 그들이 쥐여준 편지를 다시 언니에게 전달하는 '우체부' 노릇을 했다는 사실이 속속 밝혀졌다.

최효정은 이 모든 혐의를 순순히 시인했다. 구치소측은 파문을 조금이라도 줄이기 위해 파면이나 징계 대신에 사표를 종용했고, 그녀도 구치소측의 제안을 받아들였다. 지옥에서 암약하던 천사는 이렇게 우리 곁을 떠났다. (훗날 최효정은 평소 소원한 대로 모 전문대 유아교육과에 진학해서 유치원 교사가 되었다. 우리가 출소한 이후 최효정은 겉도는 제복 대신에 발랄한 여대생 차림으로 우리와 여러 차례 만나 '그때 그 시절'을 이야기하곤 했다.)

## 학교는
## 기다리지 않았다

10월에 접어들자 감옥의 악명 높은 겨울이 시작되었다. 사계절용 죄수복은 홑겹 무명천이라서 추위에는 한없이 무력했고, 난방 장치가 없는 감방에는 겨울이 더 빨리 찾아들었다. 대낮에 담요를 푹 뒤집어쓰고 있어도 온몸이 덜덜 떨려왔다. 우리나라 최남단 제주도에서도 가장 따뜻한 지역인 서귀포에서 나고 자란 내게 추위는 공포스러운 존재였다. 온몸의 세포 하나하나가 오그라드는 느낌이었다.

그러던 중 날아든 엄마의 편지는 나를 나락으로 떨어뜨렸다. 학교에서 제적통보서가 도착했다, 이제 엄마에게는 그 모든 희망이 사라졌고 캄캄한 밤중에 혼자 길을 걷는 것 같다는 내용이었다. 늘 찬물에 손이 퉁퉁 붓는 고통을 겪고, 술로 실향의 아픔을 달래는 남편 때문에 속 터지고, 어릴 적에 동네 사람들의 귀염을 독차지했던 장남이 '깡패'가 되어 주위에서 수군대도 오로지 딸 하나는 서울의 명문대를 다닌다는 자부심으로 버텨온 그녀였다. 그런 그녀에게 딸이 제적되었다는 통보는 어쩌면 구속 소식보다도 더 견디기 힘든 것이었으리라.

분노가 치밀어올랐다. 학교는 대법원 판결은 고사하고 항소심도 시작되기 전, 1심 판결이 내려지자마자 기다렸다는 듯 내게 대학생으로서는 사형선고나 다름없는 제적 조치를 내렸다는 말인가.

만나본 적도 없는 공덕귀 여사나 나를 알지도 못하는 종교단체에서 이 외진 구치소까지 찾아와 영치금과 영치품, 책들을 넣어주고 가건만, 대학측에서는 단 한 명도 찾아온 적 없었고 단 한 권의 책도 넣어준 적이 없었다. 그러니 큰 기대도 하지 않았던 터였다. 하지만 '자유와 정의와 진리'를 교훈으로 내건 대학 아니던가. 4.19 혁명 당시 교수들이 "학생의 피에 보답하라"라고 외치며 앞장서서 교문 밖으로 진출했던 대학 아니던가. 바깥 추위보다도 마음의 대지를 할퀴고 지나가는 찬바람이 더 시리디 시렸다.

## "김재규 장군께서
## 그러셨다면…"

아침마다 우리를 깨우던 자발스러운 기상나팔 소리 대신 구슬픈

트럼펫 장송곡이 울려퍼졌다. 예년보다 이른 추위에 온몸을 고슴도치처럼 잔뜩 웅크린 채 새벽잠에 빠져들었던 재소자들이 몸을 뒤척이면서 한마디씩 했다. "웬 청승이야. 시끄러운 기상나팔 소리보다 더 못 들어주겠네!" "아, 씨발, 아침부터 누구 눈물 뺄 일 있어?" "누가 죽기라도 했대? 왜 저렇게 슬프게 불어싸?"

갑자기 면회가 일절 금지되더니, 바깥에서 큰일이 터진 것 같다는 풍문이 떠돌았다. 공장 출역마저 전면 금지되었다. 교도관들의 부산한 발소리만 여기저기서 들려왔다. 대체 밖에서 무슨 일이 터진 걸까. 혹시 전쟁이 터진 건 아닐까. 우리의 비둘기 천사 최교도관의 부재가 더욱 아쉬웠다.

며칠 뒤 면회가 재개되면서 면회를 다녀온 재소자들의 입을 통해서 '엄청난 사건'의 윤곽이 대충 드러났다. 박정희 대통령이 청와대 안가에서 누군가가 쏜 총을 맞고 서거했으며, 차지철 경호실장 등 여럿이 그 자리에서 사망했다는 충격적인 소식이었다. 처음에는 그럴 리 없다는 둥, 유언비어 함부로 말하지 말라는 둥 거센 반박도 있었다. 그러나 봉사반장이 조심스레 당직 교도관에게 물어봤더니, 맞다는 대답과 함께 경거망동하지 말고 숙연하게 국상 분위기를 유지하라는 명령이 떨어졌다. 맞다, 라는 대답과 동시에 몇 사람은 울음을 터뜨렸다. 대성통곡을 하는 이도, 옷소매로 눈물을 찍어내는 이도 있었다.

난 잠시 어안이 벙벙했다. 민주주의를 압살한 절대권력자, 독재자인 박대통령이 그 자리에서 물러나고 유신헌법도 철폐돼야 한다 믿었고, 그런 생각을 유인물에 써넣기도 했다. 그러나 내가 꿈꾸고 상상한 결말은 이승만 대통령처럼 스스로 물러나거나 국민들의 힘으로 권좌에서 끌어내리거나 둘 중 하나였다. 대통령이 술자리에서 총에 맞아 죽는다는 건 상상을 뛰어넘는 결말이었다.

이제 우리나라는 어디로 가는 걸까. 누가 쏜 것이고, 무엇 때문에 쏜 것일까. 이 사건이 민주화를 앞당기는 '스모킹건'이 될 것인가. 오히려 역풍을 불러들여 더 퇴보하게 될까.

역풍은 소 내에서 금세 불어왔다.

"다, 저런 년들 때문이라니까. 저런 연놈들이 분명 이북 사주 받아서 죽였을 거야. 저런 년들은 지금 속으로 웃고 있을 거라구!"

내게 삿대질을 하면서 한 여자가 고래고래 악을 썼다. 돌아보니 아니나다를까, 그 여자였다. 남편이 별 둘짜리 장군임을 늘 코끝에 걸치고 다니는, 곗돈 사기로 들어온 중년 부인. 남을 짐짓 무시하는데다 약간의 편집증마저 있어서 다들 그녀 가까이 가기를 꺼렸다. 따돌림당하는 '왕따'인 동시에 그 스스로 다른 재소자들과 수준이 안 맞는다면서 혼자 있기를 좋아하는 '은따'였다. 남편이 별둘이면 뭐하나, 마누라 꺼내주지도 않고 면회 한 번 오지도 않는데. 감방 동료들은 뒷전에서 수군거리곤 했다.

그녀는 삿대질과 욕만으로는 성이 차지 않는지 달려들어서 내머리채를 잡으려고 했다. 사람들이 다들 달려들어 뜯어말리는 바람에 그녀는 구석으로 밀려서 씩씩거렸다. 독재정권의 프로파간다에 얼마나 철저하게 세뇌당했으면, 박정희 대통령을 얼마나 존경하고 흠모했으면, 통제되고 왜곡된 언론 보도에 얼마나 길들여졌으면 그런 반응을 보일까 싶었다. 게다가 그녀는 현재까지도 군부 계급체계의 최정점에 서 있는 '장군의 아내' 아닌가.

얼마 지나지 않아서 박대통령에게 총구를 겨눈 인물이 친북 세력도 운동권 세력도 아닌 박대통령의 최측근 김재규 중앙정보부장이라는 사실이 알려졌다. 처음엔 믿지 못하겠다고 도리질 치는 '장군의 아내'에게 교도관이 사실임을 확인해주었다.

그때 이후 그녀의 태도가 백팔십도 달라졌다. 김재규 장군이 그랬다면 거기에는 반드시 그럴 만한 이유가 있다는 것이다. 그녀는 박정희 암살에 대한 해석을 완전히 달리했다. 심지어 얼마 전까지만 해도 잡아먹을 듯 덤벼들었던 내게도 자못 은근한 눈길을 던지면서 말했다.

"그러니 공부도 할 만큼 다한 이런 똑똑한 여대생들이 박대통령 물러나라고 데모를 한 거 아니겠어요?"

이건 또 뭔가, 사람의 생각이 순식간에 이렇게 돌변할 수가.

알고 보니 그녀는 박정희교의 독실한 신도이기 이전에 김재규 장군의 열렬한 추종자였다. 그의 남편은 김재규가 군에 재직할 당시 부관으로서 그를 오랫동안 보필했고, 두 집안은 긴 세월 친척처럼 지내온 사이였다. 그녀에게 박대통령은 추상적인 먼 존재였고, 김장군은 가까이에서 지켜본 존경하는 스승, 사부 같은 존재였다. 그녀는 나를 가까이에 불러앉혀놓고 김장군이 군 시절 얼마나 참된 군인이었는지를 내게 조목조목 들려주었다.

군수물자를 빼돌리고 부하들에게 금품과 선물을 상납받고 납품 업체로부터 뇌물을 받는 게 보편적인 관행처럼 굳어진 군조직에서 김장군은 청백리 같은 인물이었다, 본인뿐만 아니라 부관들에게도 선물이나 상납을 일절 금지했다, 자신의 월급을 쪼개서 불우학생들에게 남몰래 학자금을 지원했다, 책을 늘 가까이 두고 주변에도 독서를 권장하는 선비 같은 인물이었다, 위에는 직언을 서슴지 않는 강직한 성품이지만 아랫사람에게는 한없이 인자하고 다정다감했다, 자기 남편도 그런 상관에게 교육받은지라 남편 몰래 낙찰계를 하다가 감방에 들어온 자기를 더 용납하지 못한다⋯⋯ 이야기는 꼬리를 물었다.

나는 권력 상층부에 있었던 김재규 중앙정보부장에 대해서는 아는 게 거의 없었다. 군 출신으로 박대통령에게 중용된, 무소불위의 권력을 가진 기관을 이끄는 인물이라는 정도밖에는. 그녀의 말을 액면 그대로 믿지는 않았지만, '김장군이 그랬다면 반드시 그럴 만한 이유가 있었을 것'이라는 그녀의 무조건적인 믿음은 매우 인상적이었다.


## 나, 이제 돌아갈래!

박정희 대통령은 떠났지만, 세상은 하루아침에 달라지지 않았다.

구치소 내 분위기는 더 살벌해졌고 날씨도 점점 차가워졌다. 교도
관들은 정치범들끼리의 교신을 철저히 차단하기 위해 긴조 사범
끼리는 물론이고 YH 노동자들과도 마주치지 않게 우리 여섯 명의
운동시간과 목욕시간을 빈틈없이 관리했다. 어떤 날에는 아예 운
동을 내보내주지 않았다. 햇빛을 보는 시간이 줄어드는 만큼 마음
도 쪼그라들었다.

점점 내려가는 수은주에 감방생활은 더욱 견디기 힘들어졌다.
아침 점호시간에는 입에서 하얀 김이 피어올랐고, 한밤중 담요 밑
마룻바닥에서는 냉기가 스멀스멀 올라와 뼛속까지 파고들었다.
여름을 지긋지긋해하던 재소자들은 언제 그랬냐는 듯이 가버린
여름을 찬미했다. "그래도 여름이 살기는 나았지." "없는 연놈들
살기에는 밖이나 감방이나 역시 여름이 낫지." "여름엔 운동장에
서 목욕하는 낙이라도 있었지!" 수다 끝에 누군가 가버린 더위가
들으면 웃겠다고 하자 모두들 실소를 터뜨렸다.


하루는 저녁식사 반찬으로 퀴퀴한 냄새가 코를 찌르는 갈치 도
막이 나왔다. 발라내고 자시고 할 것도 없이 뼈째 오도독 다 씹어
먹어도 될 만큼 비쩍 마른 갈치였다. 쉬 상하지 말라고 그런 걸까,
조금만 먹어도 밥 한 그릇을 다 비울 수 있게끔 간을 세게 한 걸까.
어찌나 짠지 한밤중에도 목이 말라서 여러 번 냉수를 찾았다. 울컥
서러움이 밀려들었다.

고향 서귀포, 울 엄마가 일하던 재래시장에는 은빛이 도는 어른

216

팔뚝만한 갈치가 아주망들의 다라이마다 넘쳐났고, 갈치들은 다라이에서 금세라도 뛰쳐나올 듯 몸을 뒤치면서 펄떡거렸다. 갑자기 목울대가 따끔해지는가 싶더니 뜨거운 눈물이 뺨을 타고 흘러내렸다. '아, 돌아가고 싶어라. 눈물 없던 그 시절로, 내 고향 서귀포로!'

1심 재판이 끝난 직후 변호인의 권유로 항소이유서를 제출했지만, 항소심은 열릴 기미조차 없었다. 외부 서신 반입도, 변호인 접견도 금지되었다. 성동구치소는 말 그대로 '겨울 왕국'이었다. 그 시절 유일하게 허락된 즐거움이자 특권은 나를 자기 딸처럼 여기는 나이 지긋한 아줌마 교도관이 당직 근무를 서는 날 복도로 잠깐씩 불려나가서 무쇠난로에 얼어붙은 몸과 마음을 녹이고 들어오는 일이었다. 하지만 그녀도 최효정 사건을 의식해서인지 바깥소식만은 전해주지 않았다.


# 236일,
# 출소는 도둑처럼 왔다

성경에 '재림예수는 밤중의 도둑처럼 온다'는 말이 있지만, 우리의 갑작스러운 출소가 딱 그 짝이었다. 추위에 잠 못 이루던 재소자들이 뒤늦게서야 단잠에 빠져든 새벽녘, 갑자기 철문 열리는 소리가 요란하게 울렸다.

"4141! 석방이다. 빨리 소지품 챙기고 밖으로 나와!"

한방 안의 재소자들이 놀라서 깨어났다. 내 양옆의 옥주와 지압사 아주머니가 가장 놀라고 충격을 받은 듯했다. 옥주는 끝내 울음을 터뜨렸다. "너, 나가는구나. 하기야 니네가 반대한 대통령이 죽었으니 나갈 만도 하지. 근데 이렇게 갑자기……" 지압사 아주머니는 내 등을 가만히 쓸어내리면서 "밖에서는 제발 지 몸부터 잘건사해!"라고 말했다. 소란스러운 소리에 뒤늦게 일어난 사람들이 다들 부러운 눈길로 나를 쳐다보았다.

딱히 챙길 것도 없었다. 기독교단체에서 보내준 두꺼운 성경책도, 남은 피부연고와 쓰던 수건도 다 나누어주었다. 책 몇 권은 갖고 나가기로 했다. 마지막까지 처분을 망설인 건 엉뚱하게도 삼양라면 한 봉지였다. 두어 달쯤 전에 집행유예로 석방된 재소자가 내 손에 꼭 쥐여주고 나간 그 라면. 2층 공장에서 사역하던 중 받은 라면을 내게 건네주고 간 것이었다. 그동안 나는 호시탐탐 이 라면을 복도 무쇠 연탄난로에서 끓여먹을 기회만 엿보고 있었다. 그러던 차에 석방의 그날이 '도둑처럼' 찾아온 것이었다. 순간 그 라면 때문에 잠시나마 출소를 아쉬워하는 내 어리석음에 속으로 실소했다. 내 석방으로 가장 서운할 옥주에게 라면을 꼭 쥐여주었다. 한겨울 뜨거운 라면을 먹으면서 부디 내 생각이라도 하기를.

맨 처음 입소하는 날 머물렀던 대기실로 갔더니 영초언니와 종원언니가 이미 와 있었다. 영초언니가 나를 와락 껴안았다. 지난겨울 끝자락에 언니의 자취방을 떠나면서 끌어안았는데 다시 겨울의 입구에서 부둥켜안게 된 것이다.

교도관이 우리에게 상자를 하나씩 건넸다. 과연 그 안에는 4월의 어느 날 서울로 올라올 때 입었던 옷과 메고 온 가방이 들어 있었다. 익숙한 수의를 벗고 얇은 체크무늬 봄 남방셔츠와 청바지로 갈아입었다. 거울에 비친 내가 낯설었다.

들어올 때처럼 또다시 문들을 지나쳤다. 마침내 우리는 교도소 정문에 섰다. 겨울이어서인지 아직도 바깥은 어둠에 싸여 있었다. 처음 보는 나이 지긋한 남자 교도관이 우리를 세워놓고 점잖게 훈시했다.

"국가에서 더 추워지기 전에 긴급조치 위반 사범 등 정치범을 대대적으로 석방하기로 결정한 바에 따라서 석방한다. 그동안 갇힌 곳에서 생활하느라고 수고가 많았을 것이다. 앞으로는 고생하는 부모님을 생각해서라도 국민 된 도리, 학생의 본분에 충실하기를 바란다. 이상!"

국민 된 도리? 학생의 본분? 전 이미 제적되었다구요. 항변이 목구멍까지 튀어올라왔지만 꾹 밀어넣었다. 그러나 영초언니는 달랐다. 교도관이 말을 마치자마자 독하게 쏘아붙였다.

"아뇨. 전 못다 한 싸움까지 계속할 건데요, 더 치열하게. 이 나라에 민주주의가 찾아오는 그날까지요."

교도관 나으리와 일행은 머리를 절레절레 흔들면서 뒤돌아갔고, 우리는 앞으로 나아갔다.

우리 앞에는 허허벌판이 펼쳐져 있었다. 건물 하나 없었고, 지나가는 자동차 한 대 없었다. 이제 어디로 가야 하는 걸까, 우리는. 그때 어둠 속에서 누군가가 다가왔다. 그가 먼저 우리를 알아보고 소리질렀다.

"영초야, 종원아, 명숙아! 나다, 나야! 봉자언니!"

영초언니의 친언니였다. 영초언니와는 이름도, 생김새도, 학벌도, 성격도 판이하게 다른 봉자언니! 본인 말에 따르면 지방대학 미대를 다니다가 도중에 집어치웠다는 봉자언니는 한때 카페를 운영했고, 여성으로는 보기 드물게 택시기사로 일하고 있었다. 그녀는 동생을 늘 살뜰하게 챙겼을 뿐만 아니라 심지어 존경하는 듯한 태도를 취했다. 그런 그녀가 자기 택시를 끌고 우리를 마중 나온 것이다.

뜻밖의 구세주 출현에 어리둥절해하는 우리에게 봉자언니는 따발총처럼 저간의 사정을 쏟아냈다.

"아따, 어젯밤 늦게서야 전화가 왔어야. 내일 새벽에 내보낼 것이니 절대 아무에게도 알리지 말고 데리러 오라고! 근데 이렇게까정 일찍 내보낼 줄 몰랐제. 데려다 가둘 때도 그렇고 내보낼 때도 그렇고, 하여간 지들 맘대로야!"

석방 훈령이 밤늦게 내려왔고 그 소식이 미리 알려지면 가족들과 동기, 선후배들이 몰려들어 소란을 피울까봐 그들은 가장 가까운 서울에 있는 영초언니네에게만 연락을 취한 것이었다. 종원언니는 이리, 나는 제주가 고향인지라 당장 집으로 갈 수도 없었다. 우리는 망연자실 서로 쳐다보다가 '목욕탕에 가서 때나 벗기자'는

데 의견의 일치를 보았다. 대통령 암살 이후 목욕 제한 조치로 인해 우리 셋은 모두 몸이 근질근질한 터였다.

"자, 가자! 목욕탕으로!"
우리 셋은 다시 세상 속으로 걸어들어갔다. 세상과 격리된 지 236일 만이었다.

7장

1980,
수상한 '서울의 봄'

# 오줌
## 못 싸는 병

출소했다는 사실을 집에 알렸다. 비행기 삯을 보내올 때까지 광명시 변두리에 있는 영초언니네 집에서 머무르기로 했다. 언니의 어머니는 경찰서와 법정에서 여러 차례 뵀지만, 아버지는 초면이었다. 경찰 출신이라는 게 언뜻 믿기지 않을 만큼 체구도 작고 온화한 인상에 말수가 거의 없는 분이었다. 반면 언니의 어머니는 법정에서 "우리 딸 만세, 만만세다!" 외칠 만큼 대가 세고 활달한 분이었다. 그녀는 "오매 내 새끼들, 그동안 그 추운 디서, 그 깝깝한 디서 월매나 고생해부렀냐" 하면서 우리에게 맛난 걸 해먹이려고 안달이었다. 하지만 수감생활 동안 조악하고 거친 음식에 길들여진 위장은 갑자기 들이닥친 기름진 음식을 받아들이지 못했다. 그곳에

225

머무는 동안 설사로 내내 화장실을 들락거렸다.

사흘쯤 영초언니네 집에 머무르다가 고향 제주로 돌아왔다. 그토록 그리던 고향집이었지만 정작 돌아와보니 보이지 않는 또다른 감옥처럼 느껴졌다. 연행에서 구속, 재판에 이르기까지 단 한 줄도 보도하지 않았던 지역언론이 제주 출신인 나와 두 명의 남학생 석방 소식을 1면에 보도했다. 그동안 가까운 일가붙이나 이웃사촌들만 알고 쉬쉬했던 '명숙상회 딸이 감옥에 간' 사실이 온 동네방네에 알려졌다. 어쩌다 엄마가 일하는 시장통을 지날 때면 사람들이 내 뒷전에서 "아이구, 저애가 감옥 갔다 온 그 딸이렌" "공부 잘행 서울의 좋은 대학 갔덴 어멍이 그추룩 자랑해신디" "공부 잘허민 뭐해? 학교도 짤렸덴 허는디!" 하고 쑤군거렸다. 뒷덜미가 뜨끈거렸다.

내가 감옥에서 나왔다고 뛸듯이 기뻐했던 가족은 머잖아 내가 이상하게 변한 걸 알아차리곤 가슴을 쳤다. 명절 때도 설빔 대신 책을 사달라고 할 정도로 물욕이 없던 나였다. 그런 내가 화장실에 놓아둔 수건을 몽땅 자기 방에 가져다 쌓아놓고선 아무도 건드려선 안 된다고 욕심을 냈다. 엄마가 내 방문을 노크도 없이 열자 "어멍이 무슨 교도소 간수냐? 왜 남의 방문을 아무때나 벌컥벌컥 열고 들어오느냐!"고 길길이 날뛰기도 했다. 사랑하는 딸에게, 오매불망 그리워하던 딸에게 '간수' 소리를 들은 엄마는 서귀포 일대의 용한 점쟁이를 찾아다녔다.

몸도 망가지기는 마찬가지였다. 하루에도 수십 차례씩 화장실을 들락거리고 동그랗던 눈이 가느다란 실눈이 될 만큼 온몸이 퉁퉁 부은 나를 데리고 엄마는 서귀포에서 가장 실력이 좋다는 '김문민 내과'로 데리고 갔다. 신하수와 만성 방광염이라는 진단이 나왔다. 엄마는 '오줌 못 싸는 병에는 옥수수수염이 최고'라는 주변의 귀띔에 옥수수수염을 구해다 날마다 한 주전자씩 달여 억지로 마시도록 했다. 짠 음식은 금물이라는 말을 듣고는 계란프라이는 물론 국에도 간장, 소금을 넣지 않았다.

그런 엄마가 하루는 집으로 돌아오자마자 마루에 주저앉아서 대성통곡을 하기 시작했다.

"세상에 이런 야속한 일도 이시크냐. 생선 장시 창도 어멍이 오늘 큰큰헌 전복을 나한테 주멍 맹숙이가 아맹해도 오래 못 살 거 같으난 원어시 후회 어시 먹게 해줍서, 그추룩 말하는 거라."

팔면 큰돈이 될 귀하디 귀한 전복을 내어준 이웃사촌의 성의보다는 '딸이 오래 못 살 것 같다'는 한마디가 심장에 가시처럼 박힌 것이었다. 엄마는 한참을 통곡하고 난 뒤에 수건으로 코를 팽하니 풀면서 이야기를 이어나갔다.

"내가 우리 가게 다 팔앙이라도 우리 맹숙이 호락호락 죽게 놔두지 않으크난, 걱정허지 말렌 허명, 전복을 땅바닥에 내동댕이쳐 부렀저."

말을 마치고 또 훌쩍거리는 엄마의 굽은 등을 내려다보면서 나는 속으로 다짐했다. 어떻게든 몸을 잘 추스르고 오래오래 살아서 이 불효를 조금이라도 갚아야지. 훗날 엄마는 내게 그 당시의 참혹한 심정을 이렇게 털어놓았다.

"감옥 간 것보다 돌아온 뒤가 더 힘들었저. 감옥은 경해도 언젠간 나오겠지 하는 희망이라도 있어신디, 정작 돌아와보난 몸도 마음도 다 망가져부난. 창도 어멍한티 큰소리는 쳤지만 네가 장차 사람 구실 제대로 헐 건가 걱정했주."

서귀포의 병원에 입원해 있을 때 지역의 중견 언론인이 나를 찾아왔다. 소설가이자 향토사학자인 오성찬씨였다. 그는 내가 제주 출신 여대생으로는 유일하게 구속됐다는 데 관심을 갖고 감옥생활에 대해 이야기해주기를 원했다. 그러나 나는 그가 들고 있는 취재수첩에 주목했고 급기야는 언론계 대선배를 경찰의 끄나풀인 걸로 오해했다. 왜 내 이야기를 시시콜콜 받아적느냐, 나중에 경찰에 제출하려고 그러는 게 아니냐고 노골적으로 따지기까지 했다. 황당하기 이를 데 없는 일이었지만 '이 어린 친구가 정신적으로 충격을 많이 받았구나' 싶어서 오히려 마음이 참 아팠노라고 그는 훗날 내게 말했다.

그 시절 내게 가장 큰 위안을 가져다준 건 고생했다고 인사를 건네는 사람이 아니라 말없는 자연이었다. 지금은 올레 7코스로 유명한 외돌개 주변의 솔숲은 내가 가장 사랑했던 공간, 오래 머물던 곳이었다. 초등학교 시절 6년 내내 소풍을 갔던 곳, 즐거운 장기자랑이 끝나면 선생님이 곳곳에 숨겨둔 보물을 찾으러 다니던 곳, 우리 반 남자애가 숨어서 혼자 초라한 도시락을 까먹는 광경을 목격하고 괜스레 목울대가 아파왔던 곳.

솔숲을 지나면 너른 바다를 한눈에 조망할 수 있는 너럭바위가 나왔다. 솔숲과는 달리 낚시꾼들 말고는 아무도 찾지 않는 외진 곳이었다. 나는 그곳을 '폭풍의 언덕'이라 이름 붙이고 마음이 정처 없이 떠돌 때면 그곳으로 향했다. 바다를 가로지르는 수평선을 넋 놓고 쳐다보면서 나는 뭍에 두고 온 것들, 뭍에서 만났던 모든 것들을 그리워했다. 언제나 다시 대학으로, 서울로 돌아갈 수 있을까. 서울! 그곳은 내게 성동구치소가 있는 곳이 아니라 영초언니와 엄주웅과 영숙이 같은 그리운 사람들이 사는 곳이었다. 무엇보다도 그곳은 내 청춘의 꿈을 키우고 묻은 곳이었다.

1979년 겨울, 독재자 박정희는 세상을 떠났지만 내 청춘은 여전히 차압당하고 압류당한 채였다. 아무것도 할 수 없었고, 할 의욕도 없었다.


### "뭔가 이상하게
### 돌아가는 것 같지 않니?"



그러나 봄은 찾아왔다. 내 청춘도 다시 돌아왔다. 1980년 봄 대대적인 복학 조치가 단행되면서 나도 다시 학교로 돌아왔다. 영초언니는 그동안 바라왔던 한국교회사회선교협의회(사선) 간사로 들어갔다. 대학은 물론 사회 전반에 드리운 억압과 통제의 그늘이 걷히면서 민주화 바람이 거세게 불어닥쳤다. 언론은 이를 두고 '서울의 봄'이라 불렀다.

학교에서는 날마다 시국 토론이 활발하게 벌어졌고, 학교측이 일방적으로 임명하는 '학도호국단' 체제 대신에 학생들이 대표를 직접 뽑는 직선제 총학 선거가 진행되었다. 행정학과 74학번인 복학생 신계륜(전 국회의원)이 총학생회장으로 선출되었다. 학생회관 주변은 서클 학생들로 북적거렸고, 캠퍼스 전체에 역동적인 에너지가 넘쳐흘렀다. '그날 스러져간 눈물 같은 꽃사태'처럼 애잔하게만 여겨졌던 봄날의 진달래가 그토록 화사하게 다가오기는 참으로 오랜만이었다.

그러나 길들여진 오랜 습관 때문이었을까, 불길한 전조를 예감하는 예민한 촉수 때문이었을까. 대부분 모처럼 찾아온 '서울의 봄'을 맘껏 만끽했지만, 개중에는 '이 봄이 과연 언제까지 갈는지' 불안해하는 이들도 있었다. '군부가 민간에 권력을 순순히 넘겨주지는 않을 것이다' '보안사령관 전두환이라는 작자를 예의주시해야 한다' '경거망동해서 저쪽에 탄압의 빌미를 제공해서는 안 된다'고 그들은 걱정했다. 반면 '저쪽의 역풍을 차단하기 위해서라도 더 단호하고도 가열차게 서울의 봄을 밀어붙여야 한다'는 반론도 만만찮았다. 캠퍼스를 떠도는 흥분과 불안 속에서 화사한 봄날이 흘러갔다. 엄주웅과 나는 봄날 캠퍼스에서 다시 만났지만, 그는 복

학생협의회 일에 푹 빠져 있었다. 병든 몸과 마음 때문에 운동권과
는 살짝 거리를 둔 나는 그를 멀리서 지켜보았다.

5월 15일 아침부터 교정은 술렁거렸다. 수도권의 모든 대학과
시민단체들이 서울역 광장에 모여서 '민주정부 수립을 위한 단계
적 조치'가 제대로 이루어지지 않는 데 대해 정부 여당에 항의하는
대규모 시국대회를 갖기로 한 날이었다. 비겁해지기로 결심한 나
였지만 단순한 집회 참여까지 주저할 수는 없었다. 고려대생들은
대운동장에 집결한 뒤 안암동에서 서울역까지 차도로 행진했다.
세종문화회관 근처를 지나갈 즈음, 불과 2년 전 시위 때 스크럼을
짜서 달리다가 전경의 방패에 찍히고 닭장차에 실려가고 이리저
리 주인 잃은 신발이 나뒹굴던 광경이 생생하게 떠올랐다. 서울 중
심가 도로 한가운데를 차지하고 보무도 당당하게, 평화롭게 행진
하는 날이 올 줄이야.

서울역은 이미 곳곳에서 모여든 대학생들로 인산인해를 이루고
있었다. 그 많은 인파 중에서 나는 오랫동안 못 만났던 영초언니
를 발견했다. 우리는 눈물을 글썽이면서 얼싸안았다. 홍자도, 영숙
이도…… 그해 2월에 이미 졸업한 대학동기들도 서울역에 나와 있
었다.

서울역 광장을 꽉 메운 시위대 앞에 이날의 연합시위를 주도한
서울대 총학생회장이 그 모습을 드러냈다. 모두의 시선을 한몸에
모은 주인공은 놀랍게도 '하게'체 때문에 내게 골목길에서 거친 항

의를 받았던 야학 동료 교사 심재철이었다. 더 놀라운 건 그의 예상치 못한 발언이었다.

그의 발언 요지는 대충 이러했다. 이만하면 권력 핵심부에 우리의 뜻이 이미 다 전달되었을 것이다, 더이상 무리하게 밀어붙이면 그들에게 시위 탄압과 군 병력 동원의 빌미만 주게 된다, 평화롭게 자진 해산해서 민주시민의 수준을 전 세계에 보여주자, 우리 시위 지도부는 이화여대로 집결해서 추후의 상황에 대해 논의하고 대비하겠다 등등.

군중 사이에서 탄식과 함께 술렁임이 일었다. "가자, 청와대로!"라고 외치는 이도 있었다. 고래고래 소리를 지르는 강경론자도 있었다. 하지만 현재 돌아가는 상황에 대해 더 많은 정보를 갖고 있는 시위 지도부에서 고심 끝에 내린 결론이니 존중하자는 분위기가 형성되었고, 폭풍 전야를 향해 치닫던 시위대는 뿔뿔이 흩어졌다. 영초언니가 버스정류장으로 가는 길에 내게 말했다.

"뭔가, 이상하게 돌아가고 있는 거 같지 않니?"


위화도 회군에 빗대어 '서울역 회군'이라고 불린 이 결정에 심재철의 야학 후배인 유시민이 극력 반대했다는 이야기가 대학가에 좍 퍼졌다.

## "그 짠한
아그들꺼정…"

얼마 뒤 광주에서 대규모 가두시위가 벌어졌다는 소식이 들려왔다. 텔레비전과 라디오 방송에서는 '무장 폭력 시위' 운운하는 뉴스가 흘러나왔다. 예비군부대의 무기고가 털리고, 총기가 탈취되고, 무장한 폭도들이 광주를 장악했다는 무시무시한 뉴스가 뒤를 이었다. 며칠 지나자 '다행스럽게도 우리의 용감무쌍한 공수부대들이 폭도들의 시위를 진압했다'는 속보가 떴다. 대학가의 그 모든 토론과 집회는 일시에 정지되었고, 계절은 봄인데도 한겨울처럼 얼어붙었다. '서울의 봄'은 느닷없이 찾아왔다가 살벌하게 퇴각했다.

이른바 '광주사태'가 진압되고 광주로의 통행이 허용된 지 하루 만에 영초언니가 내게 넌지시 제안했다.

"나랑 광주에 한번 내려가보지 않을래? 신문 방송 뉴스를 도무지 믿을 수가 없어서 그래. 우리 눈으로 직접 봐야지, 안 그래?"

유신 시절 실제 일어난 일은 꼭꼭 숨기고, 없는 일도 만들어내는 식의 관제 뉴스를 많이 접해본 우리였다. 형사가 두 명이나 특진하고 여대생들이 한 달 이상 감금되었지만 어떤 미디어에도 보도되지 않은 '산천초목' 사건처럼, '광주사태'도 왜곡되지 않았다는 보장은 없었다. 정부의 간섭과 통제를 받는 제도권 언론의 보도를 곧이곧대로 믿기에는 우리는 정신적으로 너무 나이들어버렸다.

233

언니에겐 고향이지만 나는 한 번도 가보지 않은 도시, 광주. 그곳으로 가는 고속도로변은 긴장감이 감돌았다. 광주로 들어가는 톨게이트 주변에는 중무장한 군인들이 자가용은 물론이고 고속버스까지 세우고 모든 승객을 검문검색했다. 입구에서 거수경례를 붙인 뒤 좌석을 차례차례 돌면서 신분증을 확인하는 군인에게 주민등록증을 제시하는 내 손이 달달 떨려왔다. 우리가 얼마 전까지 감옥에 있었다는 걸 알게 되면 어떡하지. 그러나 그는 한껏 여성스럽게 차려입은 젊은 여자 둘을 흘낏 쳐다보더니 이내 다른 자리로 옮겨갔다.

영초언니는 떠나기 전부터 숙식은 걱정하지 말라고 장담했다. 쫄딱 망한 자기네와는 달리 이모네 집은 광주에서도 손꼽히는 유지인데다 집도 넓어 얼마든지 먹여주고 재워줄 거라고 했다. 그 이모네는 과연 듣던 대로 번듯한 2층 양옥의 잘사는 집이었다. 넓은 거실에 앉자마자 이모는 "위험한디 어찌 왔는가? 오매 여자들이 참 간도 어지간히 크다. 고생했제?" 하면서 영초언니의 두 손을 붙잡고 한동안 놓아주지 않았다. 감옥에 있을 때 간다 간다 하고는 면회 한 번을 못 가 미안하다면서.

영초언니는 그동안 광주에서 무슨 일이 일어났는지 말해달라고 졸랐다. 처음에는 고개만 절레절레 흔들던 이모는 우리 말고는 아무도 없는데도 주위를 살피더니 어렵사리 말문을 뗐다.

"참말로 내 오래 살았지만 그런 세상은 보다 보다 첨이랑게. 직접 안 본 사람은 상상도 못할 거구마는. 월매나 평화롭고 따시고 좋은 세상이었나 몰러. 모다들 자기 가진 거 내어놓고, 나누고, 없으면 마음이라도 보태고, 쓰레기라도 치움서. 김밥이라도 말아서 트럭 위로 던지면, 그쪽에서도 감사하다고 인사하고. 시민군들이 시민들 거는 하나라도 훔치거나 건드리면 안 된다고, 행여라도 나쁜 맘 먹은 사람들한티 가게들이 털릴까베 모다들 돌아감시롱 둘러봐주고 지켜주고. 나도 평생 하느님을 믿어온 사람이지만서도 천국이 있다면 항용 이렇겠다, 싶었제. 그렇게 평화롭게 애틋하게 지켜낸 이곳인디, 그놈들이, 시내를 마구 휘젓고 다니고, 종당에는 도청까지 쳐들어가서 닥치는 대로 총을 쏘고, 어디론가 실어가고…… 그 짠한 아그들까지…… 정말 난리도 그런 난리는 없었제."

당시 당국은 철저하게 보도를 통제했고 신문 방송에서는 당국이 제공하는 보도자료를 앵무새처럼 똑같이 되풀이했다. 그런데도 광주를 둘러싼 소문은 마치 안개처럼 은밀하게 서울까지 올라왔고, 공수부대원들이 만삭 임신부의 배를 갈라서 태아를 꺼내 사살했다는 흉흉한 소문까지 나돌았다. 그렇다면 그 끔찍한 소문이 모두 사실이었단 말인가!

"아니, 애기들까지요?"

영초언니가 새파랗게 질려서 비명을 질러대는 내게 조근조근 설명했다. '아그'는 전라도에서는 애기만이 아니라 어린 사람들을 총칭하는 단어란다. 이 지역 어르신들에게는 나어린 중고교생도, 젊은 대학생도 그저 '짠한 아그들' '오매 내 새끼들'이라고. 이모님이 고개를 끄덕이면서 덧붙였다. "대학생 아그들이 아그들이제,

235

그럼 뭐간디?"

다음날 우리는 이모님이 일러준 대로 금남로 근처 곳곳을 둘러보았다. YMCA건물 벽에는 그날의 비극적인 상황을 웅변하듯 총탄 자국이 흉터인 양 또렷하게 여러 군데 박혀 있었다.

영초언니는 돌아오는 고속버스 안에서 한마디 말도 없이 창밖만 내내 바라보았다. 언니의 삶이 더 가팔라지겠구나, 언니가 더 험한 길로 들어서겠구나, 하는 예감에 나는 진저리를 쳤다.


## 운명의 남자, 정문화


'5.18 광주민중항쟁'을 완벽하게 제압한 전두환 정권은 본격적으로 공포정치를 이어갔다. 야당 지도자 김대중을 '내란 선동 혐의'로 구속하고, 군부정권 유지에 위협 요소가 될 만한 민주화운동 세력 전반에 대해 '김대중과 연루된 인물'이라는 이유를 내세워 대대적인 수배령을 내렸다. 학생운동과 시민운동 지도부의 핵심인물들은 죄다 연행되거나 이른바 '도바리' 생활에 들어갔다. 영초언니도 물론 그중의 하나였다.

영초언니는 본인의 자취방을 나와 용산에 있는 봉자언니네 집으로 피신했다. 대학 선후배나 기독교 운동단체의 지인들은 대부분 노출되어 있었기 때문에 경찰이 잘 모르는 친언니의 집으로 옮긴 것이었다. 인편으로 전해온 주소지 메모를 전해받고 어렵사리 찾아간 봉자언니네 집은 원효로에 있는 한 주택의 바깥채였다. 언니의 단칸방은 둘이 잠만 자기에도 비좁아 보였다. 하지만 출입문이 주인집과 따로 있다는 장점이 있었다.

그 좁은 방에서 영초언니는 광주민주화운동의 진실을 알리는 유인물을 만들어서 등사하고 있었다. 본인이 직접 광주를 찾아가서 보고 들은 이야기를 어떻게든 세상에 알려야 한다는 필사적인 몸부림이었다. 숨도 제대로 못 쉴 만큼 억압적이고 폭력적인 시기에 참으로 위험천만한 일이었다. 뜯어말리고 싶었지만, 온몸으로 결기를 내뿜는 그녀 앞에서 말을 꺼낼 수조차 없었다. 경험칙상 많은 걸 안다는 건 그만큼 위험해지는 지름길이었다. 이렇게 만든 유인물을 누구를 시켜서 어디에 배포할 것인지 나는 굳이 물으려 하지 않았다. 언니도 내게 같이하기를 권하지 않았다. 자기 때문에 한 차례 구속된 것만으로도 충분히 미안해하고 가슴 아파했으므로.

그녀가 말했다.

"조금 있으면 어떤 남자가 올 거야. 서울대 운동권인데 민청학련 출신이야. 근데 하는 짓이 엉뚱하고 되게 웃겨. 너랑 무지 비슷해. 남자 서명숙이라고나 할까. 서로 잘 통할걸."

잠시 후 바깥에서 인기척이 들리는가 싶더니, 한 남자가 구부정하게 허리를 굽히면서 방으로 들어왔다. 남자치고는 작은 키에 체구도 무척 왜소했다. 심지어 가냘파 보일 지경이었다. 마주앉으니 얼굴의 절반을 차지하는 안경부터 눈에 들어왔다. 그 안경 속에서 반짝거리는 눈동자는 그의 비범함을 첫눈에 드러내고도 남았다.

박정희 정권은 '전국민주청년학생총연맹(민청학련)'을 중심으로 유신독재 반대 투쟁이 거세지자 이들이 북한의 사주를 받아 국가를 전복시키고 공산정부 수립을 기도했다며 대대적으로 구속 기소했다. 문화형은 이 사건으로 무기징역까지 선고받았다가 판결에 분노한 국내외 인권단체들의 압박과 청원으로 풀려난 인물이었다.

알면 알수록 문화형은 한마디로 규정하기 힘든 '기인'이었다. 그동안 학보사나 운동권에서 접했던 남자 동기, 선후배들은 대부분 둘 중 하나였다. 늘 진지하고 심각하고 말수가 없거나, 정반대로 침을 튀기면서 토론과 논쟁을 즐기는 열정적인 다변가이거나. 그는 두 부류 중 어느 쪽에도 속하지 않았다. 조용히 앉아 있다가 갑자기 엉뚱한 말을 툭 뱉어내거나, 예측불허의 행동을 하는 스타일이었다.

그는 야구를 좋아했다. 경기를 직접 뛰어본 적은 없다면서도 국내는 물론 해외 유명 선수들의 프로필과 특징, 방어율과 타율 등을 주르르 꿰고 있었다. 문화형의 야구앓이는 중독에 가까웠다. 수배 중인 상황에서도 동대문야구장에 야구 경기 관람을 갔다가 중계방송에 얼굴이 비치는 바람에 급거 출동한 형사들에게 잡혀갈 정도였다. 나도 고대신문사에서 야구 중계기사를 써본 적이 있기에 우리 둘은 야구에 대해 한참 이야기꽃을 피웠다. 영초언니는 '거봐, 두 사람 죽이 잘 맞을 거랬지' 하는 듯 흐뭇한 표정으로 우리 두 사람을 지켜보았다.

처음에는 둘이 단순한 선후배 사이려니 했다. 둘은 척 보기에도 어울리는 커플이 아니었다. 기인과 '범생이'라는 기질적 측면에서도 정반대였지만, 자라온 배경이나 가치관이 너무나 달랐다. 영초언니는 지금은 비록 경제적으로 몰락했지만 경찰 간부 출신인 아버지와 교회 권사인 어머니 밑에서 유복하게 자란 터라 매우 보수적인 연애관과 가족관을 갖고 있었다. 내가 보기에도 따분하고 올드하다고 느껴질 만큼.

하지만 문화형은 특수한 가정형편 때문에 어린 시절부터 부모형제와 떨어져 살면서 중고교 시절 내내 동급생을 가르치는 입주 가정교사로 지내온 터라 아예 '가정'이라는 개념이 별로 없는 사람이었다. 일상적인 규범과 규율을 매우 중요시하는 언니와는 달리 문화형은 그런 걸 훌쩍 뛰어넘는 스타일이었다. 옷매무새가 단정하고 멋을 추구하는 언니와는 달리, 문화형은 뭐든 되는대로 걸치는 쪽이었다. 두 사람의 유일한 공통점은 독재정권을 향한 불같은 분노, 우리 사회의 모든 '을'들에 대한 뜨거운 애정 정도였다. 그랬으니 둘의 '러브 라인'은 상상조차 되지 않았다.

하지만 시간이 흐르면서 꼭 그렇지는 않구나 싶었다. 문화형은 수배중임에도 신변의 위험을 무릅쓰고 영초언니의 아버지가 입원한 병원에 거의 날마다 들러서 문병했다. 딸인 영초언니조차 한두 번 들르고는 형사들이 잠복해 있을까봐 두려워서 못 가고 있었기에 언니는 크게 감동하는 눈치였다. 그뿐이 아니었다. 뭐든지 다 잘 먹는 나와는 달리 영초언니는 가리는 게 많았고 먹고 싶다는 게 별로 없었다. 그런 언니가 한겨울에 딸기가 먹고 싶다고 했더니 문화형은 한나절 만에 서울 시내를 샅샅이 뒤져서 싱싱한 딸기를 사들고 개선장군처럼 집으로 왔다(지금이야 사시사철 딸기를 먹을 수 있지만 당시는 겨울 딸기가 극히 드물었다).


절도범
'미라 엄마'


두 사람을 결정적으로 묶어준 건, 아이러니하게도 전두환 정권이었다. 그로부터 1년여의 세월이 흘러 '서울의 봄' 당시 보안사령관이었던 전두환은 대통령이 되어 있었다. 영초언니는 신반포 주공아파트로 이사한 봉자언니네 집에 살고 있었다. 정권이 안정기에 접어들면서 '도바리' 생활에 대한 긴장감도 어느 정도 사그라들었다.

　문화형이 신반포 아파트에 들르기로 한 어느 날, 형사들이 들이닥쳤다. 천영초, 정문화는 물론 집주인 천봉자까지 셋은 악명 높은 서빙고 분실로 끌려갔다. 봉자언니는 열흘 만에, 두 사람은 40일 만에 풀려났다. 봉자언니는 훗날 이렇게 털어놓았다.


　"어찌 알았는지 문화가 집에 온 지 얼마 되지 않아서 초인종 소리가 들렸다. 무심코 문을 열었더니 건장한 남자 대여섯이 우르르 안으로 밀어닥치는 거야. 집안 여기저기로 확 흩어지더니 누군가 베란다 쪽에 숨은 문화를 찾아냈다고 소리치자마자 다들 거기로 우르르 몰려들어 무작정 패는 거야. 체격도 왜소한 문화가 무슨 힘이 있다고. 얼굴이 피범벅된 채 나뒹굴고 있는 문화에게 내가 소리질렀지. 사람이 살고 봐야 한다고. 그러니 무조건 잘못했다고 싹싹 빌라고. 내가 문화에게 통사정하고, 고함도 지르고…… 내가 문화를 굉장히 좋아했거든. 사람이 너무나 순수하고 나랑 말도 잘 통하고. 그런 사람이 무지막지하게 맞고 있으니 제정신이 아니었던 게지.

우리 셋 다 끌려갔지 뭐. 나 같은 무식한 사람은 뭐하러 데리고 갔는지…… 걔네 둘은 무시무시한 2층 조사실에, 나는 1층에 있었어. 나는 워낙 아는 것도, 한 일도 없어서 수사관들도 그냥 방치해두다시피 했어. 열흘 만에 풀려났지만, 걔네 둘이 풀려나올 때까지는 잠을 잘 수도, 먹을 수도 없었어. 참 끔찍한 시절이었지."

봉자언니가 알게 된 '끔찍한 진실'은 따로 있었다. 봉자언니는 대체 정문화가 그날 그 신반포 아파트에 들른다는 걸 경찰이 어떻게 알았는지가 너무나도 궁금했더란다. 그래서 그 사건으로 일계급 특진하고 포상금까지 받은 김모 형사를 찾아갔다. 조사중 친해진 그에게 술도 사고, 밥도 사면서 살살 구슬렀다. 두어 차례 만나던 중 김형사가 털어놓은 정보원은 놀랍게도 '미라 엄마'였다.

'미라 엄마'라면 나도 잘 아는 아줌마였다. 영초언니가 YH 노조 최순영 지부장의 수감으로 독방에서 합방으로 방을 옮긴 뒤 만난 절도 피의자였다. 인상도 좋고 성격도 싹싹한 그녀는 영초언니를

241

무척 따르면서 사방 안에서 언니의 손발 노릇을 자청했다. 모태 신
앙인으로 모든 인간이 하느님의 피조물이므로 존중받아야 한다는
신념을 지녔던 영초언니는 그런 그녀를 친자매처럼 여겼다. 자연
히 출소 후에도 '미라 엄마'와의 인연을 이어나갔고, 그녀는 언니
의 은신처인 신반포 아파트까지 편하게 드나들었다. 학생, 시민운
동권 인사가 아니었기에 경찰이 뒤쫓거나 염탐할 대상이 아니라
고 여겼던 것이다.

그러나 그건 오판이었다. '미라 엄마'와 김형사는 절도 사건의
피의자와 담당 형사로 처음 알게 된 후, 몇 차례 후속 사건 때 편의
를 봐주면서 가까워진 사이였다. 미라 엄마를 통해 '지명수배중인
어떤 여자와 남자'에 대한 정보를 입수한 김형사는 이 사실을 즉
각 상부에 보고했다. 당장 체포하라는 상부의 지시가 떨어졌고, 두
사람의 체포 직후 김형사는 일계급 특진에 당시로는 제법 큰돈인
100만 원의 포상금도 받았다. 김형사는 봉자언니에게 모든 사실을
털어놓은 뒤 한턱내라는 동료들에게 술과 밥을 사느라 상금을 다
쓰고 빚까지 생겼다고 신세타령을 하더란다. 봉자언니는 그런 형
사를 패주고 싶은 마음을 꾹꾹 눌렀다.

함께 겪은 40일간의 수난은 두 사람을 갈라놓기는커녕 더 끈끈
하게 붙여놓는 접착제 구실을 했던 모양이다. 1년 넘도록 엄주웅
과 나처럼 동지와 연인의 경계선에 걸쳐 있던 두 사람은 마침내 결
혼을 결심하기에 이르렀다. 결혼식날 순백의 웨딩드레스를 입은
신부 천영초는 이름 그대로 영롱한 풀각시 같았고, 그 곁에 선 신

랑 정문화는 둘시네아의 사랑을 마침내 쟁취한 돈키호테처럼 내
내 싱글벙글이었다.


## 노끈 인형

영초언니와 문화형 커플과는 달리 엄주웅과 나는 결혼하기까지
좀더 긴 이별을 감내해야만 했다. 1980년 가을, 나는 거의 쫓겨나
다시피 '코스모스 졸업'을 한 뒤 몸과 마음이 다 지쳐서 고향으로
내려갔다.

모든 것을 포기하고 고향으로 돌아온 나와는 달리 엄주웅은 독
재정권과 정면으로 싸우는 더 치열한 투사가 되어갔다. 물리적인
거리도 멀어지고, 가는 길도 달라진 우리는 저절로 소원해졌다.

어느 날 그가 '학림 사건'으로 구속되었다는 소문이 들려왔다.
학림 사건은 정권을 장악한 전두환 군부세력이 전국민주학생연맹
(전민학련)과 전국민주노동자연맹(전민노련) 등 민주화운동 조직
세력을 반정부단체로 몰아 탄압한 사건이다. 이 사건은 얼마 뒤 신
문에 대서특필되었다. 가슴 한구석이 허물어져내렸다.

얼마 뒤 그가 춘천교도소에서 편지를 보내왔다. 춘천, 우리가 대
학 시절 처음으로 함께 여행 비슷한 걸 떠났던 도시, 닭갈비를 함
께 먹고 여관방의 양쪽 끝에서 아침을 맞은 그 도시에도 교도소가
있다니. 호반의 도시, 낭만의 도시 춘천에 교도소는 참 안 어울린

다고 생각했다.

그러나 난 그에게 답장을 보내지 않았다. 투사의 여자친구가 되기에는 몸도 마음도 너무나 약해졌고 지쳐 있었기에. 몇 달이 흘렀을까. 또다른 소문이 바다 건너 육지에서 전해졌다. 엄주웅이 교도소에서 장기간 단식 투쟁을 벌이고 있고, 오랜 단식의 여파로 건강이 너무 나빠져서 가족들 걱정이 이만저만이 아니라고 했다. 면회 간 친구에게 내 안부를 물으면서 꼭 한 번 보고 싶다고 했단다.

마음이 흔들렸다. 결국 나는 서울로 올라와서 그의 아버지와 함께 춘천행 열차에 몸을 실었다. 엄주웅의 아버지는 내가 예전에 지레짐작한 것처럼 광부는 아니었다. 육군3사관학교를 나와서 직업 군인으로 투신해 월남전 때에는 방첩대장으로 참전했던 예비역 중령이었다. 전역 뒤에는 전직 장교 예우 차원에서 강원도 태백의 한 광업소 소장으로 임명되었고, 엄주웅이 석탄장학금을 받은 것도 그런 배경에서였다. 우파 애국주의의 화신인 아버지는 아들이 박정희 정권에 반대하고 반정부 시위를 주도했다는 사실에 책임을 통감하고 광업소장직을 스스로 물러났다고 했다. 그가 들려주는 이야기를 들으면서, 고집스럽고 강직하기는 그 아버지에 그 아들이다 싶었다. 선택한 길이 서로 다를 뿐, 타협 없이 돌아보지 않고 자신의 길을 걷는 방식은 너무나도 닮아 있었다.

춘천교도소 면회실 유리창을 사이에 두고 우리는 다시 만났다. 엄주웅은 단식중인데도 조금도 지쳐 보이지도, 기운이 떨어진 것

244

같지도 않았다. 가뜩이나 강렬했던 눈동자가 더 형형하게 빛났다. 배석한 교도관이 오히려 걱정이 태산이었다. 단식을 너무 세게 해서 더 버티다가는 시력을 잃을지도 모른다고 교도소 내 의무관이 경고했다면서 가족들이 제발 말려야 한다고 울상을 지었다. 음식물을 끊은 채 물만 마시면서도 무슨 힘으로 온종일 철문을 발로 차대는지 알 수 없다면서 고개를 절레절레 흔들었다. 집안의 절대군주였다는 군인 출신 아버지는 아들에게 단식을 제발 중단하라고 애비가 무릎이라도 꿇겠노라고 통사정했지만 아들은 요지부동, 묵묵부답이었다.

면회가 끝나갈 무렵 엄주웅은 유리문 사이로 손을 내밀더니 내 손에 무언가를 쥐여주었다. 노끈으로 만든 작은 인형이었다. 그는 흰 이를 드러내고 처음으로 씨익 웃더니 "솜씨 좋은 재소자한테 배운 거야. 너 생각하면서 만들었는데 버리든가 간직하든가 맘대로 해!"라며 건넸다. 본디 소 내의 어떤 물건도 허가 없이 밖으로 내보낼 수 없지만 교도관은 짐짓 못 본 척했다. 인형을 안고 돌아오는 기차 안에서 나는 예감했다. 엄주웅과 끝내 헤어지지 못하리라는 것을.

춘천교도소 면회를 계기로 나는 서울로 돌아왔다. 그때 영초언니가 네가 들어가서 일하면 딱 좋은 일자리가 있다고 했다. 한국기독교사회문제연구원(기사연)에서 출판 간사를 새로 뽑는데 한번 응시해보라는 것이었다. 독일 재단의 후원으로 세워진 기독교 계통의 민주화운동 지원, 연구기관인 '기사연'은 당시 운동권 출신에게는 '꿈의 직장'으로 손꼽혔다. 민주화운동에 기여하면서 월급도 받을 수 있는 곳이었기에. 제법 치열한 경쟁률 속에서 필기와 면접, 인터뷰를 무사히 통과한 끝에 다행히 합격했다.

'기사연'에서 일하는 건 매우 보람 있었지만, 마음 한구석에는 늘 쓸쓸한 바람이 불었다. 겨울이 깊어갈수록 마음의 들판에는 칼바람이 불었다. 서로의 마음을 확인한 지 얼마 되지도 않은 남자친구를 만나지 못하는 상실감은 시간이 흐를수록 더 깊어만 갔다.

퇴근길 시내버스 차창 너머로 청춘남녀들이 팔짱을 꼭 끼거나 어깨를 감싸고 걸어가는 모습을 지켜보고 있노라면 마음 한켠이 무너져내렸다. 당신들은 좋겠구나, 마음 놓고 사랑하는 사람과 데이트할 수 있으니. 그들이 너무나도 부러워서 질투로 숨이 넘어갈 지경이었다. 때로는 손톱 밑을 바늘로 찌르듯 아파오는가 하면, 쇄골 부근이 송곳으로 날카롭게 찔린 듯한 통증이 덮쳐왔다. 그리움이 격렬한 육체적 통증을 동반할 수도 있다는 것을 그때 비로소 알았다.

그러던 어느 날, 낯선 손님이 나를 찾아왔다. 헐렁한 가죽점퍼를 입은, 눈매가 날카롭고 얼굴이 네모꼴인 청년이었다. 썩 호감 가는 인상은 아니었다. 서울대 71학번 이해찬이라고 자신을 소개한 그는 엄주웅과 춘천교도소 동기라면서 얼마 전에 출소했다고 했다 (훗날 그는 노무현 정부의 국무총리가 되었다). 그는 엄주웅의 수감생활에 대해 조근조근 들려주었다. 자기도 소문난 꼴통이지만 엄주웅은 진짜 꼴통이라고, 그런 꼴통은 자기도 처음 만났노라고, 단식을 'FM'(field manual, '원리원칙 그대로'라는 뜻)으로 워낙 세게해서 눈에 타격이 너무 많이 온 것 같아 걱정이라고 했다. 그는 왜 일부러 찾아와서 처음 보는 여자 후배에게 묻지도 않은 엄주웅의 수감생활을 낱낱이 들려주는 것일까.

그는 헤어질 무렵에야 넌지시 찾아온 이유를 말했다. "지금 주웅이가 감옥에서 버텨나가는 데에는 명숙씨 역할이 가장 막중합니다. 제발 주웅이가 나올 때까지 기다려주세요. 본인은 차마 말을 못하는 것 같더라고요."

나는 아무 대답도 못한 채 그냥 잘 가시라는 인사만 꾸벅 했다.

당시 상황을 객관적으로 생각하자면 이해찬 선배의 부탁은 참으로 뻔뻔한 것이었다. 우리 사회에서 재기불능의 사형선고나 다름없는 국가보안법으로 복역중인, 단식 후유증으로 언제 실명할지도 모르는, 그 어떤 약속도 서로 한 적이 없는 남자친구를 출옥할 때까지 기다려달라니! 그런데 정작 나야말로 얼빠진 여자였다. 그 선배의 부탁에 '아, 엄주웅이 나를 정말 여자친구로 생각하는구나' 싶어 마음이 설레고 기분이 둥실 떠올랐으니 말이다. 암, 기다리고 말고요.


결국 엄주웅은 선고받은 2년 형기를 꼬박 채우고 출소했다(2012년 학림 사건 피해자들은 재심에서 31년 만에 무죄판결을 받았다). 출소한 지 1년여 만에 우리는 결혼하기로 했다. 그는 결혼 허락을 받기 위해 나와 함께 제주의 우리 부모님을 찾아뵈었다. 긴급조치도 모자라서 국가보안법 딱지까지 붙은, 월급이 쥐꼬리만한 사회과학 출판사에 겨우 들어간 엄주웅의 처지를 다 알고 있는 우리 엄마는 그의 옹색한 처지를 문제삼지는 않았다. 대신 엄마는 말했다.

"난 우리 맹숙이가 결혼을 안 하고 독신으로 살 줄 알았는데…… 결혼한다니까 그래도 여자긴 여자인가 싶기도 하고, 서운하기도 하고……"

자신이 꿈꾸어온 '성공한 독신 여성'의 로망이 좌절된 것만 안타까워하던 엄마는 마뜩잖은 표정으로 우리의 결혼을 승낙했다.

8장

언니가,
웃었다

## 바람처럼 왔다가
## 바람처럼 사라진 그녀

결혼과 동시에 나는 다니던 잡지사를 자의 반 타의 반으로 그만두고, 날품팔이 집필노동자의 길로 들어섰다. 고대신문사 선배가 <월간경향>에 한 달에 한 편씩 장편 르포를 실을 수 있도록 주선해주었다. 남편이 된 엄주웅은 결혼 7개월 만에 폭탄선언을 감행했다. 출판사 일은 접고 왕년의 동지들과 인천 지역에 노동문제연구소를 만들어서 일하겠노라고. 대학생 친구가 한 명이라도 있으면 얼마나 좋을까 소망했던 전태일을 이야기하면서, 노동자들에게 그런 친구가 되어주고 싶다는 그를 차마 말릴 수는 없었다. 매달 내가 받는 원고료가 우리 부부의 수입 전부여서, 혹시나 다음 달 원고 청탁이 안 들어오면 어쩌나 늘 걱정이었지만, 통장 잔고가 달랑거릴 즈음이면 용케도 새로운 일이 들어오곤 했다. 죽으라는 법은 없구나, 싶었다.

얼마 뒤에 우리 부부는 아이를 가졌고, 한 아이의 부모가 되었다. 가뜩이나 겨우겨우 기초적인 생계만 이어가던 중에 아이 분유와 기저귀 값까지 더 벌어야만 했다. 경제적으로는 어려웠지만 모처럼 찾아온 고요하고도 평화로운 일상이었다. 아이는 주먹을 쥐고 잼잼 하고 옹알이를 하더니 배밀이로 기어다니기 시작했다. 이게 행복이지 싶었다. 게다가 아이가 있는데 단칸방에 살게 해서야 되겠느냐면서 시댁에서 안양시 변두리의 자그마한 서민 아파트를 사주었다. 내 집이 있으니 세상을 다 얻은 듯했다.

그런 날들이 계속 이어지던 어느 날, 한참 소식이 끊기다시피 지냈던 영초언니가 우리 아파트에 연락도 없이 찾아왔다. 평소 같지 않게 후줄근한 행색에 무엇엔가 쫓기듯 초조하고 불안한 표정이었다.

"너한텐 절대로 부담 주고 싶지 않았는데…… 되도록 여기까지는 오지 않으려고 했는데, 더는 갈 데가 없었어. 옮겨갈 곳을 찾을 때까지만, 잠시만 있다 가면 안 되겠니?"

예전처럼 위험한 일을 함께하자는 것도 아닌데, 잠시 몸을 숨겨주는 것까지 마다할 수는 없었다. 이미 오랫동안 운동권과는 담을 쌓고 평범한 애엄마이자 프리랜서로 지내왔기에 언니로서는 그나마 우리집이 안전하게 여겨졌을 터. 그러시라고 했다. 언니에게 문화형과 세 살배기 아들의 안부를 물었다. 문화형은 수배중이고 아들은 외할머니 집에 맡겨두었단다. 1987년 6월항쟁이 터지기 몇 달 전이었다.

언니는 나보다 훨씬 더 심한 '아들 바보'였다.

"우리 애가 아무래도 천재 같아. 숫자를 100 넘게 센단다. 아무도 가르쳐준 적이 없는데 말야."

아들이 갓 돌을 넘겼을 때 언니가 들려준 말이었다. 그런 그녀인 지라 도피중인 자기 신세보다는 아들을 만나지 못하는 걸 더 힘들어했다. 전화로 목소리나마 듣고 싶지만 도청당할까봐 그러지도 못한다고 슬퍼했다. 우리집에서 이삼일쯤 머무른 뒤 그녀는 올 때 그랬듯이 바람처럼 사라졌다. 난 시늉으로라도 붙잡지 않았다.


## 공포의
## 초인종 소리


며칠이나 지났을까. 아이를 보행기에 앉혀놓고 집안 대청소를 하는데 현관에서 초인종 소리가 들렸다. 우리 앞집에는 여고 동창생 정아가 훨씬 오래전에 이사 와서 살고 있었다. 나의 입주에 뛸듯이 반가워한 그녀는 내가 원고 작업을 할 때는 아이를 대신 봐주기도 하고, 맛있는 걸 할라치면 늘 우리집에 갖다주지 못해 안달이었다. 정아인가 싶어서 무심코 문을 열려다가 왠지 느낌이 이상해서 나도 모르게 방범렌즈로 내다보았다. 처음 보는 얼굴에 체구가 건장한 사내가 문 앞에, 뒤편에 또다른 사내가 서 있었다. 척 보기에도 2인 1조로 움직이는 형사들이 분명했다.

가슴이 가랑잎처럼 와들와들 떨려왔다. 아이는 보행기를 끌면서 신나게 이동중이었다. '저 아이한테 엄마가 끌려가는 꼴을 보이고 싶지 않다' '형사들을 이 집에 들이고 싶지 않다'는 투지가 맹렬하게 타올랐다. 머리를 분주하게 굴렸다. 얼마 전에 다녀간 영초언니 때문일까? 인천에서 노동운동하는 애아빠 때문일까?

문득 집에 있는 책들과 이런저런 자료들에 생각이 미쳤다. 긴급조치로 강제 연행됐을 때 배낭에 있던 책들 때문에 형사들에게 '빨갱이' 취급을 받았던 기억이 떠올랐다. 경찰 수사는 항상 '코에 걸면 코걸이, 귀에 걸면 귀걸이'식이었다. 버젓이 책방에서 팔리는 책들도, 세계적인 석학이 쓴 책도 잡혀들어온 사람이 소지하면 '불온서적'으로 취급받았다.

거실 마루의 책장에 꽂힌 책들을 닥치는 대로 끌어내렸다. 책 사이사이에 끼워진 유인물, 성명서 등도 덜덜 떨리는 손으로 꺼냈다. 내가 안에 있는 걸 확신하고 있는지 밖에서는 '딩동딩동' 초인종 소리가 쉬지 않고 발작적으로 이어졌다. 아이는 초인종 소리 때문인지 집안에 감도는 불길한 공기 때문인지 급기야 '으앙' 울음을 터뜨렸다.

하지만 아이를 보행기에서 내려서 어르고 달래줄 여유가 내겐 없었다. 일단 최대한 치우고 되도록 태워야 한다는 생각에 집중했다. 끌어내린 책들을 그러안고 쓰레기 배출구로 향했다(당시 우리 아파트는 베란다에 있는 쓰레기 배출구를 열고 쓰레기를 버리면 맨 아래층 쓰레기장으로 떨어지고, 그 쓰레기를 나중에 한데 모아 버리는 방식을 취하고 있었다. 분리수거도, 종량제도 없던 시절이었다). 그러는 동안에도 초인종은 끊임없이 울려댔다. 가까이 사는 시댁에 전화를 해서 큰일이 생겼으니 우리집으로 와주십사고 시아버지에게 청했다. 잡혀갈 때 잡혀가더라도 누군가 목격자가 있어야 했고, 아이를 맡길 사람도 필요했다.

일순 초인종 소리가 멈추고 사방이 조용해졌다. 사람이 없는 줄 알고 돌아간 걸까. 문을 따기 위해 열쇠공을 부르러 간 걸까. 이유가 무엇이든 간에 내게는 할 일이 남아 있었다. 남편 책상의 메모와 유인물은 책과는 달리 완전히 태워 없애야만 할 것 같았다. '산천초목' 사건 때 우리가 찢어버린 메모지까지 일일이 복원해 붙여놓은 걸 보지 않았던가.

부엌에서 김치를 담글 때 쓰는 커다란 스텐 대야를 찾아내 거기에 모든 걸 쓸어넣고는 종이에 불을 붙였다. 베란다 문을 열 수도 없었기에 종이 타는 연기가 실내에 가득차서 눈을 뜨기도 힘들었다. 아이는 본격적으로 더 크게 울어댔다. 온몸이 땀에 젖었다. 얼추 일을 끝내고 조심스레 창밖을 내다보니, 사다리차가 와서 3층 우리집 베란다에 사다리를 걸쳐놓고 있었다. 동네 여자들이 그 차 주위에 몰려들어 우리집을 올려다보고 있었다.

다시 초인종 소리가 울렸다. 내다보니 시아버지였다. 문을 열자

시아버지만이 아니라 아까 본 형사 둘과 또다른 남자 둘이 따라들어왔다. 그들은 아파트 안을 이잡듯 샅샅이 뒤지고 다녔다. 그들 중 하나가 탄식하듯 말을 뱉었다. "이년, 벌써 눈치채고 튀었네!" 이년, 이라는 말에 한숨을 내쉬었다. 남편이 아니라 영초언니 잡으러 온 형사들이로구나.

그들은 예비역 중령임을 밝힌 시아버지 앞에서 제법 공손한 태도를 취했다. 수배중인 천영초가 후배인 서명숙의 집에 숨어 있을지도 모른다고 생각해서 집을 불시에 덮쳤는데, 며느님이 문을 열지 않고 버티기에 이곳에 있는 게 분명하다고 확신해서 본서에 인원을 더 급파해달라 요청했다고 저간의 과정을 설명했다. 사다리차는 끝내 문을 열지 않고 저항할 경우에 대비해 안으로 진입하기 위해 대기시켜놓은 것이었다.

결혼한 뒤로는 육아에 전념하면서 평범한 주부로 살고 있는데 이렇게 아파트가 다 들썩이게 소란을 피우면 어떡하느냐, 과거 일이 언제까지나 꼬리표처럼 따라다녀서야 되겠느냐, 며느리와 손주가 충격을 받아 잘못되면 당신들이 책임질 수 있겠느냐, 시아버지는 점잖게 항의했다. 그들은 미안하다면서 돌아갔다. 매캐한 연기가 실내에 자욱했기에 가슴이 콩닥콩닥 뛰었지만 천영초 체포에만 혈안이 된 그들은 별로 신경쓰지 않았다.

모두들 돌아가고 난 뒤 그제서야 아이를 꽉 끌어안으니 갑갑한지 품에서 벗어나려고 발버둥쳤다. "끄으윽 엉엉……" 둑이 터지듯 참았던 울음이 쏟아져내렸다. 그 공포스럽던 순간이 이렇게 무탈하게 지나가다니. 허탈감과 안도감이 동시에 밀려들었다. '다시는 절대로 영초언니와 엮이지 말아야지' 결심했다. 그 한낮의 해프닝을 계기로 나는 나 자신을 더욱더 소시민적인 삶 안에 가둬놓았다. '민주주의를 쟁취하는 그날까지 더 가열하게 싸우겠노라'고 구치소 앞에서 선언했듯이 가파른 투쟁의 길로 걸어들어가는 영초언니와는 점점 멀어졌다.


## 결별


내가 멀리하는 것을 눈치챘는지 영초언니로부터도 연락이 없었다. 한 해, 두 해, 세 해…… 시간이 흐르면서 내 삶도 조금씩 달라졌다. 다달이 청탁에 목을 매는 집필노동자에서 월간 <한국인> 기자로 변신했고, 급기야 1989년 한겨레신문과 함께 새로이 창간된 시사주간지 <시사저널>에 경력기자로 입사하기에 이르렀다. 학보사 기자 시절에 꿈꾸던 민완 기자의 길을 애엄마가 되어서야 비로소 걷게 된 것이었다.

노동 문제와 여성 문제를 다루고 싶어서 사회부를 지망했지만, 1990년 3당 합당 직후 나는 정치부로 발령받았다. 여자로서는 처음 있는 일이었다. 여기자가 해봐야 얼마나 해내겠느냐는 주변의 비아냥 섞인 편견에 맞서서 충분히 해낼 수 있다는 걸 보이기 위해 나는 한 가정의 주부, 엄마라는 사실을 잊을 만큼 일에 매달렸다.

남자 동료보다 더 일찍 출근하고 더 늦게 퇴근했다. 지하철 첫차를 타고 출근해서 막차에 빨래처럼 후줄근해진 몸을 부려놓기 일쑤였다.

총성 없는 전쟁터를 방불케 하는 여의도의 취재전선에서 바람결에 언뜻언뜻 영초언니와 문화형 소식을 접하곤 했다. 몇 차례의 수배, 구류, 그리고 민중당 창당……

어느 날 <시사저널> 편집국으로 전화가 걸려왔다. 영초언니였다. 근처를 지나는 길에 네 생각이 나서 전화를 걸었다며 한번 보고 싶다고 했다. 근처 찻집에서 영초언니와 마주앉았다. 참으로 오랜만이었다. 문화형과 함께 민중당 발기인으로 참여해 문화형은 대변인, 자기는 당 여성특별위원회 일을 맡고 있단다. 늘 노동운동, 시민운동만 고수해온 두 사람은 이제 제도권 정당을 통해서 사회변혁의 이상을 펼쳐보기로 결심했단다. 신민당 김영삼 총재의 비서로 들어갔다가 몇 달 만에 때려치웠던 문화형, 야구 이야기를 제외하면 거의 말수가 없는 문화형이 날마다 언론사 기자들을 대상으로 브리핑을 쏟아내는 대변인을 한다니 도무지 상상이 되지 않았다. 영초언니도 그래서 당직자들이 무척 힘들어한다며 쿡쿡 웃었다.

이야기 끝에 영초언니는 문화형에 대한 불만을 처음으로 털어놓았다. 동지로서는 참 능력 있고 똑똑하고 곧은 사람이지만, 한집에서 같이 살아가기에는 너무나도 난해한 인물이라고 했다. 그걸

이제야 알았느냐고 놀림조로 되물었더니, 언니는 한숨을 길게 내쉬었다.

"사귈 때는 그냥 똑똑하고 순수하고 개성 있고 재미나다고 생각했지. 너랑 많이 닮았잖아. 너랑도 같이 살았는데 문화형하고도 못 살까 했지. 근데 살다보니 그게 아니더라고. 동거인이랑 남편은 많이 다르더라고."

어릴 적부터 부모 형제와 떨어져서 산 탓이었을까. 문화형은 일상적인 가정생활에는 도통 관심도, 아는 것도 없었다고 한다. 집안을 꾸려나가려면 최소한 얼마큼의 생활비가 필요한지, 아이 하나를 키우려면 양육비와 교육비가 얼마나 드는지 경제관념이 아예 없단다. 김치를 사다 먹지 뭘 번거롭게 집에서 담그느냐고 되묻는 문화형은 사먹는 김치가 얼마나 비싼지 전혀 모를 정도였다.

"얼마 전에는 집에 생활비가 똑 떨어져서 문화형에게 혹시 돈 가진 거 없냐고 물었더니 한푼도 없대. 그런데 세탁기를 돌리고 나니까 세탁통 안에 종이 부스러기가 막 흩어져 있는 거야. 문화형 바지주머니에서 꼬깃꼬깃 접혀 있던 자기앞수표가 세탁기 안에서 너덜너덜해진 거더라구, 글쎄. 막 뭐라고 했더니 대학 선배가 용돈에 보태라고 준 걸 주머니에 넣고선 깜빡했다나. 얼마나 화가 나던지 눈물이 다 쏟아지더라니까."

결혼 이후 영초언니는 문화형으로부터 한 번도 정기적으로 생활비를 받아본 적이 없었다. 평소 동지였던 그에게 돈을 달라는 말이 차마 입에서 나오지 않았다. 어쩌다가 비싼 먹거리와 선물을 잔

뚝 사들고 들어오면 '오늘은 뭔가 생긴 날이로구나' 짐작할 뿐. 그런 문화형을 드러내놓고 못마땅해하는 친정엄마와 그토록 열렬한 구애 끝에 언니와 결혼해놓고서도 바깥으로만 나도는 문화형 사이에서 언니는 힘들어 죽겠다고 털어놓았다. 여러 차례의 수배, 지독한 고문, 잦은 도피생활도 막지 못한 그들의 사랑은 시나브로 시들어가고 있었다.

몇 달 뒤 두 사람이 민중당 생활을 접었다는 이야기가 들리더니, 믿기 힘든 풍문이 들려왔다. 영초언니가 다단계 회사에 들어가서 다른 운동권 후배들까지 끌어들이고 있다는 내용이었다. 운동권 출신 중에는 취업이 잘 안 되니 생활고 때문에 월부책을 판매하거나 다단계에 발을 들여놓는 이들이 간혹 있기는 했다. 하지만 남에게 민폐 끼치는 걸 죽도록 싫어하는 깔끔한 성격의 언니가 그럴 리가! 그러나 얼마 뒤 과거에 '가라열' 모임을 함께했던 대학 친구로부터 다단계에 얽힌 저간의 이야기를 직접 듣게 되었다.

"어느 날 영초언니가 정말 좋은 모임이 있다고 소개해주겠다기에 갔더니 말로만 듣던 다단계 교육장이더라고. 맘대로 나가지도 못하게 출입구를 막고 강제로 교육을 받게 하는데 분위기가 한마디로 신흥종교 부흥회 같았어. 꼬박 사흘이나 붙잡혀 있다가 간신히 애 핑계 대고서야 빠져나왔지. 언니가 왜 그렇게 됐나 몰라. 그렇게 총기 있던 사람이."

영초언니가 망가지는 걸 방관할 수는 없었다. 전화를 해서 만나

자고 했다. 왜 그런 일을 하느냐고 단도직입적으로 물었다. 언니는 도리어 확신에 찬 어조로 내게 말했다.

"제품이 정말 너무 좋아. 다단계라면 무조건 나쁘다는 건 잘못된 고정관념이야. 광고비 거품을 걷어내고 복잡한 유통경로 대신 직거래로 좋은 제품을 싸게 살 수 있는 혁명적인 유통구조지. 부패한 집권여당을 무너뜨릴 혁명자금을 마련하려면 이 길밖에 없지 않니? 번역이나 하고 잡문이나 써서 받는 푼돈으로 언제 어떻게 세상을 바꾸겠니?"

그때 영초언니에게 절실하게 필요한 건 우리 사회 전체를 확 바꿔놓을 혁명자금이 아니라 당장의 생활비라는 걸 나는 알고 있었다. 그러나 언니의 마지막 자존심이랄까, 스스로 믿고 싶어하는 바를 눈앞에서 박살내고 싶지는 않았다. "명숙아, 바쁘겠지만 한번 와서 설명회 들어보지 않을래?"라고 말하는 언니를 향해 단호하게 고개를 가로저었다. 그녀와 헤어져 돌아오는 길에 이제 정말 천영초와 만나는 일은 없겠구나, 라고 생각했다.


한동안 언니 소식을 듣지 못했고, 나도 굳이 알려고 하지 않았다. 언론사에서 직위가 점점 올라가면서 나는 더 극심한 격무에 시달렸다. 그러던 중 언니에게 오랜만에 전화가 걸려왔다. 모든 걸 정리하고 아들과 캐나다로 이민 간다고, 가기 전에 마지막으로 내 얼굴이 보고 싶다고 했다. 문화형이랑 끝내 헤어지는구나, 생각했다.

나와 만난 언니는 뜻밖의 이야기를 꺼냈다. 본인도 한국 사회에 충분히 지쳤고 넌더리가 났고, 이제는 사회를 바꾸겠다는 열망도 포기한 지 오래라고. 그러나 시쳇말로 '헬조선'을 떠나기로 결심한 가장 결정적인 이유는 아들 때문이라고 했다. 어릴 적부터 천재 소리를 듣던 아들은 중학교에 진학한 뒤로도 줄곧 학년 전체에서 1, 2등을 다툴 정도로 성적이 좋았다. 그럼 아들을 해외파로 만들기 위해서? 언니가 '아들 바보'라는 건 알고 있었지만 이렇듯 극성 엄마일 줄이야. 다단계에 이어서 언니의 또다른 면모를 보는 것 같아서 적이 실망스러웠다.

그러나 내 추측은 성급한 것이었다. 언니의 아들은 당시 한국에서 심각한 사회 문제로 떠오르기 시작한 '왕따'였다. 초등학교 5학년 때 하루는 뺨이 부풀어오르고 눈가에는 눈물 자국이 완연한 채 집에 돌아왔다. 무슨 일이냐고 집요하게 캐물었더니 담임선생님에게 맞았는데 절대로 아는 척하지 말라고 하더란다. 부반장은 거의 날마다 맞는데 반장인 자기는 처음으로 맞았다면서. 그 비슷한 일이 여러 차례 벌어졌지만 언니는 애써 모른 척했다. 그런데 중학교로 진학하더니 이번에는 친구들에게 집단 따돌림을 당하기 시작했다. 엄마 아빠를 닮아 학업 성적은 뛰어나지만 또래와 잘 어울리지 못하는 수줍은 아들이었다. 아이들은 엄마가 학교에 한 번도 찾아오지 않는 비사교적이고 성적만 좋은 친구를 따돌리고 놀려대고 심지어는 주먹질까지 하기 시작했다. 학교에 가기가 두렵다는 아들의 말을 들으면서, 영초언니는 이 나라에 가졌던 마지막 애정의 끈을 놓기로 결심했다.

몇 년째 별거나 다름없이 남남처럼 지내오던 두 사람이지만 아들 문제에 대해서만은 의견이 일치했다. 둘 다 폭력이라면 진저리가 날 정도로 많이 당해본, 그래서 누구보다도 폭력을 증오하는 사람들이었다. 이 나라를 떠나서, 폭력 없는 사회에서 아들을 키우기로 서로 뜻을 모았다. 하지만 문화형은 이 나라에 남겠다고 했고, 언니는 아들과 떠나기를 원했다. 자연스럽게 두 사람은 이혼에 합의했다. 여자친구를 위해 서울 시내를 다 뒤져서 겨울 딸기를 사다 바쳤던 정문화와 내 사전에 이혼은 없다던, 결혼 문제에 관한 한 지독한 보수주의자였던 천영초가 이렇게 헤어지다니. 그 사랑의 시작을 지켜본 내게는 참으로 씁쓸한 결말이었다.

　비록 내게 고통도, 실망도 안겨주었지만 찬란한 청춘의 봄날을 함께했던 내 인생의 첫 멘토 영초언니. 풀각시처럼 영롱했던 그녀가 서서히 부서지고 망가져가는 걸 눈뜨고 지켜보기가 힘들고 고통스러웠던 터. 그녀가 떠나는 날 공항에 나가지는 못했지만 부디 새로운 땅에서 새롭게 출발하기를 마음속으로 기도했다.

## 37킬로그램의
## 죽음

영초언니가 캐나다로 떠난 이듬해 봄. 서대문 구세군회관 횡단보도를 건너다가 맞은편에서 걸어오는 한 남자에게 문득, 눈길이 갔다. 헐렁한 낡은 윗도리, 구두를 덮는 긴 바지, 발을 질질 끄는 걸음걸이가 흔히 마주치는 도시 노숙자의 전형이었는데도 왠지 이상한 느낌이 들었다. 서로 스치는 순간 눈이 마주쳤다. 나도 모르게 외마디 비명과 함께 외쳤다. "어머, 문화형!" 그 남자도 뒤를 돌아보는가 싶더니 이내 고개를 돌리고 발걸음을 재촉했다.

오던 길을 되돌아 그 남자를 쫓아갔다. 남자는 양복 바짓단이 펄렁거릴 정도로 걸음을 재촉했다. 다가가서 팔을 잡았다. "문화형, 문화형 맞죠?" 그는 그제야 포기한 듯 희미하게 미소지으면서 고개를 끄덕였다. 마치 부인할 수 없는 수사관의 신문에 자포자기한 것처럼. 내 눈앞의 현실을 믿을 수가 없었다. 문화형이 대책 없는 엉뚱한 사람이라는 건 잘 알고 있었지만, 설마 이런 모습으로 시내 한복판에서 마주치게 될 줄이야.

그가 대체 누구인가. 서울대 정치외교학과 출신으로 운동권 사람들 사이에서 '서울대 3대 천재'로 꼽히던 수재 중의 수재 아니던가. 민청학련 사건 때 이철 등과 함께 구속되어 푸르른 젊은 날 무기징역을 선고받았고 풀려난 뒤로도 두어 차례 더 투옥됐던 민주투사 아니던가. 최열 선배와 함께 처음으로 '공해추방운동연합'을 주도했던 우리나라 환경운동의 선각자 아니던가. 그와 같은 길을 걸었던 이철, 유인태, 김근태, 이재오, 최열 등은 국회의원이나 시민운동가로 세상 사람들이 다 알 만한 인물이 되었다. 그런데 왜 문화형만? 정체 모를 분노가 솟구쳤다.

망설이는 문화형을 붙들어 인근 카페로 들어갔다. 주변 사람들이 이상하다는 듯 우리를 쳐다봤다. 정당 출입 기자답게 깔끔한 정장 차림의 나와 노숙자 행색의 문화형이 도무지 어울리지 않는 조합인 모양이었다. 그러나 그들의 시선을 의식할 여유가 내겐 없었다. 자리에 앉자마자 그에게 따지듯 물었다. "그동안 대체 무슨 일이 있었던 거예요?" 문화형은 한동안 탁자만 뚫어지게 내려다보다가 한마디씩 띄엄띄엄 말하기 시작했다.

영초언니가 캐나다로 떠난 뒤 그는 서울역 부근의 월세 '벌집방'을 얻어서 살았다. 화장실도 공용으로 쓰는 좁고 낡은 방이었다. 서울대 선후배들이 주선해주는 영어 번역 일을 하면서 그럭저럭 입에 풀칠은 하던 중에, 공동주택에 원인 모를 화재가 나서 방이 홀라당 다 타버렸단다. 오랜 기간 공들여 번역해놓은 원고 뭉치도, 몇 안 되는 옷가지와 소소한 가재도구도 함께. 지금은 여기저기 아는 사람 집에 신세를 지는 중인데, 곧 형님이 사는 태백시로 내려갈 생각이라고 했다.

"내게 뭐 비싼 물건이 있었던 것도 아니니 괜찮아. 번역해놓은 원고가 좀 아깝긴 하지만, 그건 다시 하면 되니까."

문화형은 애써 웃음을 지었다. 봉자언니가 언젠가 말했던 '하느님이 계시기는 한 건가'라는 말이 절절하게 다가왔다. 이렇게 순진하고 착한 선배에게 왜 하늘은 연타석으로 가혹한 시련을 안겨주는 걸까. 정작 문화형을 억울하게 감옥에 가두고 무기징역을 때린,

천벌 받아 마땅한 사람들은 아직도 떵떵거리면서 잘살고 있는데. 지갑과 주머니를 탈탈 털어 문화형께 이것밖에 없어서 죄송하다고, 이걸로 우선 용돈이라도 쓰시라고 쥐여주었다. 그러나 문화형은 끝내 받지 않았다. 그는 오히려 내게 맛난 걸 사줄 만한 돈이 있다고 해맑은 표정으로 자랑했다. 오랜만에 밀린 번역료를 제법 두둑하게 받았노라면서.

두어 달쯤 흘렀을까. 회사에서 일하던 중 전화벨이 울려서 받았더니 캐나다에서 걸려온 국제전화라는 교환원 목소리가 흘러나왔다. 영초언니였다. 문화형이 태백시 탄광촌에서 일하는 형님네 집에 기거하던 중 영양실조로 쓰러졌고, 이 소식을 들은 오랜 동지 박계동 의원이 구급차를 보내서 문화형을 수송해 서울 백병원에 입원시켰단다. 영초언니는 자기도 당장 가보고 싶지만 아들이 학기 중이라서 방학을 기다렸다가 즉시 들어가겠노라고 했다.

당장 박계동 의원에게 전화를 걸어 저간의 사정을 들어보니 기가 막혔다. 문화형은 그때 내게 말했듯, 태백시에 정착한 형님 집에 내려가서 몸을 의탁했다. 그러나 이혼, 아들과의 이별, 화재라는 잇따른 불행에 생의 의욕을 잃은 듯 곡기를 전혀 입에 대지 않았다고 했다. 자포자기한 채 죽음을 기다리는 듯한 동생을 보다 못한 형님이 평소 문화형과 친했던 국회의원 박계동에게 연락을 취했고, 놀란 박의원이 서울로 긴급 후송한 것이란다.

다음날 당장 백병원으로 달려갔다. 문화형은 주사약과 링거 병이 주렁주렁 매달린 가운데 산소마스크를 쓴 채 누워 있었다. 본디 왜소했던 체구는 더 작아져서 마치 아기처럼 보였다. 간호사가 체중이 37킬로그램밖에 안 된다고 귀띔해주었다. 37킬로그램! 세상을, 민주주의를, 야구를 사랑했던 이 천진난만한 천재는 그토록 세상을 떠나고 싶었던 걸까. 이제 이 세상에는 털끝만큼의 미련도 없는 걸까.

그러나 그런 그에게도 실낱같은 희망, 절절한 소망이 있었다는 걸 나중에 알게 되었다. 며칠 뒤 방학을 맞아 엄마와 함께 한국으로 온 민재가 아버지의 병실을 찾아와 간호를 시작하면서 문화형은 눈에 띄게 호전되기 시작했다. 방학이 끝나서 민재가 캐나다로 되돌아가야 할 즈음에는 중환자실에서 일반실로 옮길 정도로 나아졌다. 캐나다로 떠나기 전날 영초언니가 전화를 했다. 작별인사를 하러 병실을 찾은 민재에게 "엄마 말 잘 듣고 공부 열심히 하라"면서 여느 아버지들처럼 신신당부하는 걸 보면 다 회복한 것 같다면서 모처럼 명랑한 목소리로 말했다. 문화형은 가정사에는 무심했을지 모르지만 아들에게는 친구처럼 다정하고 격의 없는 아버지였다. 문화형에게 평가가 인색한 장모조차도 그 점만은 인정할 정도였다.

다음날 영초언니의 전화가 다시 걸려왔다. 청천벽력 같은 소식이었다. 공항으로 가던 중 아들의 작은삼촌에게서 전화를 받았는데, 문화형이 갑자기 병세가 악화되어 눈을 감았다는 것이다. 그래서 김포공항으로 가던 중 택시를 되돌려 다시 백병원으로 가는 길이라 했다. 아, 아들을 만나고 그렇게 빠른 속도로 회복하더니, 아들이 캐나다로 되돌아간다는 말에 삶의 끈을 놓아버리고 말았구나, 생각했다.

영초언니는 출국을 포기한 채 민재와 병원으로 돌아온 뒤, 장례식날까지 사흘 내내 상주로서 상복을 입고 자리를 지켰다. 까만 상복을 입은 언니의 얼굴은 너무 하얗다못해 백지장 같았다. 목숨 건 민주화운동의 동지이자 자식을 함께 둔 전남편의 상가를 지키는 그녀의 심정이 과연 어떠할지 나는 상상도 할 수 없었다.

우리를 더 울린 건 문화형의 어머니였다. 영초언니로부터 그분의 이야기는 많이 전해들었지만 직접 뵙기는 처음이었다. 듣던 대로 아담하고 가녀린 체구에 단아하고 기품 있는 노인이었다. 작가 박경리와 같은 반으로 진주고녀에서 늘 일등을 놓치지 않았던 여학생, 그러나 그녀는 『태백산맥』의 주인공들처럼 역사의 격랑에 휩쓸렸다. 일제강점기 좌파 지식인이었던 남편을 따라서 지리산으로 들어간 그녀는 아이들 때문에 투항하고 산을 내려왔다.

그 이후 그녀의 삶은 늘 신산했다. 재래시장의 생선 노점상으로, 식당 아줌마로, 가사 도우미로 전전하면서 자식들을 묵묵히 뒷바라지했다. 영초언니는 내게 종종 말했다. 우리 시어머니처럼 고생하면서도 인간적인 기품을 잃지 않는 분은 처음이라고, 정말 존경스러운 어른이라고.

그 어머니는 마지막날 영결예배가 끝나고 노제를 치른 뒤 문화형의 지친 육신이 담긴 관이 영구차에 실리는 순간, 들릴 듯 말 듯 나지막한 어조로 아들에게 말을 건넸다.

"미안하다, 문화야, 정말 미안하다!"

몸부림치면서 쏟아내는 처절한 통곡보다도 그 낮은 어조의 말 한마디가 더 깊은 슬픔을 드러내는 듯해서 가슴이 저며왔다. 대체 그녀는 아들에게 무엇이 미안했던 걸까. 어릴 적부터 아버지와 떨어져 지내고, 자라면서는 어머니와도 함께 살지 못하는 아픔을 안겨주어서? 남들처럼 잘 먹이고 잘 입히지 못해서? 스스로 학비를 벌면서 학교를 다니게 만들어서? 이악스럽고 악착같이 살아야 하는 세상에서 너무 순수한 성정을 갖고 태어나게 해서? 머리 좋은 수재를 데모나 하도록 몰아가는 나라에 태어나게 해서? 아니면 그 모든 것이?

문화형의 영결예배에는 우리 사회의 내로라하는 명사와 정치인들이 추도사를 하고 목사님과 신부님들이 번갈아가면서 종교의식을 거행했다. 그러나 내 가슴을 두드린 추도사는 문화형 어머니의 '미안하다'는 한마디였다. 나 역시 문화형에게 너무도 미안했기에.

## "이런 행복은
난생처음이야"

영초언니가 잠시 한국을 방문했다. 오랜만에 만난 언니의 얼굴은 무척이나 밝았다. 아들 민재는 캐나다 토론토 명문고등학교에서 줄곧 우등생이고 취미로 연극반 활동을 하면서 성격도 많이 밝아졌다고 자랑했다. 아들 때문에 이민을 선택했는데 잘되었다고 생각했다.

문제는 집이었다. 토론토 교외에 좋은 집 한 채가 시세보다 아주 싸게 나왔다고 했다. 본디 한국 교포가 소유한 집인데 IMF 폭탄의 여진으로 사업에 큰 타격을 입어서 급매물로 내놓았다고, 투자하는 셈 치고 돈을 빌려준다면 언니네 가족의 집 마련을 도우면서 캐나다에 한두 달씩 머물 '세컨드하우스'를 마련하는 거나 다름없을 거라고 말했다. 나도 잘 아는 몇몇 선후배들이 이미 동참하기로 했단다.

캐나다 한 달 휴가? 세컨드하우스? 일 년에 단 일주일 여름휴가도 전전긍긍 위아래 사람들 눈치를 보면서 낼까 말까 망설이는 시사지 편집장 처지에는 언감생심이었다. 그러나 영초언니가 힘든 이민생활 끝에 집을 마련한다는데 도움을 주고 싶은 마음은 컸다. 이렇게 해서라도 영초언니가 집 걱정 없이 사랑하는 아들과 더불어 맘 편히 그곳에 정착할 수 있다면…… 천만 원만 은행 대출을 받을까, 싶었다.

집으로 돌아온 뒤 친정엄마에게 얘기했더니 장사꾼 출신인 그녀는 펄쩍 뛰며 잔소리를 했다. 쟁여둔 돈도 아니고 대출을 받아 빌려주다니 말도 안 된다, 아무리 친한 사이라도 아니 친한 사람일수록 돈 거래를 하면 안 된다, 자칫 돈도 잃고 사람도 잃는다, 정 도움을 주고 싶으면 천만 원을 무리하게 대출받아 빌려주느니 아예 돌려받지 않을 생각으로 돈 백만 원을 그냥 주는 게 낫다 등등. 고민 끝에 나는 언니에게 천만 원을 빌려주는 대신에 백만 원을 그냥 보내주기로 했다. 언니는 고마워했고, 나는 큰돈을 빌려주지 못해 미안해했다.

몸이 나른해지기 시작하는 어느 봄날 오전, 영초언니로부터 전화가 걸려왔다. 평소 언니답지 않게 달뜬 목소리였다.

"우리집 정원에서 보는 노을 풍경이 얼마나 아름다운지 넌 모를 거야. 커다란 떡갈나무가 집 마당에 있거든. 봄이 되니 그 큰 나무에 여린 새순도 돋고. 아, 명숙이 네가 이 풍경을 봐야 하는데……"

언니 되게 기분이 좋은가봐, 내가 말했다. 그녀가 기다렸다는 듯 대답했다.

"나, 정말이지 행복해. 아무것도 안 하고 거실에 앉아서 정원만 바라봐도 이렇게 행복한걸. 이런 행복은 난생처음이야. 너도 언제든지 와. 우리집에 무기한, 무상으로 재워주고 먹여줄 테니. 내년에 민재 대학 가면 기숙사로 갈 거구 빈방도 생기니까 네 방이나 다름없지 뭐."

271

행복! 당시의 내게는 참으로 낯설고 어색하게 느껴지는 단어였다. 사전 속에서나 존재할 뿐, 실재하지 않는 그런 단어로 여겨졌다. 나라의 운명을 결정하는 리트머스 시험지, 정치부 기자들의 최대 전쟁터, 시사지의 판도를 좌우하는 대목인 대통령 선거를 코앞에 둔 시사지 편집장인 내게 '행복'은 먼 나라의 이야기였다. 잠시 한눈을 팔았다가는 총 맞고 전사하기 딱 좋은 전쟁터에서 이 악물고 용케 버텨내고 있었기에. 가도 가도 끝이 보이지 않는 사막을 걸어가는 느낌이었고, 내 영혼의 우물물은 바싹 말라서 바닥을 드러내고 있다는 자각에 진저리치는 나날이었다.

"언니, 무지무지 부럽네! 나도 올해 말 대선만 끝나면 연수든 휴직이든 캐나다 휙 날아가서 몇 달 푸욱 쉴 거야. 기다려요."

언니가, 웃었다.


## "언니,
## 정말 미안해"


한국에 사는 봉자언니가 다급한 목소리로 전화를 했다. 영초언니가 캐나다에서 엄청난 교통사고를 내서 병원에 입원중이란다. 얼마나 다쳤냐고 물었더니 의식불명 상태이고 언제 의식이 돌아오는지도 알 수 없다고 했다. 어떻게 누가 낸 사고냐고 물었다. 운전자는 영초언니였고 양방향에서 오가는 차량도 없었으니 전적으로 영초언니의 과실 같단다. 동승한 아들 민재도 심하게 다쳤고, 동생 천영이는 다행히도 경상이라 곧 퇴원할 예정이라 했다. 민재가 진학하려고 마음먹은 대학의 '오픈하우스' 날이어서 학교 캠퍼스를 찾아가던 길이었다.

대체 이게 무슨 날벼락인가. 불과 일주일 전만 해도 '난생처음 행복하다'는 말을 했던 영초언니 아닌가. '행복'은 영초언니의 일생에 단 일주일만 허락되는 단어였단 말인가.

그뒤로도 봉자언니와 몇 차례 더 전화 통화를 했다. 영초언니는 마침내 대대적인 뇌수술을 받았다. 언니의 두 눈이 완전히 실명했다는 걸 뒤늦게 알게 되었고, 의사는 앞으로도 영영 볼 수 없을 거라고 선고했다. 다행히 의식은 회복했지만 아직도 말은 하지 못하는 상태였다.

두 눈이 안 보이고, 아무 말도 못하는 상태. 그것이 과연 죽음보다 나은 것일까. 오히려 더 비참한 생존은 아닐까. 영초언니를 쫓는 형사가 내가 살던 아파트를 급습한 날 이후 언니와 다시는 엮이지 않으리라 결심했던 게 후회됐다. 다단계 사건 이후 언니를 의도적으로 멀리했던 게 가슴 아팠다.


봄, 여름이 지나고 가을이 왔다. 대선이 점점 코앞으로 다가오면서 영초언니를 잊고 살아야 했는데도 언니 생각이 더욱더 또렷해졌다. 당장 만나고 오지 않으면 나중에 후회할 것 같았다. 회사에 2주 휴가원을 제출했다. 업계의 상식에 비추어보면 '미친 짓'이었다. 대통령 선거 직전에 취재 전쟁을 지휘하는 시사지 편집장이 느닷없이 휴가를 쓰다니. 그것도 2주씩이나. 하지만 나는 휴가원을 안 받아주면 사표라도 쓰지 뭐, 하는 심정으로 초강수를 두었고 경영진에서는 의외로 구시렁대면서도 내 휴가원을 받아주었다.

난생처음 밟는 캐나다 땅이었지만, 설렘도 별다른 계획도 없었다. 단지 영초언니를 만나서 상태를 직접 확인해보고 싶었다. 그리고 정말 미안하다는 내 마음을 전해야 한다는 생각뿐이었다. 비행시간은 길고, 기다림의 시간은 더디게 흘러갔다. 영초언니는 그동안 이 먼길을 돌고 돌아서 한국으로 왔던 걸까. 그토록 사랑했던 조국 대한민국을 떠나서 '왕따 아들'을 데리고 가던, 한평생 동지이자 남편이었던 문화형을 저세상으로 보내고 돌아가던 비행기 안에서 언니는 대체 어떤 심경이었을까.

## 그녀는 정물화처럼 앉아 있었다

언니가 입원한 병원은 토론토 시 외곽에 있었다. 캐나다로 먼저 와 있던 봉자언니가 일러준 대로 어찌어찌 찾아갔다. 병실 앞에서 잠시 심호흡을 하고 똑똑, 노크를 했다. 안에서 봉자언니의 목소리가 들렸다.

"명숙이니? 용케 잘 찾았네."

병실 안에는 낯익은 얼굴을 한 사람이 휠체어에 정물화처럼 고요히 앉아 있었다. 영초언니였다.

얼굴빛이 더 창백해진 것 말고는 평소와 다를 바 없는 모습이었다. 봉자언니의 호들갑에 넘어가서 이 바쁜 시기에 휴가를 내고 여기까지 날아온 게 후회가 될 만큼 영초언니는 멀쩡해 보였다. 하지만 자세히 언니를 들여다보면서 그게 아니라는 걸 알게 되었다. 눈꺼풀만 깜빡거릴 뿐, 언니의 눈동자에는 아무런 초점도 움직임도 없었다. 옆에서 봉자언니가 "명숙이가 저멀리 한국에서 너 보려구 왔어. 네가 제일 예뻐하던 명숙이가! 그러니 말 좀 해봐" 외쳤지만 언니는 미동도, 아무런 표정 변화도 보이지 않았다.

"영초언니, 나야 명숙이! 기억나지? 나야지. 우리 오랫동안 같이 자취했고, 감옥까지 같이 갔잖아. 언니가 내게 담배도 배워줬잖아. 이거 없이 무슨 낙으로 사느냐면서. 맨날 누룽지만 끓여먹고. 제주도 우리집에도 왔잖아. 해수욕장도 같이 가고!!"

나는 두서없이, 언니와 내가 함께했던 가장 굵직굵직한 사건과 또렷한 장면들을 쏟아냈다. 오랫동안 그리던 반가운 사람을 만나면, 기억의 실타래를 풀어나갈 그 어떤 실마리를 제공하면, 기억상실증 환자가 순식간에 기억을 되찾는 소설과 영화가 얼마나 많았던가. 그러나 영초언니와 내게 그런 기적은 일어나지 않았다.

서너 시간 넘게 병원에 머물면서 미친 여자처럼 수많은 이야기를 늘어놓았지만 영초언니는 꿈쩍도 하지 않았다. 그 오랜 시간 동안 영초언니가 내뱉은 건 말인지 비명인지 모를 "으……" 하는 외

275

마디 소리뿐이었다. 그러는 사이에 저녁시간이 돌아왔다. 봉자언니가 떠먹여주는 수프를 언니는 아기처럼 얌전히 받아먹었다.

일주일 내내 병원을 찾았다. 하지만 영초언니는 늘 정물화처럼 고요했다. 나 혼자 떠드는 일에도 신물이 났다. 이제 이 세상에 영초언니는 없구나, 싶었다. 영혼이 없는, 기억이 사라진 육체는 살덩어리에 지나지 않았다. 차라리 그 자리에서 즉사했더라면 우리의 기억에 소중하고 아름답게나 남을 텐데, 이따위로 비참하게 목숨만 연명하게 되다니. 영초언니가 그 어떤 상황에서도 굳게 믿었던 주 예수와 그의 하느님 아버지가 과연 있기나 한 건지 의심과 원망에 몸을 떨었다.

토론토를 떠나는 날, 봉자언니와 함께 영초언니의 집에 들렀다. 한적한 교외 외곽, 척 보기에도 중산층 거주지역으로 보이는 정갈한 단독주택 단지에 자리한 아담한 2층 벽돌집. 거실에 앉아 창밖을 보니 과연 언니가 얘기했던 품이 큰 떡갈나무가 조금씩 잎을 떨구고 있었다. 이곳에서 처음으로 행복했다는 영초언니는 과연 여기로 되돌아올 수 있을까.

## 그뒤 빛나던 청춘들은
## 어떻게 되었을까

캐나다에 다녀온 지 1년이 지났다. 어느 날 캐나다에서 봉자언니가 전화를 걸어왔다. 영초언니가 그동안 두 차례에 걸쳐 큰 수술을 받았고, 조금씩 의식을 회복하기 시작했단다. 수술을 집도했던 이곳 의사들조차 매우 기적적인 사례라고 입을 모았다 한다. 장황한 설명 끝에 봉자언니가 영초언니를 바꿔주겠다고 했다. 내가 눈앞에 있어도 외마디 비명만 질러대던 그녀가 통화를 할 수 있을 만큼 회복했다니 꿈만 같았다.

잠시 후 영초언니의 또렷한 목소리가 들렸다. "너, 서명숙?" 떨리는 목소리로 그렇다고 했다. 뒤이어 그녀가 말했다. "제주도 맞지?" 맞다고 대답했다. 그녀는 "나, 되게 똑똑하지?"라고 말했다.

그러고는 너, 서명숙, 너, 제주도, 이 말을 몇 번이고 반복하는 것으로 우리의 첫 통화는 끝나고 말았다. 의사들이 서너 살 정도의 지능 수준이라고 말했다더니 딱 그 정도 같았다.

몇 개월 뒤 한국에 다니러 온 봉자언니가 병원에서 요양원으로 옮긴 영초언니의 근황을 자세히 들려주었다. 그곳 간병인들이 영초언니를 두고 '심술쟁이' '욕쟁이'라 부른다고 했다. 영초언니가 구사하는 몇 안 되는 영어가 죄다 욕이기 때문이란다. 내 기억 속의 영초언니는 욕과는 거리가 한참 먼 여자였다. 어릴 적에 시장통에서 자라나면서 이웃 상인들 사이에 오가는 욕지거리에 이골이 난 나와는 달리, 기독교 집안에서 교양 있게 자란 언니는 욕에 익숙지 않을뿐더러 질색을 했다. 그토록 형사들에게 쫓겨다니고 고문당하고 능욕을 당했는데도 그녀는 뒷전에서조차 그들에게 심한 욕을 하지 않았다. 기껏해야 '짭새들' '나쁜 놈들'이 고작이었다. 그런 그녀가 주구장창 욕을 해댄다니, 그것도 영어로!

그뒤 세월은 또 흘러갔다. 나는 그토록 가슴 뛰던 언론사 기자생활에 넌더리를 내면서 23년 만에 때려치웠고, 그토록 가슴 시리게 사랑했던 엄주웅과도 결혼 21년 만에 헤어졌다. 그리고 고향 제주에 길을 내는 일과 새로운 사랑에 빠졌다. 제주 올레길은 기대 이상으로 많은 사람들의 사랑을 받으면서 이른바 '올레 신드롬'을 일으켰다. 너무나도 바쁘고 경쟁적인 삶에 지치고 회의를 느낀 도시인들이 제주를 찾았고, 올레길에서 위안받기를 원했다. 오래전 그 외롭고 막막하던 시절, 외돌개 '폭풍의 언덕'을 찾은 내가 그랬듯이.

그럴 즈음 봉자언니에게서 또 전화가 걸려왔다. 영초언니가 캐나다 이민생활을 완전히 접고 한국으로 돌아왔는데, 명숙이 너를 너무나 보고 싶어한다고.

서울에 볼일이 생겨 올라간 김에 영초언니네가 산다는 방학동 아파트를 찾아갔다. 두려움 반 설렘 반이었다. 캐나다에서 볼 때와는 또다른 충격이 찾아왔다. 그때는 외관은 멀쩡한데 말 한마디 못 하더니, 이번에는 기억은 제법 돌아와 있었는데 외양이 영 딴사람이었다. 호리호리한 체격과 지성적인 외모는 간데없고 욕심 사나워 보이는 퉁퉁한 아줌마가 앉아 있었다.

"저것이 온종일 먹을 것만 찾아야. 말리지 않으면 아마 하루 열 끼니도 먹을 거야. 나도 이젠 보다시피 늙었고 쟤 치다꺼리하는 것도 하루이틀이지 정말이지, 지긋지긋하고 지쳤어야."

사고 소식을 들은 이후 딸 영초가 너무나도 애처롭고 보고파서 눈물로 날을 지새웠다는, 딸과 하룻밤만 같이 지낼 수 있으면 더는 소원이 없겠다던 그 어머니는 딸의 미친 식탐에 넌덜머리를 냈다. 명민해서 동네 자랑거리요 집안의 희망이던 딸이 온종일 먹을 것만 탐하는 서너 살 어린아이로 변해버린 게 죽음보다 더 받아들이기 힘들다고 그녀는 장탄식했다.

그래서였을까. 이듬해부터 영초언니의 어머니는 초기 치매 증세를 보이기 시작하더니 끝내는 거동조차 불편해져서 장기 요양

병원에 입원했다. 봉자언니와 영초언니는 서울을 떠나 경기도 양평의 산 좋고 물 좋은 곳으로 이사를 했다. 기적은 조금씩, 더디게 일어나서 영초언니는 조금씩 기억을 회복하기 시작했고, 구사하는 단어도 더 풍부해졌다. 그녀는 일주일에 두어 번씩 전화해서 언제나 엇비슷한 대사를 질리지도 않고 내게 되풀이하곤 했다. "명숙이니?" "너 제주도지? 교육학과 출신 맞지?" 끝은 늘 한결같았다. "너, 올레길 냈다며? 그거 무지무지 유명한 길이라며?"

굴곡과 부침이 많았던 영초언니와는 달리 혜자언니는 꿋꿋하게 외길을 걸어갔다. 노동운동을 하는 문성현과 결혼한 뒤 민주노동당에 투신해 열심히 정당 활동을 하더니, 몇 해 전부터는 경남 거창에 내려가 폐교를 빌려서 지역문화 살리기에 팔을 걷어붙이고 있다. 그녀는 이제는 기운이 달린다면서도, 환갑이 지난 지금도 세상을 바꾸는 일에 여전히 열심이다.

그런 그녀도 한때 '역사로부터 배신당하고 국민들로부터 조롱받았다'는 자괴감 때문에 괴로워한 적이 있었단다.

"박근혜가 대통령으로 당선되는 순간, 뭐라 형용하기 힘든 비참한 심경이 들더라고. 우리가 그토록 목숨 걸고 맞서 싸웠던 박정희 독재정권에 대한 향수가 그의 딸을 다시 대통령으로 만들다니. 우리가 젊은 날 한 그 모든 일들이 역사로부터, 국민들로부터 모욕당하고 조롱받는 느낌이랄까. 박대통령이 당선된 뒤로 나는 텔레비전 뉴스만 봐도 내상을 입는 것 같아서 한동안 뉴스조차 보지 못했어.”

2013년 3월 31일 헌법재판소는 긴급조치 1, 2, 9호에 대해 만장일치로 위헌 결정을 내렸다. 한마디로 '위헌적이며 초법적인 조치'였다는 것이 대한민국 최고법원의 결론이었다. 헌재 판결 이후 긴급조치 사범으로 구속되어 실형을 언도받았던 많은 이들이 재심을 청구했고, 고려대 9.14시위 사건의 주인공 이혜자, 천상만도 당연히 재심을 청구했다.

1심 재판에서 검사는 헌재 판결에 의거해 이혜자, 천상만에게 무죄를 내려달라고 청구했다. 오래전 재판부에 이들을 엄벌에 처해달라고 했던 검찰측이 이번에는 무죄를 간곡히 요청한 것이었다. 1심 판사는 "당시 사법부가 잘못된 법에 의해 구속된 피고인들에게 징역형을 내림으로써 피고인들의 인권을 침해한 것에 대해 깊이 반성하고 피고인들에게 사죄를 드린다. 그리고 이런 일이 앞으로 우리 법정에서 발생하지 않도록 굳게 다짐하겠다. 피고인들은 당시의 일로 깊은 한이 맺혀 있으리라고 생각하지만 우리나라 민주화를 위해 큰일을 하셨다. 오늘의 무죄 판결로 조금이나마 위로가 되기를 바란다"고 판결했다. 그러나 긴급조치 9호 위반과 병합된 혜자언니의 '특수폭행죄'에 대해서는 '그 어떤 상황에서도 폭력은 정당화될 수 없다'면서 유죄를 인정하고야 말았다.

2심 재판에서 혜자언니는 작심한 듯 매우 길고 통렬한 최후진술을 감행했다. 더이상 재판부를 믿을 수 없다는 생각에서였다.

나는 그날, 학내에 상주하며 학생들을 이간질하고 서로가 서로를 감시하게 했던 경찰초소를 내 손으로 때려부순 날, 역사와 대중 앞에 스스로 떳떳해졌다. 이후 평생 나에 대한 자존감을 갖게 되었으므로, 이미 충분히, 평생 넘칠 만큼 보상을 받았다. 그러므로 개인적으로 나는 그 어떤 형태의 보상도, 인정도 더는 필요 없는 사람이다. 그러나 이 나라 정부와 사법부는 평범한 여대생이었던 나와 같은 이를 '죄인'으로 낙인찍은 선고와 판결에 대해 스스로 책임져야만 하며 그에 대해 정당한 조치를 하고 역사를 바로잡아야만 한다. 그것이 내가 나의 유죄 판결에 대해 재심을 청구하는 근거이다.

　사실 이 법정에 오면서 든 심정은 비참하다는 것이었다. 유신 시절 탄압받고 매 맞고 하혈이 멈추지 않을 정도로 고문당하고 감옥살이를 하면서도 이토록 비참하다는 느낌을 받은 적은 없다. 독재정권 아래 겪는 일이었으므로, 오히려 떳떳하고 자랑스러웠다. 그러나 수십 년 세월이 흐른 뒤 다시 그 독재자의 딸이 대통령으로 당선된 뒤 그때의 일로 재심 법정에 서서 판결을 기다리는 심정은 이루 다 말할 수 없을 지경이다. 역사와 대중으로부터 버림받은, 배신당한 쓰라린 마음으로 나는 다시 이 법정에 서 있다.

　당신들은 이 법정에서 나와 내 동지들의 과거를 심판, 심리하는 것이 아니다. 사법부의 과오와 잘못된 판결을 스스로 돌아보길 바란다. 아무리 잘못된 조처와 폭압, 법체제 아래서도 그에 맞서는 저항수단으로서의 폭력은 한낱 폭행 그 이상도 이하도 아닐 뿐이라

282

면, 감히 비교할 수는 없지만, 내가 감히 견주려는 뜻은 아니지만,
일제강점기 윤봉길, 안중근 의사의 행위는 어떻게 평가되어야 한
다는 말인가.

전후 독일 법정에서는 나치 시대의 비폭력투쟁은 물론 그 당시
의 전체주의적 억압을 타개하기 위한 폭력투쟁까지도 모두 저항의
측면에서 받아들이고, 역사적으로 인정하여 일괄처리했던 것을 생
각해보라.

당시 정부는 상아탑 곳곳에 잠복 형사들을 배치해놓고 잔디밭에
서 학생들끼리 나누는 이야기들을 은밀하게 수집하고, 가짜 뉴스
를 퍼뜨리고, 학생들을 회유해 프락치로 만들고 불법시찰을 일삼
았다. 나는 그들이 저지른 불법에 맞선 것뿐이다.


2심 재판부도 역시 '특수폭행죄'에 대해 유죄 판결을 유지했고
대법원도 마찬가지 판결을 내렸다. 혜자언니는 또 한번 절망했
다.

그러나 최근에 만난 혜자언니는 역사와 국민에 대해 다시 희망
을 갖게 되었노라고 말했다.

"지난해 촛불집회를 지켜보면서 그때 내가 역사와 우리 국민들
을 너무나도 성급하게 재단했구나, 하고 반성했어. 사필귀정이 뒤
늦게나마 이뤄지는 걸 보면 죽지 않고 살아남기를 잘했다는 생각
이 들어."

그간 많은 것들이 변했다. 촛불을 드는 평화적인 행위만으로도

우리나라 국민들은 부패한 최고권력자를 그 자리에서 끌어내렸다. 박정희 정권을 향한 향수에 뿌리를 둔 박근혜 정권도 막을 내리고, 박근혜 본인은 구속되었다. 영원히 바뀌지 않을 것만 같았던 모든 것들이 달라지고 무너지고 무뎌진다. 정치적 입장도, 남녀 간의 사랑도. 세월이 흐르면서 많은 것이 변하고 바스러진다. 그러나 천영초, 그녀는 내 마음속에 늘 애틋한 풀각시처럼 남아있다.


원고를 다 쓰고 나서 양평으로 영초언니를 만나러 갔다.

"언니, 내가 쓴 성명서 막 칭찬했던 거 기억나?"

"그럼, 네가 쓴 유인물 내가 막 칭찬했지."

"언니랑 잡혀가서 조사받고 감옥 간 이야기, 내가 책으로 쓴다고 언니가 좋아했잖아. 나, 그거 다 썼다?"

"너도 감옥 갔었니?"

잠시 침묵이 흐른 후 언니가 말을 이었다.

"고대에 글 잘 쓰는 여자가 네 명 있었어. 이름하여 4대 문장가!"

"누구누구군데?"

"유시춘, 천영초, 안희옥, 서명숙. 흐흐!"

"애걔. 다 언니가 아는 사람들이네 뭐."

"그래 자화자찬. 근데 사실이야."


이 책은 영초언니에게 4대 문장가로 인정받은 후배 명숙이가 그

284

녀에게 바치는 헌사다. 언니에게 다시 칭찬받았으면…… 간절히
소망한다.

# 『영초언니』를
## 먼저 읽은 명사들의 추천글

'(사)제주올레' 이사장인 서명숙 전 언론인의 기록 『영초언니』는 유신독재의 어둠을 통과하던 청춘들의 성장소설처럼 읽힌다. 그 시대, 젊지만 아무데도 기댈 곳 없이 외롭고 힘없던 여성으로서 겪어낸 활동가의 삶은 감동적이고 무참하고 안타깝다. 언젠가 어느 길모퉁이에서 언뜻 지나쳤던 풀꽃 한 송이나 냇가의 하얀 자갈돌이 그렇듯이, 또는 근처에 머물렀을 한줌의 바람처럼 그들은 그때의 시간 속에 멈추어 있다. 나는 이 기록을 보며 몇 번이나 눈시울이 젖었다.

_황석영(소설가)

변방 중의 변방인 제주도의 말 '올레'를 표준어로 만든 사람. 그가 서명숙인 것은 많은 사람들이 안다. 그러나 서명숙이 군사독재에 맞서 줄곧 매운 글을 썼던 참 언론인이었던 것은 많이 잊혀졌다. 그리고 그가 저 무시무시한 유신독재에 맞선 투사로 감옥살이까지 했다는 것을 아는 사람은 드물다. 이제 서명숙은 '치유의 길' 제주올레를 만들어낸 것만큼 대단한 일을 새롭게 하고 나섰다. 예리하면서도 유려한 옛 기자의 글솜씨를 발휘하여 잊어서는 안 되는 역사의 뿌리 찾기에 나선 것이다. 우리는 지난겨울의 매서운 밤추위를 무릅쓰며 1700만 개의 촛불을 밝혀 끝내 민주시민혁명을 이룩해냈다. 그 줄기찬 협동과 용기와 인내는 어디서 온 것인가. 그 뿌리는 바로 유신독재 투쟁으로 이어져 있다. 우리가 더 온전한 '민주세상'을 갈망한다면 필히 이 『영초언니』를 읽어야 한다. 영초언니의 희생에 사죄하는 마음으로. 역사에 대해 책임지는 마음으로. _조정래(소설가)

법은, 법치주의는 그 숱한 오류와 무고한 사람들의 고통과 목숨을 담보로 조금씩 정당해지고 단단해져왔던 것. 이 땅의 법치주의는 그렇게 한발 한발 더딘 걸음을 걸어왔습니다.

43년 전 긴급조치라는 이름으로 법 위에 군림했던 통치자의 2세가 긴 세월을 돌아 결국 법에 의해 탄핵되면서 비로소 박정희 시대가 마감됐다는 지금… 비가 그치고, 밤이 지나면 다시 벚꽃은 필 터인데 꽃보다 가벼운 이슬로 사라졌던 사람들에게 보내는 오늘의 앵커브리핑이었습니다.

_손석희(2017년 4월 5일 〈JTBC 뉴스룸〉 앵커브리핑에서)
• 이 글은 손석희 앵커의 동의하에 수록했습니다.

◦◦

「희미한 옛사랑의 그림자」에서 김광규 시인은 "모두가 살기 위해 살고 있"을 뿐 아무도 더는 노래를 부르지 않았던 '4.19혁명 세대'의 쓸쓸한 일상을 그려 보였다. 그러나 서명숙이 재현하는 '긴급조치 세대'의 이야기는 희미하지도 쓸쓸하지도 않다. 이 책이 그린 것은 '옛사랑'이 아니라 '첫사랑'이다. 세상에 대한 첫사랑으로 불타올랐던 청춘, 같은 대상을 두고 첫사랑에 빠졌던 여자들의 사랑에 대한 이야기다. 설명할 길 없는 불운 때문에 말을 잃어버린 '영초언니'를 대신해, 대책 없이 씩씩했고 지금도 여전히 어여쁜 그 첫사랑의 떨림과 짜릿함을 전해준 서명숙이 내게 물었다. 짧고, 부질없으며, 결국 아무것도 남기지 못할 우리네 인생에서 이것 말고 다른 무엇이 의미가 있단 말인가? 나는 대답한다. 없다!

_유시민(작가)

◦◦

단숨에 읽을 수밖에 없었습니다. 40여 년 전의 아픈 이야기이지만 아직 끝나지 않은 이야기이기 때문입니다. 이 시대는 영초언니를 만들었고, 영초언니를 기억하는 우리가 다음 시대를 만들 것입니다. 그 길목에서 이 이야기는 결코 절망적이지 않습니다. 잔혹한 격동의 시간 속에서도 뜨거운 우정과 사랑 그리고 작은 웃음을 찾을 수 있기 때문입니다. 아프지만 그럼에도 불구하고 살아갈 우리들이 꼭 기억해야 할 언니들. 고맙고 미안합니다. _이경미(영화감독)

287

# 영초언니

ⓒ 서명숙 2017

1판  1쇄  2017년  5월 18일
1판 13쇄  2021년  4월  6일

지은이 서명숙

책임편집 이연실 | 편집 고지안 김소영 | 모니터 이희연
디자인 이효진 | 마케팅 정민호 양서연 박지영 안남영
홍보 김희숙 김상만 함유지 김현지 이소정 이미희 박지원
제작 강신은 김동욱 임현식 | 제작처 영신사

펴낸곳 (주)문학동네 | 펴낸이 염현숙
출판등록 1993년 10월 22일 제406-2003-000045호
주소 10881 경기도 파주시 회동길 210
전자우편 editor@munhak.com | 대표전화 031)955-8888 | 팩스 031)955-8855
문의전화 031)955-2655(마케팅) 031)955-2651(편집)
문학동네카페 http://cafe.naver.com/mhdn | 트위터 @munhakdongne
북클럽문학동네 http://bookclubmunhak.com

ISBN 978-89-546-4558-4 03810

**www.munhak.com**